有爱的青春陪伴者

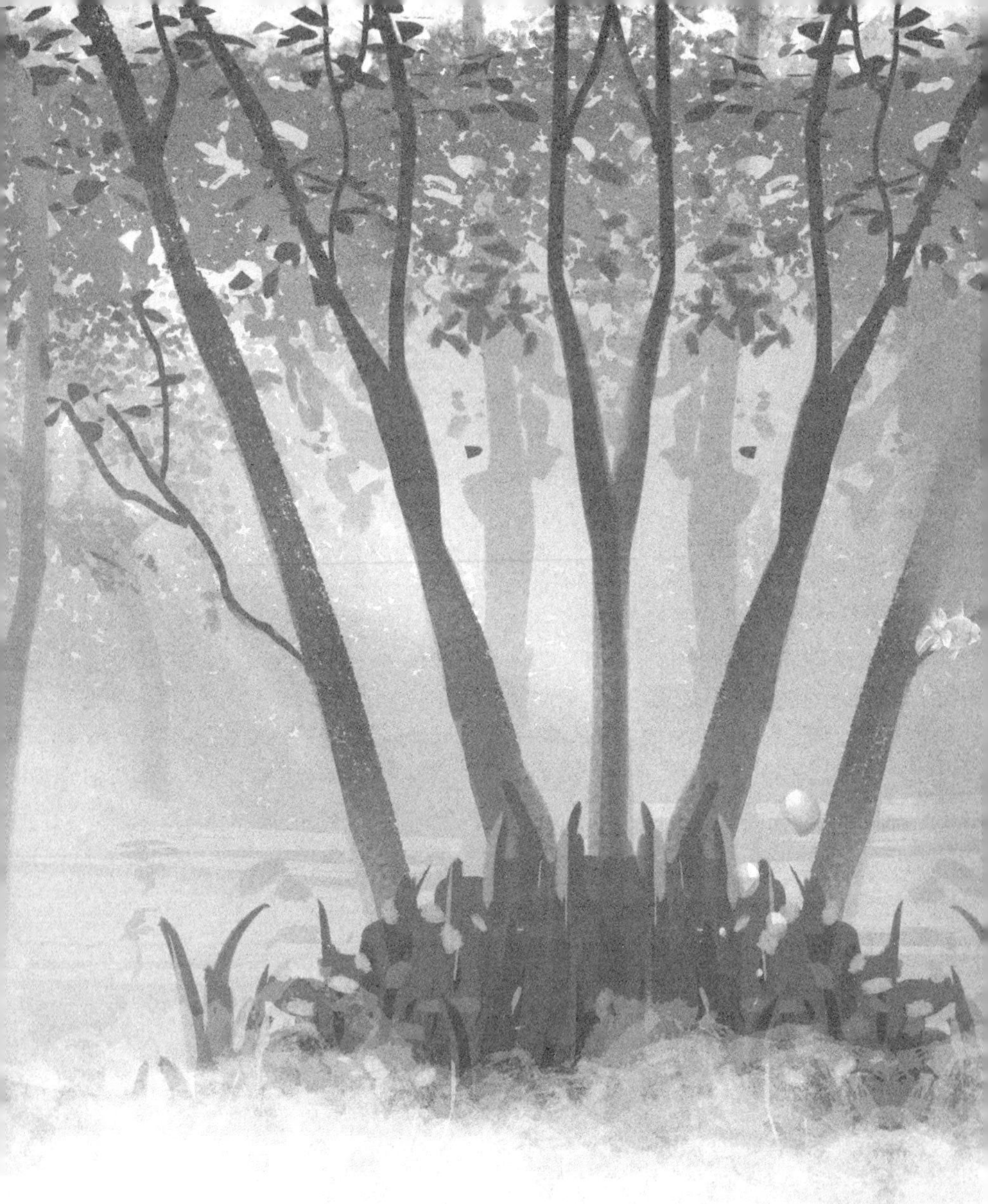

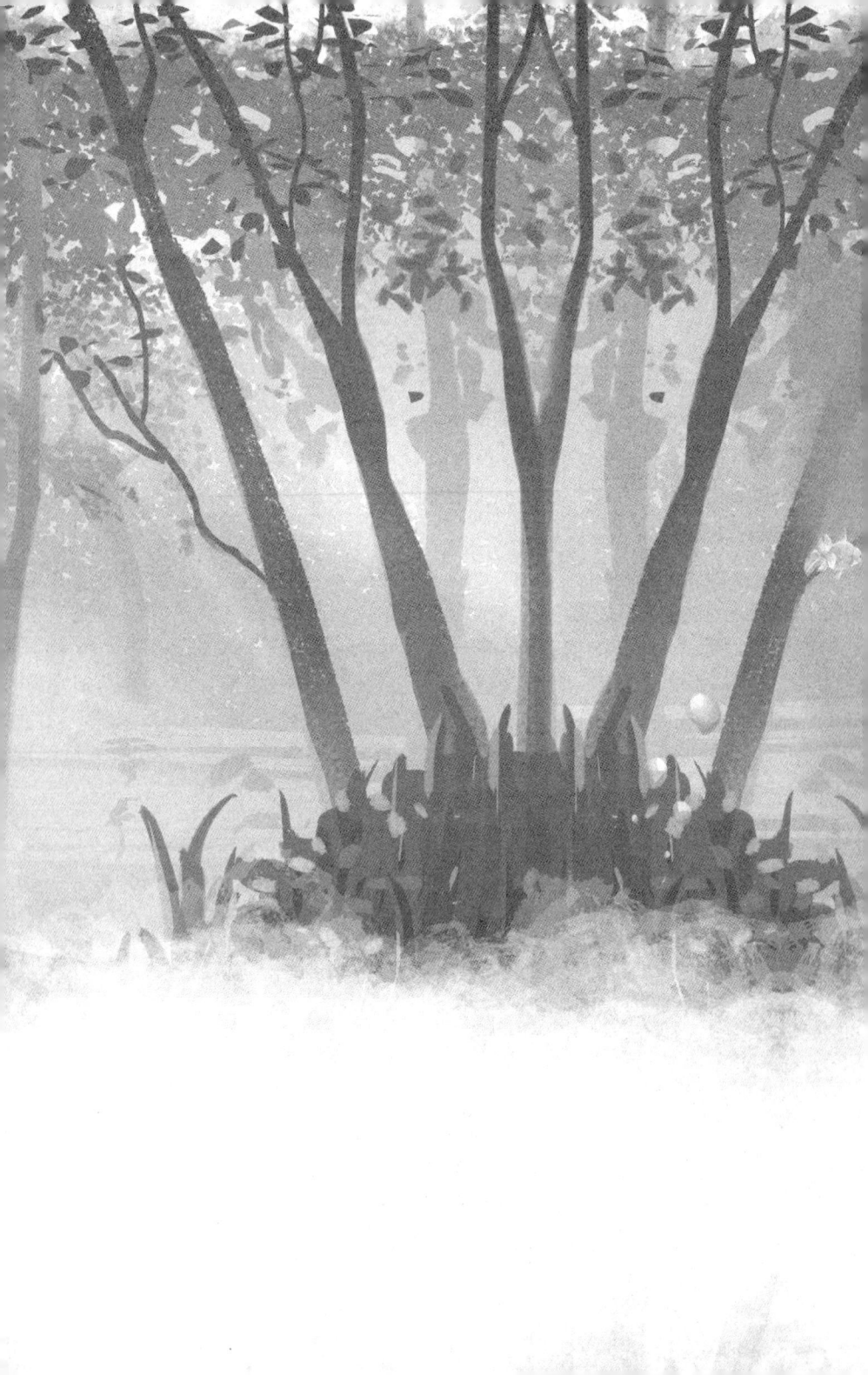

灼灼我意

望久·著

江苏凤凰文艺出版社

图书在版编目（CIP）数据

灼灼我意 / 望久著. -- 南京：江苏凤凰文艺出版社，2023.12
 ISBN 978-7-5594-7700-2

Ⅰ.①灼… Ⅱ.①望… Ⅲ.①长篇小说–中国–当代 Ⅳ.①I247.5

中国国家版本馆CIP数据核字(2023)第075240号

灼灼我意

望久 著

责任编辑	王昕宁
特约编辑	文佳慧 鲁璐
出版发行	江苏凤凰文艺出版社
	南京市中央路165号，邮编：210009
网　　址	http://www.jswenyi.com
印　　刷	长沙鸿发印务实业有限公司
开　　本	880mm×1230mm 1/32
印　　张	8.5
字　　数	236千字
版　　次	2023年12月第1版
印　　次	2023年12月第1次印刷
书　　号	ISBN 978-7-5594-7700-2
定　　价	42.80元

江苏凤凰文艺版图书凡印刷、装订错误，可向出版社调换，联系电话025-83280257

目录

第一章 小狐狸挂件、漫城一中 /001
许厌就是全部的理由

第二章 见面、米酒味酸奶 /035
许厌，请你喝

第三章 考场、生煎包 /078
许厌，我好喜欢你

第四章 厌哥、跳级 /100
许厌，请你信任我

目 录

第五章 高三（1）班、同桌 /126
你好，同桌

第六章 月光、木槿花 /147
许厌，未来男朋友

第七章 生病、烟花 /175
许厌，新未来离我们还剩六个月

第八章 噩梦、新生 /214
许厌，我会一直陪着你

新增番外 万物只喜欢你一人 /262

第一章 小狐狸挂件、漫城一中

许厌就是全部的理由

01

"抱歉,白小姐,他不愿意见您。"得到和以往同样的回复,白啄并没有多意外。

站在漫城的监狱外,白啄觉得今年的冬天来得格外早,明明才11月,却极冷。她裹了裹身上的风衣道:"多谢。"

"不谢。"年轻的狱警似乎觉得不忍心,想开口宽慰,"白小姐,他也许……"刚开了个头,他却不知该如何再说下去。一年了,她一到探监时间就来,但每次都被拒之门外,毫无例外。

看出狱警的好意,白啄点头道谢,随即转身离去。

其实白啄并没有多伤心难过,本来他们就没什么关系,许厌不想见她也是情有可原。

是她固执地要见许厌。

只不过三十年而已,放入漫长历史中,不过沧海一粟,白啄并不觉得难熬。到时他们都是六七十岁的老头儿老太太了,只有她会收留无家可归的他,他总不至于嫌弃她。

想到此处,白啄僵硬的嘴角向上提了提,好似连迎面刮来的风都没那么凉了。

前几年白啄就买了房从家里搬出来,独自生活,今日她直接把车开到父母那里。把车停到车库,她拎着前些日子买的东西走了过去。站在门前,她换了左手拎着东西,用腾出来的右手拿钥匙开门。

"啄啄回来了。"听见动静,从小就照顾白啄的福妈迎过来接过她手中的东西。

"福妈。"白啄答话的同时进了门,换了鞋后,走向客厅。

客厅里坐着三个人,白父白母还有她哥白凛。白啄走过去,寻了个空位坐下,挨个儿叫道:"爸,妈,哥。"

看到白啄,白母脸上的笑容越发明显。她拍了拍身旁的沙发,招呼道:"坐那么远干什么,过来。"

闻言,白啄才起身坐到白母身旁。

所有人的目光都随着白啄转动,每个人都眼眸含笑地看着她。

白母拉过白啄的手,笑意吟吟地道:"啄啄,你还记得严家小子吗?你们小时候常在一起玩耍的……"

来了。她的第六感一向很准。白啄没答话,等着白母的下文。

"他前些日子从国外回来了。"

然后呢?和她有什么关系?当然,白啄并没有说出口,她很少这么做。

"你严阿姨说他……唉,这孩子太能瞒了。"白母佯装抱怨,但嘴角的笑意却越发大,"你严阿姨说他从小就喜欢你,喜欢了这么多年,怕你不高兴,一直忍着没说。这不,他实在忍不住了才跑回国。"

似是为了强调什么,白母拍了拍白啄的手,意味深长道:"这种男生太少了。"

"是啊,这么多年连我也瞒得死死的。"白凛接着说,"刚知道的时候吓了我一跳。"

说罢,他们很有默契地笑了出来,依旧除了白啄。

白啄盯着身旁包上的挂件出神:一只手工的小狐狸挂件,看起来惟妙惟肖的。

"啄啄,你觉得怎么样?"白母捏了捏她的手,问道。

白啄刚才并没有怎么听他们谈论了些什么,她一半的心思都在那只小狐狸挂件上,下意识地反问道:"什么怎么样?"说着白啄想抽出手去摸摸那只小狐狸挂件。

可白母紧紧拉着她的手不放,反而加大了力气捏了捏,佯装呵斥道:"你说呢!和严家小子处处试试?"

白母似是很满意这门亲事:"你们也算一起长大,家里长辈都认识,知根知底的,又都留过学,共同语言应该很多。"白母越说,嘴角的笑意越大,"你这些年没有找男朋友,他为了你也一直单着。"

青梅竹马、门当户对、天作之合,只要知道的人都觉得这是一门再合适不过的亲事。

白啄也承认,如果早两年,她一定会认真考虑。但最起码早两年,只能早,不能晚。但凡她二十七岁之前爸妈这么说,她就会考虑。不管严嘉朗说的是真是假,不管她曾经去国外出差是不是见过他和一名女性亲密异常,她都会考虑这件事情。只是这些假设都有一个大前提:她二十七岁之前。

"试不了,"白啄摇头,轻声拒绝,"我有男朋友了。"

白母因她这句话怔了瞬间,反问道:"有男朋友了?"

"嗯,有了。"白啄抬起头,她的嘴角终于向上扬了扬,"许厌,言午许,厂犬厌。"

"做什么工作的?"这时白父也开了口,"家也是漫城的?"

白啄点点头,只回了最后一个问题:"是漫城的。"

白家父母一时间不知说些什么,刚才还显得热闹的客厅此时有些冷场。

"那什么时候把人带回家看看。"还是白凛反应过来,活络气氛道,"严嘉朗那小子没福分娶我妹妹。"

听到这句话,白啄刚扬起的嘴角又重新落下去。她摇摇头道:"我还没追到,他不答应我。"

许厌一直都在拒绝她,他把门关得死死的,甚至不向她敞开半条缝,简直小气极了!

这下,因白凛那两句话缓和些许的气氛又冷了下来。

"白啄！"白母厉声打断道，"你知不知道你在说什么啊？你多大了，马上三十岁了！以为自己还是十七八岁的小朋友？"

不等白啄说话，白母又气道："你明天就跟严家小子聊聊，把你那些乱七八糟的心收一收！"

怎么收？早就收不回来了。于是白啄轻声道："收不回来了，除了他，我和谁都聊不成。"

"白啄！"

"妈，别动气。"看场面又要失控，白凛急忙打断道，"我妹是乱来的人吗？您想啊，能让她念念不忘的男生一定也很优秀。"

"我妹什么性格您还不知道吗？从小就聪明理智，从没让您和我爸操过心。"白凛道，"您先听听我妹怎么说，万一合适呢。"

听完他的话，白母才稍稍冷静了下来。

白凛说得不错，白啄从小就让人省心，是个有主见的，什么该干什么不该干，她心里都有数。

白母深吸一口气，强迫自己冷静下来。

她问白啄："那你说说你是怎么想的，那个男生现在是什么态度？要是他一直不同意你就一直等着？"

此时白啄低着头，只吐出三个字："嗯，等着。"

一直等着，等到许厌出来，等到他松口承认。

"到时候人家结婚了呢？你也等着？"白母以前看到白啄遇事不慌、条理清晰的样子只觉得自豪，如今看着却来气。

白啄却低声笑了，摇头否认道："不会的。"

这件事只有两个结果：要么许厌娶她，要么他们两个单身到老。

"你怎么知道人家不会？"白母快要被白啄气死，连忙拍着胸口顺气。

"行了。"白父这时开了口，他看着白啄道，"你再想想，你也不小了，别意气用事。"

白凛忙坐到白母身边轻拍她后背帮忙顺气，他算看出来了，他妹妹死倔的脾气上来了,除非她自己想通,否则谁劝都没用。但他还是说道:"那这件事就等等再说,都冷静冷静。白啄,你也好好想想,就算那个男生再优秀,但他也许并不适合你。"

白凛知道,白啄很骄傲,她有自己的原则底线,并不是一味上赶着追人的性格。一次两次可以,再多,她的自尊心不允许她那么做。

白啄点头,心里想的却是"他是很优秀"。

02

说是让白啄冷静冷静,可白母并没有给她多长时间。

这天白啄刚下班就接到白母的电话,对方让她快回家。白母说得很急,像是有什么重要的事情。白父又不在家,白啄以为出了什么事,连忙赶回了家。

等到了家,白啄才发现白凛也在,他们就坐在沙发上。白凛正在说些什么,而白母脸色铁青,一声不吭。

白啄不知道是什么情况,走了过去。白母看到她,脸色更加不好,但好歹开了口,只是语气不怎么好:"晚上八点,你去和严家小子吃顿饭。"

白啄一愣,吃饭?还是要她相亲?

白啄把包放在沙发上,但人并未坐下。她垂眸看着白母,嘴唇微启:"妈,我不会去。"

白啄语气平静,摆出自己的态度,甚至没留一点可以商量的余地。

"你说不去就不去?"白母突然站起身,怒道,"你必须去!马上就去!"

白啄并不知道这十来天发生了什么,让白母的态度发生翻天覆地的变化,比上次见面要强硬许多。

"妈,您不是说给我妹些许时间想想吗?"白凛站起身,下意识打圆场,"万一真的适合,有情人终成眷属不也挺好的。"

"不行!"白母却像被针扎了下,她紧绷着脸,声音里藏着怒气,"不用想了,我不同意!"

"这个不行就换下一个!那个叫许什么的……"白母咬着牙,恨恨道,"就是不行!"似乎连那个名字她都吝啬说出。

白母嫌恶的神情就像是往白啄心上扎了一刀,生疼。

"许厌。"于是白啄张口替她说出来,"妈,他叫许……"

"啪!"

白啄还没来得及说完,就被人扇了一巴掌。

白母打完后连手都在抖,不知是气的还是劲使大了。白啄感觉脸上火辣辣的,心想,应该两者都有。

看到这幕,白凛惊道:"妈!"

别说动手了,从小到大家里的人甚至没对白啄说过一句重话。看到白啄脸上的巴掌印,白凛心中着急,下意识就想上前看看白啄,但没等他动作,就被白母拉住了胳膊。

"白啄,你要是还认我这个妈,你就去见见严嘉朗。"白母指着白啄的手在颤抖,"那个人不合适。"

听到这句话,又想到白母今晚的态度,白啄明白了:"您查他了。"

"我查他怎么了?"白母毫不避讳,"他那么怕查,怎么不少做点亏心事?"

此刻,白凛总算是听明白了,他妹妹喜欢的那个人不过关,更严重的是人品有问题,所以母亲不同意。但看到此刻剑拔弩张的情况,他还是下意识地打圆场:"漫城那么多同名同姓的,也许查错了。"

"查错了?"白母瞪着白凛,"整个漫城叫那名儿的满打满算就五个人!"

白凛愣了下,想到白啄说的"厂犬厌"时才反应过来,这种带有不被祝福含义的名字,叫的人少也就不奇怪了。他干笑两声,道:"那不是还有五个人吗?"

"一个女的、两个已婚的、一个混吃等死啃老的,"白母转过视线怒视白啄，她的眼睛像淬着火，咬着牙说出剩下几个字，"一个杀人犯，是哪个？"

杀人犯？白凛被白母口中的最后几个字砸昏了头，以为出现了幻听，怎么还和杀人犯联系到一起？

白母说完低头从包里拿出一沓照片，狠狠地朝着白啄甩过去，咬牙切齿道："你问问她是哪个？看看这里面有没有她嘴里的那个人！"

那些照片砸到白啄身上。白啄低头，看着砸在她面前的那张照片，和照片上的人对视许久，她才轻声道："您不是知道了吗？"

说着，白啄蹲下身，伸手把那张照片拾起。照片中的人头发理得很短，冒着青茬，嘴角紧绷，那双看着镜头的眼睛毫无温度。

白啄没想到再次见到许厌是以这样的方式。她有四百零九天没见过他了，想到这儿，她自嘲地笑了下，没想到她记得这么清楚。

也许是白啄的那声轻笑刺激到了白母，她猛地向前跨了一步，从白啄手中夺回那张照片。

"你看看他！好好看看！"白母拿着那张照片杵在白啄眼前，"他穿的是什么？是囚服！犯人穿的衣服！"

"这不是普通人！这是杀人犯！这是杀害亲生父亲的畜生！"白母像是要把那张照片戳进白啄眼睛里，"白啄，我求求你擦亮眼睛好好看看！你喜欢的是什么垃圾！"

"畜生""垃圾"，这些字眼像一把把铁锤砸向白啄心间，足够将她那颗本就千疮百孔的心砸得血肉模糊。

事情刚发生时，每个人都在议论，他们用言语把许厌钉在耻辱柱上，恨不得把他凌迟，白啄听得多了也就麻木了。每天都有新闻发生，骂许厌的这拨人又转向下个战场，慢慢地，都忘了这件事这个人。

"看着我干什么啊！我哪句话说得不对！"白母收回手，抬手把那张照片撕碎，甩到白啄脸上，"这就是个狼心狗肺的东西。"

白啄低头看着地上的碎片，许久，才轻声询问："那你们有谁问过他吗？问他愿不愿意来到这个世界？"

冷静理智、客观分析、不要轻易给人下定论，这是白啄从小接受的教育，但是这些话好像只存在课本中，被那些站在道德制高点的人束之高阁。

"您了解他吗？知道他为什么要这么做吗？"白啄抬头，直视白母，嘴唇微启，"您又问过我为什么喜欢他吗？"

"这还用问吗？我眼睛还没瞎！"白母伸手点着她的肩膀，一下一下地往后推，厉声道，"白啄，是你心盲！心盲了！"

白凛被她们的对话砸蒙了，这会儿反应过来，忙拉回白母，怕她再忍不住动手。他看向白啄，见她只是静静地看着白母，眼神如往常一样，平淡无波。

"妈，我看得很清楚，"白啄说，"他很好。"

白母被白啄这三个字激得怒气更甚，她抬起手，又想向前走，但被人拦住。她转头瞪着白凛，吼道："你放开我！"

说完白母重新转向白啄，恨恨道："他到底给你灌了什么迷魂汤，让你把基本的伦理道德都丢了？他好？白啄，你说这话不觉得羞耻吗？"

为什么要羞耻？表达内心真实想法为什么要羞耻？白啄觉得太累了，一股无力感充斥全身。

可看着白母气得发红的双眼，白啄紧绷着唇，心中难受无比，再开口时她泄了点情绪，有些无助道："妈，您愿意听我给您说说他吗？"

您能听我说说吗？但白啄这些带着恳求的话并没有被正在气头上的白母听进去。

"他一个杀人犯、一个连高中都没毕业的社会混子有什么好说的？"白母字字诛心，"前年新闻出来的时候我就说判他三十年太轻了，他这种人就应该直接判死刑！"

"妈，既然您查了他，肯定能把所有隐藏的一起查出来。

"您难道不知道他没参加高考是因为被人伤了手连握笔这个简单的动作都做不来吗？他就是爬到考场也没法写字啊。"

那些出现在社会新闻里的事件，就发生在许厌身上，不止一次。

白啄看着白母:"您查他就该知道这么多年他是怎么活下来的。"许厌多少次差点死在那个人手里。

"这是借口吗?"白母果然知道,但她选择忽略,她盯着白啄咬着牙反问,"警察是摆设?他不会求救吗?"

白啄只觉得无力:"他一直在求救,是你们选择无视!没人理他。"

白啄蹲下身,将照片碎片捡起来:"他向他妈妈求救、向邻居求救、向警察求救,结果呢?换来的是什么?"

白凛被她的话惊得没反应过来:"警察不管?"

"管,当然管。"白啄说,"可关那个人几天又有什么用。"

白啄想,向其他人求救无果后,许厌就放弃了,他放弃了任何开口的机会,靠自己忍着、熬着。当许厌习惯靠自己、习惯了一个人后,才会把她拒之门外。

"他就不会逃吗?"白凛艰难地问道。

"他能跑,"白啄将最后一张照片碎片捡起,"但他妈妈跑不成,他妹妹跑不成。

"换一种说法,是她们不愿意跟着他跑。"白啄对着手心里的碎片笑了笑,"她们都不相信许厌能让她们生活得更好。"

不能动、不能跑、不能反抗,否则在许厌护不住的时候那个人就会加倍报复在那对母女身上。

"我不止一次地想,许厌要是自私点,用您的话说狼心狗肺点就好了。"白啄把最后一张碎片攥在手心里,站起身,"他成绩好,那届高考漫城的状元本该是他。"

许厌的成绩本来可以随便挑国内任何一所顶尖大学的。

"您喜欢优秀的人,许厌比大多数人都要优秀。"白啄手心握着那些碎片,一句一顿,"所以妈,我们本来……"白啄哽咽了下,她在心中补齐剩下的话:我们本来是很配的。

她很优秀,许厌也不差,他们本该很配,只是遇到的时间不对,只要再等等,时针总会走到正确的位置,只是晚了点而已,她不介意的。

白啄深吸一口气，最后一句话终究没有说出口。那些话被白啄咽回了喉咙，刻在了心里。

白母竭力把怒气压下去，想跟白啄讲道理："但正常人谁会选这么极端的方法？就算借口再多，也不能掩盖他暴虐的本性……"

"那您让他怎么办？他多少次差点没命，费了那么大力气才活下来，那个人却还是不放过他！

"他挣扎了三十年、被恶鬼缠了三十年，他能怎么办？您告诉我他该怎么办！"

许厌竭力想摆脱脚下的泥沼，是那个人死命拽着把他往下拉，想把他的灵魂都钉在烂泥里腐烂！

"您为什么不问问那个人为什么缠着他？为什么这个世界就像是惩罚他的地狱？"白啄失控了，眼眶通红，"妈，您能告诉我为什么吗？"

白啄很少失控，他们从没见过她如此声嘶力竭的模样，她的每一句质问都像一把把刀子捅进了自己的心上。

"要是早知道有这么个人，"白啄嘴唇颤抖，"我也会这么做。"

这样疯狂的言论，不止白凛吓着了，连白母都嘴唇发颤，指着白啄颤声道："你真是疯了。"

白啄的表情太认真，认真到白凛觉得她真会那么做。

"妈，您消消气。"白凛揽着白母的肩膀，蓦地心慌，他对白啄说，"你也冷静冷静，清醒一下。"

"我还不够清醒吗？"白啄含泪的眸子看向白凛，嗓音微哑，"我从小清醒到大，清醒了二十多年。"

"我为什么一定要活得清醒？"白啄的眼泪终究没有掉下来，她说，"我不想清醒了。"

她清醒理智了太久，就是活得太明白了，才浪费了那么多时间。白啄深吸一口气，把泪意逼回去，拎起沙发上的包："你照顾妈，我先走了。"

"扔了！"白母却对着白啄大声命令，"白啄，我让你把那些照片扔进垃圾桶!"

白啄一愣,低头看着手心撕成几块的照片,握住,摇了摇头。

"白啄!你敢!"白母厉声道,"你今天要是敢拿着他的照片出门,以后你就别认我这个妈!"

白啄转身的动作一顿,对白母鞠了一躬,道:"我下次再来看您。"说完,转身离去,像是没听见身后白母撕心裂肺的哭骂声。

白啄永远不会投降,如果哪一天弯了下去,那就证明她如手中的照片一样,碎了。她对许厌就是明知不可为而为之。

03

白啄心里憋着的那口气,直到进了家,她才慢慢地吐出。

"嗡嗡嗡!"

是手机振动的声音。她从包里拿出手机,一看备注:温温。

白啄按下接听键,里面传出女生担心的声音:"小白,你没事吧?"

"没事。"白啄的视线重新移到桌面的照片上,"我哥让你来的?"她们的父母相熟,两人又一起长大,温言是白啄最亲近的闺蜜,传话劝人最合适不过。

"白凛哥说你和伯母吵起来了,我比较担心你,"温言欲言又止道,"小白。"

"我妈查许厌了。"白啄说。

字字冷静,但冲击力巨大。

温言沉默,她当然知道对白啄而言,许厌意味着底线。白母查许厌,自然会知道往事,也自然会和白啄发生不可调节的冲突。一切都不可避免,也无从怪起。

白啄爱许厌,白母爱白啄。谁在这事上多向前迈一步,都是往对方心里捅刀子。

白母知道,白啄也知道。但白啄还是一步步地朝她想和许厌到达的地方靠近，无论过程如何。

电话那端的温言一直不说话，白啄知道，她不能再为难任何一个关心她的人，于是说道："温温，谢谢你。"

"……小白，我是挺你的。"温言终于说出了这句话。她不管了，小白已经够难了，喜欢上谁本来就是无法遏制的事情。

温言挂断电话后，白啄又在家消沉了一段时间，她在家这段时间里回想起自己喜欢上许厌的那瞬间。她先是想要逃避这段感情，然后是逃避不及地在意。谁也没想过白啄喜欢上一个人是这样的。

她在察觉到许厌对她的影响越来越大的时候，理智就告诉她应该及时止损，不该放任自己沉溺下去。

于是白啄清醒地规避一切可能性——一切和许厌接触的可能性。白啄以为这样就会好，那种陌生的、让她害怕的情绪会慢慢消失。

这种改变一定会让人不适，就像戒毒时会有戒断反应，她也会有，这些白啄都知道。只是她没想到她的"戒断反应"会这么大，整整一个月，她试了所有的办法，终是撑不下去了，她需要帮助。那天凌晨两点，白啄终于按下了温言的号码。

"我不知道我是怎么了，"白啄的声音里带着自己都没发觉的慌乱，"这种感觉太陌生了，我害怕。"

在这瞬间，她将她的恐慌全部坦露出来。

白啄不快乐了，她开始整夜整夜地睡不着觉，每天睁眼后的第一件事就是在房间里来回走动，拍着胸口给自己顺气……

白啄强迫自己不去想许厌，强迫自己把许厌从她的世界、回忆删除时，她的心就像是被活生生挖了出来，痛不欲生。那种感觉比死还要难受。

过往，白啄看到电视剧里女主角失恋时的反应，总觉得不管是编剧还是演员都有些用力过猛，直到发生在自己身上才知道，那些都是真的，恨不得要了她半条命。

白啄的这个反应吓到了电话那头的温言，尽管她竭力安慰疏解，但作用好像并不大，白啄依旧痛苦。

那天挂了电话，白啄躺在床上看着头顶的天花板，思考了一夜，最后得出了一个结论——她要追许厌。她愿意用近三十年的理智换这一次的不冷静。

当时白啄想的是，如果三十年不行，那就一辈子，她愿意用全部的冷静换这次的不理智。

白啄就想要一个许厌，可是怎么这么难？所有人都在告诉她不可以、不行、不能那样做。为什么会这样？

白啄在家消沉的这几日，温言又打电话过来，白啄问道："怎么了，又是我妈或者我哥来求你帮忙？"

"不是。"温言连忙否认，"我怕你心情不好，又把所有事情都憋在心里。"

其实自从温言听到白啄语气慌乱地说出"这种感觉太陌生了，我害怕"时，温言并不比白啄好多少，她怜悯且同情好友的煎熬。

世俗看法是很重要，从温言知道白啄喜欢一个便利店小哥时，温言只觉不配，家世不配、学历不配，仅仅这两点就能判定这段恋情的无疾而终。

可温言知道，常做最优解的白啄也知道，能让她说出口的已经是她尝试之后得出的结果了。这时候白啄告诉她，仅仅是在寻求支持。

世俗看法是重要，但白啄的心情更重要。如果连她都站在白啄的对立面，她不知道白啄的那根线会绷到什么程度，还能坚持多久。

"小白，"于是温言又问，"你知道我不会反对你的，你在想什么，能跟我说说吗？千万别憋在心里。"

想什么？

"我就想，我和许厌各自都没有男女朋友也没有乱搞男女关系，甚至没有伤害任何无辜的人，怎么就不能在一起？"

所有人都觉得他们不配，但那些人的想法白啄不在意。真正让白啄难受的是，似乎连许厌也这么想，所以他从来不给她机会，同时也不给他自己机会。

但白啄想，许厌是喜欢她的，身体下意识的反应不会骗人——许厌不讨厌她的靠近。

那天傍晚，白啄下班开车到便利店，许厌正在搬东西，突然他的手颤了下，失了力气，不受控制地向旁边甩过去，运货的推车上有棱角，手被狠狠划了一道口子，看着就疼。

白啄吓了一跳，下车跑过去，拉起他的手看上面的伤口。许厌没料到她突然窜出来，一下没反应过来。等他反应过来准备抽出手时，她察觉到他的动作，加大了手劲，皱眉道："别动。"

她低着头，并没有注意到许厌的表情，但那只手却没有再动了。

白啄握着许厌还在抖的手，伤口不算深，但看着吓人，消下毒就好了。

等白啄放下心抬头时，许厌也正低头看她。许厌并没有什么嫌恶的表情，他只是看着白啄，表情平静。许厌顿了几秒，才开口问道："你不嫌脏吗？"但没等白啄回答，许厌就重新开口，"我嫌。"

说完，许厌就抽出了手，他嫌自己脏。接着他重新搬起掉落的箱子，放在那一摞箱子上面，推着小推车往便利店的仓库走去。

整个过程不过三十秒，他并没有给白啄说话的时间，或者说，他从来都没有给过白啄表达她想法的机会，像个老顽固。

而这一切，都是因为那群人。所以说，白啄恨那一家人。

不管是那个始作俑者，还是被许厌护着的软弱至极的那对母女，她都恨。

她恨那个被许厌称之为"父亲"的人毁了他的一生。

她恨被他称之为"母亲""妹妹"的人从没把他放心上。但凡这一年零三个月她们去看过许厌一次；但凡前二十多年，她们有一次站在许厌身后，她都不会这么恨。是这些人毁了许厌。

许厌本该活得很好，他本该熠熠发光，即便她因此遇不到许厌，她

015

也愿意。可没有那么多如果,白啄比谁都清楚,所有既定的事实都没法改变。

距离她见到许厌的日子,还差二十八年零九个月,如果许厌愿意见她,剩下近二十九年的时间里,她还能见许厌三百四十五次。

白啄清醒地计算着往后的时间,可越计算她就越喘不过气。

隔着电话,白啄终于卸了伪装,她再也忍不住,哽咽出声:"我想他。"

三个字,似乎用尽了她全身的力气。

日子过得很快,转眼到了2月上旬,白啄照例来到漫城的监狱。

和平时不同,这次她带了一封信,里面装着新年贺卡。

红彤彤的贺卡,光是看看,新年的喜气就扑面而来。白啄想,许厌应该会喜欢。她将信封递给面前的狱警:"麻烦了。"

"不客气。"还是以前的那个狱警,他伸手接过。

"要是他不肯收,劳烦您替我跟他说声……"白啄顿了几秒,微微摇头,"什么也不用说了,祝您新年快乐。"

"您也新年快乐。"

白啄点头致谢,回了车里。

除夕这天,白啄的车在漫城的监狱外停了一夜。

零点那刻,没让狱警帮忙传的那句话从白啄口中说出,她说:"新年快乐啊,许厌。"

白啄很倔,白母又很强势,对很多事情极难松口。

从那晚她拿着许厌的照片走出家门时,白啄就知道她会很长时间进不去家门,不管是跨年、除夕还是别的节日,都进不去。

除了和家人的矛盾,白啄逐渐适应了现在的生活,适应了生活里没有许厌的那些日子,也习惯了去监狱被拒之门外的生活,毕竟已经多达十九次了。

尽管知道会被拒绝,但5月20日那天,白啄还是请了两天假。

第一天上午她出门买了需要的东西,在厨房待了一下午,直至晚上才出了厨房,她心中想着明天的事情,连嘴角都不自觉地向上翘了翘。

这天晚上,白啄连睡觉时心情都是好的。

第二天一早,天还没亮,白啄简单洗漱了下,又一头钻进厨房,从五点半到九点半,整整忙碌了四个小时。

出了厨房,白啄洗了澡,在镜子前换了几套衣服,最后选了她并不常穿的裙子——一条淡蓝色长裙。三十年前……不,现在应该说是三十一年前许厌来到这个世界的第一天——许厌的生日。

白啄化了淡妆,喷了香水,穿着长裙和高跟鞋,拎着蛋糕站在监狱外面,和周围来探监的人格格不入,也与这种环境格格不入。

周围人的视线或是故意或是不经意地往白啄身上飘,还有些人明目张胆地看着白啄窃窃私语,但白啄毫不在意,她现在满脑子都是许厌,想对他说:许厌,生日快乐。

白啄焦急地等着时间,她想要成为第一个跟许厌说生日快乐的人。

终于,轮到白啄了。她把蛋糕和做好的菜递给狱警,和平时一样,道:"麻烦了。"

此刻,今天来的所有人都已经进去等待着今天的会面,只有白啄站在外面,只有她一个人等在那高高的围墙外。

白啄低头看着鞋尖,正想着许厌会不会接受,那扇小门又打开了,白啄下意识屏住了呼吸。

刚五分钟,吃东西没那么快。白啄抿了抿嘴,又没收吗?不管是平常还是过节,许厌从来不见她,甚至连她的东西都不肯收,不管是吃的还是书,都不肯,每一次都是这样。

白啄佯装语气欢快:"辛苦……"

"白小姐,许厌收了!"还没说完,狱警就打断了白啄的话,他似是比白啄还要高兴,"我怕您在外面等得着急,出来跟您说一声。"

此时白啄满脑子都是"许厌收了"这句话,她下意识地反问:"他

017

收了?"

"收了收了!也吃了!"怕她不信,狱警强调道,"里面是不是还有张卡片,上面写着'许厌,生日快乐',是真的,白小姐,我亲眼看他打开的!"

白啄眼睛一弯,嘴角翘起,那颗平时并没有机会显露的小虎牙也露了出来。发自内心真正笑起来的白啄充满了活力,连那颗小虎牙都添了些狡黠的感觉。

"白小姐,事情都在慢慢变好。"狱警眼眸也含着笑,"您应该像这样,多笑笑,许厌肯定也喜欢看您这样。"

听狱警这么说,白啄一愣,随即笑得更开,她微微鞠躬:"谢谢。"

直到从监狱回到家,白啄嘴角洋溢着的笑容都没有消散,淡淡的,却让人忽视不了。

蛋糕是白啄做的,卡片上的字也是白啄写的。

许厌的生日是 5 月 21 日,多么让人期待的日子。在白啄心中,她每对许厌说一句生日快乐,都是在说我爱你。

生日快乐,许厌。

我爱你啊,许厌。

那天晚上,白啄抱着许厌的照片入睡,在梦中她亲自对他祝贺:"生日快乐,许厌。"

"嗯。"梦里许厌似是笑了声,他说,"我也爱你。"

我也爱你,白啄。

04

白啄真的相信一切都在慢慢变好,她等着下一次的探视时间,满心欢喜。

这次许厌吃了蛋糕,那下一次他也许就会收了书。慢慢地,也许不知道什么时候就愿意见她了。

有了盼头,白啄就什么都不怕了。不管是每个月一次的探视,还是那余下二十多年的期限,都是白啄的盼头,是她生活还有期望的盼头。

可许厌太狠了,他不仅对白啄狠,对自己更狠。在白啄满心欢喜地等着 6 月的探视时,许厌就已经把她所有的期待和幻想浇灭,只给她剩下满地的青灰。接到电话时,白啄以为她在睡梦中还没醒,她用力地眨眨眼,迷茫道:"您说什么?"

"抱歉,白小姐,请节哀。"电话那头的人似是也难以接受,沉默了一瞬,还是开口,"您要来见他最后一面吗?还有他……"

"啪!"没等电话里的人说完,白啄就猛地把手机拍到桌子上,太阳穴"突突"地跳,她皱眉按着太阳穴,以为出现幻听了——一定是昨天通宵,精神出了问题,不是幻听就是在做梦,一个噩梦。

这个念头闪过后,"咚"一声,白啄突然握拳用力砸到桌子上,比刚才往桌上拍手机的力气还要大,震得她整只手臂都在发麻。可白啄还嫌她使的力气不够大,要不自己怎么还不醒!还不醒!

"嗡嗡嗡……"听到桌上的手机又在振动,白啄的双手紧紧攥在一起,浑身控制不住地抖动。

听着手机的振动声,白啄胃里突然泛酸,她快步跑到卫生间,趴在马桶上吐了起来。她今天没吃东西,吐出的只有酸水,可就是控制不住,到最后她觉得都快要把她的胃一起吐出来。

不知过了多久,白啄才蓄了些力气,她右手按在马桶边缘上,借力站了起来。她看着镜子里的人,像是不认识一样:蓬头垢面,双眼通红,嘴唇苍白。

这不是白啄,白啄不会如此,她从来没有这么狼狈过。

白啄直愣愣地转身,往浴室走去。

"哗哗哗……"水流很大,从花洒流下瞬间浇到白啄头上,顺着她的头发席卷全身。

5 月底,天气并不炎热,更不要说此刻还是早上。水冷冰冰地浇在身上,白啄整个人像是埋在了冰窟里,冻得她呼吸不了,可她似乎还嫌弃不够凉。

白啄抬手,把水开到最大。

5月31日,春天的最后一天。明明明天就是夏天了,明明明天就是儿童节了,明明明天就是新的一个月,明明……她马上就能再见他了。

白啄淋了很长时间,直到她的身体冰凉,感受不到冷水对她的刺激时,她才关了水,机械地进行以下动作:换衣服、打电话、出门、开车。

顺着那条早就已经熟记于心的路线行驶,白啄很恍惚,沿途本该熟悉的景色此刻竟显得那么陌生。

明明路程没变,白啄却花了比平时要长很久的时间才到了目的地。下车前,白啄在后视镜中看到自己的脸色,顿了下,找出一支口红涂在唇上,豆沙色的,很温柔。

白啄抬手拍了拍脸,直至脸上有些血色,她才对着镜子像平时一样扬起嘴角,可怎么看怎么怪异。下了车,走到监狱,看看面前许厌留下的东西,白啄想,她活该!

"在哪儿?"白啄俯身抱起那个纸盒,起身问,"许厌在哪里?"

"白小姐,"年轻狱警不忍心看白啄如此模样,可看着白啄的眼神,余下的话他又说不出口,只能回道,"在西郊。"西郊的殡仪馆。

"多谢。"白啄说完,抱着纸盒转身离去。

把纸盒放到副驾驶座,白啄轻轻摸了摸写有许厌名字的地方,带有无限眷恋。

开车去西郊时,白啄一路飞驰。到了地方,她下了车,飞奔过去。位置很好找,因为警车就在那里停着。

"白小姐,节哀。"

白啄回头,身后站着两个男人:一个戴着眼镜,斯斯文文;一个胖胖的,圆头圆脑,和许厌一样,头发很短,只冒出黑黑的硬茬。说"节哀"的是胖胖的、圆头圆脑的那个。

那个戴着眼镜的男人,看着白啄平静道:"快半个小时了,没必要。"

白啄瞪着他,一字一顿:"那是我的事。"

"白小姐,你能不能别看了。"眼镜男双手张开做出阻挡的手势,声音里带着祈求的意味,"我哥不想让你看见他这副样子。"

狱警也说:"白小姐,节哀。"

"这时候是不允许进入的。"包括殡仪馆的工作人员也这么说,"这位女士,请节哀。"

节哀!节哀!每个人都在跟她说节哀,可每个人都要比她和许厌亲近。她什么权利都没,甚至没有反驳的立场。她不是许厌的什么人,如果硬要安一个名头,那也只是一个像牛皮糖一样的追求者。

仅此而已。

白啄紧握着拳头,甚至指甲都要钻进手心的肉里。

"我不进去,我就站在门口。"她嗓音发哑,"这也不行吗?"

周围的人蓦地噤声了,挡在白啄面前的人都默默让开了路。

寸头男看到这幕,眼眶发红:"作孽!"说完,他转身走向车后,不忍再看。

眼镜男仍冷静一点,也背过身不去看这一幕,只是手还在抖,内心极为不平静。

墓碑上是许厌高中时期的照片,他穿着校服,满脸青涩。

"白小姐,把这些事情忘了,好好生活。"分别前,戴眼镜的男人叫住了白啄,"他肯定也是这么希望的。"

白啄没吭声,只是点了点头,坐上了车。

白啄是感谢他们的,关于许厌的过往,有很多她都是从他们口中了解的。通过他们的描述,她才拼凑出一个相对完整的许厌。除了这些,还感谢他们把探视的机会给了她。只是,这些机会好像都被她浪费了。

上楼的时候,她紧紧抱着那个装有许厌遗物的纸盒,心想:许厌,我们回家了。

进了屋,白啄并没有把纸盒打开,她静静地坐在沙发上,纸盒就在她腿上放着。

　　白啄就这么坐到天蒙蒙亮时，才抱起纸盒放到书房的一个柜子中，锁上柜门，再走出去，锁上书房的门。

　　白啄拿着钥匙回了卧室，稀里糊涂地进入梦乡。她的衣柜旁边，还堆着早上换下的衣服，依旧潮湿冰凉，就像漫城 6 月的早晨。

05

　　从那天开始，白啄病了大半个月。她本来就不胖，这样一来更瘦了，瘦得像是只剩下了骨头。白母嘴里骂她不争气，骂她活该，可终是没再在她面前提过许厌的名字，也没再在她耳边说什么相亲的事情。

　　白家，最起码维持了表面的平静。

　　又过了段时间，白啄的身体慢慢变好，不管是工作，还是平时生活，都逐渐恢复到和往常一样。

　　除了不再去公园，白啄依旧走经过那家便利店的路上班，只是不会再停车。她甚至不再排斥相亲，只等着白母再提及。可奇怪的是，白母却再也没提及这件事。

　　近一年里，白啄的工作越做越好，家里也没人给她压力，惹得公司里与她同龄的女同事羡慕不已。白啄长得好看又优秀，偶尔同事间谈论什么样的男人才能吸引她的注意时，白啄都是微微弯弯嘴角，避开这个话题。

　　白啄也觉得自己越来越好，还差十八天就到 4 月 23 日她生日了，她马上三十一岁了。

　　4 月 23 日那天，白家每个人都很开心，包括白啄。白凛、白啄的嫂子和白啄六岁的侄子以及刚刚两岁的小侄女都回了家，他们坐在一起，每个人脸上都洋溢着笑容。

　　那天晚上，白啄看着鬓边银丝越来越多的父母，低了头："爸、妈，对不起。"

白母先是一愣，随即眼圈红了。她拍着白啄的手背，连声道："想通了就好，想通了就好。"

看着白母通红的眼圈，白啄想，自己实在是不孝顺。

那天白啄没有回自己家，她睡在以前的房间里。关上灯，白啄在黑暗中睁着眼睛，毫无睡意。不知过了多久，她才慢慢闭上了眼睛。此时她的思绪才泄露了一点：我也三十一岁了呢，许厌。

天气在逐渐回暖，人的心情似乎也逐渐变好了。

过完三十一岁生日，白啄不仅仅是年龄大了一岁，她似乎也迈过了人生中的那个坎，看得越来越开，状态越来越好。

白啄不再把生活的重心放在工作上，她逐渐减少工作量，把空闲时间都用在了陪伴家人和聚会上。她花了更多的时间陪父母，给她的小侄子小侄女又是买东西又是陪着他们玩，经常去温言家看温言刚出生几个月的女儿。

白啄脸上的笑容都多了起来，所有人都觉得她这样很好，就连她自己也这样认为。只是离那个日子越近，周围人越小心翼翼地照顾她的情绪。白啄失笑，他们实在不用这样，她很好。

到了5月21日那天，白啄早早地起了床，如去年那样，洗漱打扮，穿上长到脚踝的裙子，化着淡淡的妆，很美丽。

白啄买了束花，一束香槟玫瑰。她开着车，一路向前。

明明只来过一次，但她熟悉得却像是来了无数次。就这样，白啄一步步走向许厌，把手中的花放在墓碑前。

许厌还是那个许厌，白啄却不是那个白啄了。

白啄看着墓碑上许厌的照片，良久，才开口："生日快乐啊，许厌。"

这天阳光明媚，明媚得甚至刺得白啄眼睛疼。

等白啄回家时，白母仔细瞧着她的表情，见她和平时一样，才稍稍放下心来。白啄吃着白母亲手做的菜，开口道："谢谢您，妈。"

这段时间，只要白啄开口说回来吃饭，白母就会亲自下厨，像是要把白啄小时候缺失的爱全部补回来。白啄知道，也很感激。

傍晚，陪父母坐了会儿，白啄才开车回了家。

白啄洗好澡，换了睡衣，打开了电视，拿起遥控器播放了一段录音文件，她躺在沙发上，盖上毯子。才晚上八点半，她却是要在沙发上睡觉的架势。刚闭上眼，电视里如约传来了声音：砸门声、开门声……关门声伴随着人声，声音很大，听着它睡觉的人却不觉得吵。

"快点，给钱。"一个声音嘶哑、略显老态的男声。

"没有。"这是许厌的声音，闭上眼睛的白啄嘴角弯了弯。

"兔崽子，你真是翅膀硬了，忘了谁把你生出来了。"

"说了，没有。"

——说了，没有。

两道声音如约重合后，白啄的嘴角更弯。从后面更加激烈的骂声中，能轻而易举地听出那人有多气急败坏，他脸上的刀疤肯定显得更加恐怖。

白啄听过那个男人的声音，就在那个公园里——

白啄知道许厌有晨跑的习惯。这还是她偶然发现的，刚搬过来时，她每个周末的早上都会去公园散步，在那里，她看到了许厌。

刚确定了心意那天她早早就堵在公园门口，看到许厌后，她眼睛一亮，连忙跟在他身后，想要表白。白啄想了许多许厌可能拒绝的话，并想好了理由反驳他的拒绝，但那天她并没有机会开口。

许厌在前面跑着，白啄在他身后跟着。她并不经常运动，尤其不能和许厌这种经常运动的人比，就算她心中目标明确、条理清晰，也没有力气边跑边说。那时她脑子里只有一个念头：跟着他。

她咬着牙死跟着。她太倔，许厌放缓速度慢慢停下，转过身看着她，有些无奈道："你想干什么？"

她深呼吸几下，正准备说出那句话："你可以当我……"

告白的话很短，几秒钟就能完成，白啄却没能说完。她刚说了几个字，许厌眼神一凛，突然左跨半步站在她身侧，挡住望向她这边的视线。

她看着面前许厌的背影，难得愣怔，没明白发生了什么事，只听见那个带着猥琐笑声的称呼："儿子。"

只听了两个字白啄就皱了皱眉。他在叫谁？许厌吗？

"转身，"白啄想探出身看看来人是谁，还没动作就又听到许厌压低的声音，"走。"

白啄动作一顿，她还是第一次听许厌用如此防备的语气说话。

看她没动静，许厌又加重声音，说道："白啄，转身，走！"

第一次听到许厌叫她的名字，白啄愣了下，她垂眸看着许厌已经紧握成拳、青筋都暴出的手，没吭声。

几秒后，白啄把视线从那只手上移开。她听了许厌的话，转身，朝着公园门口走去。她转身走开的同时，许厌也迈了步，只不过他是向说话的那个男人走过去。

白啄在公园门口等着许厌，但她始终没有等到人。那个公园有四道门，许厌选了没有白啄的那道门。

那天白啄并没有看到那个男人的样子，她是事发后从新闻里才知道那个男人的模样：脸上带着刀疤，一脸凶相。

后来白啄不止一次后悔地想，她不该走的。因为从那刻开始，她和许厌就背道而驰，离得越来越远。

听着电视里那段录音，白啄进入了梦乡。

这天，白啄梦到了许厌。在梦里他们从小就认识，青梅竹马，到了适当的年龄就在一起，结婚、生子、垂老。所有人都给予他们善意的祝福。

那一生，他们很幸福。

06

第二天醒来时，白啄的枕头湿了半边，她的眼角还挂着一滴泪。电视中还循环播放着那一段录音："许厌，这种好事你不愿意，多的是人排队等。"

距离打开那个纸箱那天,已经过了两个月,白啄每晚只有听着这段录音才能睡着。她抬起左手抹掉眼角的泪,右手拿起遥控器关了录音。

昨天她又梦见许厌,能触碰到他、拥抱他。

那种感觉太幸福了,幸福到白啄知道那是梦境,幸福到她止不住地难受。她想许厌,没有一刻不想他。

在家里怎么样都可以,可只要出门白啄就要戴上面具,戴上一种名叫"健康"的面具。白啄可以不笑,可以面无表情,但她必须看着健康,就像她前二十多年一样。而白啄让自己看着健康的唯一办法就是忘掉许厌,就像她生命中从来没有出现这么一个人。

她这么做了,每个人也都信了。

白啄从来没有习惯没有许厌的日子,她习惯的是身边没有许厌那种难受得快要死去的感觉。但生活总是在继续,没人管活着的人是不是过得撕心裂肺。擦干眼泪,白啄还是那个白啄,别人眼中的白啄。

以前白啄睡不着的时候喜欢吃些药助眠,一片、两片的安眠药对白啄是有用的。只是这一年来,白啄宁愿通宵不睡也再没拿出安眠药,甚至连想都不能想。因为每次她都会想:许厌是什么时候得到那瓶药的?他是什么时候决定的这件事?他生日那天收了蛋糕是不是就已经决定这么做了?他……

这些话盘旋在白啄脑海,甚至充斥于她的每个细胞之中。所以,不能看、不能想、不能吃,这样白啄才能活下去。

5月31日那天,白啄如5月21日那天一样,挑了一条长到脚踝的裙子,依旧抱着一束香槟玫瑰走向许厌。

进陵园的时候,有人推着个坐着轮椅的老人正往外面走,老人闭着眼睛,瘦骨嶙峋。只看了一眼,白啄就垂眸移开视线,抱着花束的手紧了紧。她的精神状态实在不好,竟然在这位老人身上看出熟悉的影子。

距前一次来已过了十天,上次放在墓前的花束因为凋谢已经被清理了。现在许厌墓前放了新鲜花束,花瓣上面还浸着水珠,来看许厌的人应该刚走没多久。

白啄弯腰把手中的鲜花并排放在那束花的旁边,起身时她看着照片中许厌的眼睛,弯了弯嘴角——原来不止她记得,还有别人记着她的许厌。

白啄回到家,进到卧室,从床头柜里面拿出一个小木盒。里面的东西很少:一支录音笔、一张粘得并不成功的照片和两张卡片。

一张卡片上面写着:新年快乐,许厌。

另一张卡片上面写着:生日快乐,许厌。

去年白啄送出的那两张卡片,许厌都收了,并且好好保存着。

想到那些被拒之门外的食物,白啄食指点了点照片里许厌的眼角,低声询问:"后悔吗?那些菜也很好吃的。"说着,白啄合上小木盒,将它抱出卧室,放到她最近睡觉的沙发上,转身进了厨房。

她厨艺一般,但想做给许厌吃的那几道菜她做得堪比大厨。她最喜欢做脱骨排骨,焯好水的排骨一般炖两三个小时,她就在这个时间里准备好配料,将土豆、蘑菇等所有要用的食材都摆好。然后她就真的像等待丈夫回家的妻子一样,将爱意浓浓地化在高汤里。

白啄闻着锅里散发出的香味,扬了扬嘴角,虽然花费时间长,但效果不错。

闻着排骨和米饭的香味,她盛了满满一碗,但她并没有留在餐厅吃,而是把饭端到客厅,放在茶几上。

客厅铺着地毯,白啄盘腿坐在抱枕上,打开电视后才拿起筷子,最先响起的依旧是敲门声,还是昨晚听的录音——从许厌那支录音笔里导出来的内容。

"没有。"

白啄夹了块土豆。

"……兔崽子。"

白啄很喜欢吃煮得软糯的土豆，和米饭拌着很好吃。

"你没有，那个女的有啊，在公园见到的那个，叫白啄是吧。那女人看就有钱，她是不是喜欢你？"

排骨味道也很好，许厌应该会喜欢吃。

"你少用这种眼神看着我，也别摆出这副正人君子的模样，我是你老子，你一个动作，我就知道你藏着什么见不得人的心思，你喜欢她吧！"

杏鲍菇还是适合炒着吃，香菇适合炖排骨。

"这不就得了，到时候你钱有了，人也有了。"

伴随着椅子猛地拖地发出的刺耳声，白啄又夹了块排骨。

"离、她、远、点！"

白啄口味清淡，只是不知道许厌口味怎么样。

"她就和你妈一样，看着清高……你再用这种眼神看着老子！"

白啄吃得比平时多，有些撑。

"我说了，别打她主意！"

白啄站起身，在地毯上来回走了几圈。

"我就盯上她了！"

还有些渴，这么想着，白啄给自己倒了一杯水，顺手把抽屉里的药也拿了出来。

"你再用这种眼神多看我一分钟，我就去找那女人。"

白啄眉头轻蹙，药太多又发苦，堵在嗓子眼太难受。

"老子永远能降住儿子，以前是你妈、你妹，现在是那个女人，你不是护着吗？除非我死了，总有一天你护不住。许厌，只要你还有一点良心就永远别想逃出我的手心，整天儿女情长的，你真不像我的种，早知道当时就该掐死你。"

白啄起身，走去厨房，打开冰箱，里面堆着满满的饮料，都是温言带过来的。用眼睛扫了一圈，白啄还是拿起冰箱角落里那瓶不知道放了多久的酸奶，也不管有没有过期，她扭开就喝，喝了几口后，拿着剩下的往客厅走过去。

"你敢！你想这辈子就在牢里啊……唔！"

"我本来想着，录个音，拟个协议，该给的钱我都给，你离我远点就行。但你不该打她的主意。"

此时录音里只剩下"刺啦"的电流声。

那个狱警说，这支录音笔就扔在许厌家这栋楼和隔壁那栋楼中间废弃的封闭间隔里。

当时警察拿着录音笔告诉许厌，这份录音将作为上诉时减刑的证据，但许厌听后并不愿意。

许厌为什么不愿意？白啄正想得出神时，录音里传来的不再只是电流声——

"嘀……嘀……"

"您好，这里是……110，请讲。"

"我杀人了。"

录音里，报完警，许厌那边传来窸窸窣窣的声响。

白啄把许厌的照片放在胸前，手心握着小狐狸挂坠，重新闭上眼睛，嘴角眉梢都含着笑意，今晚应该能睡个好觉。

许厌，我试了很久，可是还是失败了。

我不期待六月，不期待夏天，不想过儿童节……我同样也不期待每一天清晨的阳光。

白啄只想见许厌。

在意识越来越模糊的时候，她看到了许厌。

许厌穿着西装，手捧着香槟玫瑰踏着阳光向她走来，他站在她面前，笑着对她说："回家？"

她接过花束，笑眼弯弯，把手放在许厌掌心："嗯，回家。"

许厌，我们回家吧。

07

"小白!"有人碰了碰白啄的胳膊,哀号道,"求求你给我留点活路吧!咱俩成绩对比这么惨烈,回去后我妈还不知道要怎么唠叨我……"

哒,白啄被温言吵醒了,闭着眼,揉揉有些发胀的太阳穴。她睁开眼,看着温言说:"温温,什么试卷啊?"语气还有些僵硬,完全不知情的状态。

"小白,你睡蒙了吗?"温言有些无奈,按理说就课间这点时间,往常眯会儿都不够,但白啄一脸醒来不知今夕是何年的模样。她忍了忍吐槽的欲望,毕竟数学这门课还得靠她的这位好友。

"小白,刚发了各科试卷,这次联考数学你考了第一名。

"然后你拉着我说有点困了,让你眯一会儿,到点把你叫醒。"

温言组织着语言,一字一句地给白啄复述刚刚发生了什么。

白啄静静地听着,等温言给她梳理完了,那点醒后的迷蒙感也退去了,她想起确实是她拉着温言说要眯会儿的事情。

白啄又低头看着桌子上的各科卷了,最上面那张是高一下半学期数学联考试卷。

唉,白啄不自觉地叹了口气,在被温言吵醒的那一刻,她还以为自己重生了。又想起刚刚梦里乱七八糟的事情,白啄头疼地揉了揉脸,因为她真的认识一个叫许厌的人……

离得近,白啄的每个反应都很清晰地被温言感知到,她有些奇怪白啄的反应,怎么醒来一脸惆怅?她要是数学拿了第一做噩梦醒来也得高歌一首,于是她喊了声:"小白?"

白啄看着一旁有些担心的好友,压下内心的焦躁和疑惑,向温言摇摇头示意自己没事。

白啄糊弄过温言后,脑子里不自觉就塞满了许厌这个名字。

刚才的梦实在太真实了,真实到梦里的细节清晰可见,而且梦里那种绝望的、无能为力的感觉依旧在影响着白啄,她其实有些后怕,怕梦里的情景会真实发生。无论是梦里自己和家人闹翻的事情,还是许厌坐牢的事情,都让白啄在意,明明他们都拥有未来,未来却在梦中的那个时间段断掉了,许厌最后火化了,自己也……白啄想说服自己那些是假的,但是现实情况和梦里的轨迹太像了——她小时候就和许厌见过,后面却没再联系过;她父母也有送她出国的想法……

这一件件事叠在一起,未来不会真如梦中的那样吧?这样一想,现实的境遇和梦中的情景合起来,让白啄有些喘不过气。究竟怎样才能逃脱开命运的轨线呢?

猛然间,许厌的身影闪现在白啄脑海里。

那是高一上学期的寒假,白啄在去超市买酸奶时和许厌擦肩而过,他穿着的好像是漫中的校服……漫城一中。

想到这里,白啄的嘴唇忽然紧紧抿在一起。

她现在高一,许厌高二。

她在漫城的一所贵族学校,许厌在漫城一中。

两所学校一南一北,离得着实不算近。

而她要想弄清事情真相或者说阻止梦中发生的事情,就只能转学去漫城一中,找到许厌也许就能阻止一切发生。

白啄理清这些线索后,深深地呼出一口肺腑里的浊气,这个行为自然又引起了温言的注意。

温言从刚刚开始就觉得白啄有点怪,她自醒来后就如此,问她也不说,就自顾自地叹气和皱眉。

"小白,你真的没事吗?"温言真有点急了,下一秒就要拖着白啄去校医务室了。

白啄伸出双手抱住温言,安抚性地在温言背上顺了顺,语气温和:"温温,我没事,就是做了一个噩梦醒来后有点在意而已。"

温言也抱着白啄:"你没事就好,刚刚担心死我了。不过,这次考试你肯定又是年级第一,还是碾压式的第一。"说着,温言又附在白啄耳边道,"范梦璇那个'白莲花'肯定气得脸色都青了,笑死我了。"

范梦璇从小就是"别人家的孩子",长得好、听话、嘴甜、学习好。可惜的是,她遇到了白啄,从幼儿园到高中,只要有白啄,那她就永远是第二,以至于每次看到白啄就像是看到仇人。

两人就这么黏糊地搂着,直到上课铃响起温言才撒手。

白啄是个有主见同时执行力也十分强的人,她决定转学去漫城一中找许厌,到了午间休息时间就去找了班主任,一位戴着眼镜颇有教导主任风范的语文老师。

"你说什么?"班主任似乎没有听清,她抬手推了推眼镜,不可置信地反问道,"转学?"

"是的。"白啄点点头,重复道,"我要转学,想问问您需要办什么手续,我马上……"

"停停停!"班主任连头都是大的,她抬手做了一个暂停的手势,"白啄同学,你知道你在说什么吗?"

他们学校就算不是漫城顶尖的,也是排名前三的,虽说是个贵族学校,但也不是有钱就能进的,多少家长挤破了脑袋想把孩子送进来,这还有想转学的呢?

而且从几次考试成绩来看,白啄在整个漫城的高一学生里都是拔尖的,有冲高考状元的潜质,这么一个好苗子,学校自然不会放过。

"有多少人挤破脑袋都想进咱们学校,你怎么会有转学的想法?"班主任眼中厉光一闪,"和同学发生矛盾了?你说出来,老师肯定帮你解决。"

"没有,"白啄摇头否认,"是我自己的问题。"

白啄态度很好,就是软硬不吃,她话语中的坚持就连见过无数学生的班主任也没有办法。

"那你家长知道这件事情吗?"没办法,她只能从另一方面入手。

见白啄摇头,班主任心中松了口气,语重心长道:"你现在还小,不要冲动行事,今天回去跟你家长商量商量,等你家长同意再说。"

听着班主任的话，白啄明白了。她点点头，表示知道了。走出办公室之前，她还贴心地道："我父母那边我去说，今天晚上就能有答复，明天周六，办手续时可能会打扰您的休息时间，提前跟您道歉。"

说完，白啄微微弯腰鞠了一躬才转身离开。

这时坐在椅子上的班主任打了一个激灵，心中冒出一个不可置信的念头：白啄真的可能说动她家长转学。

白家离学校近，放学也不需要司机来接，十几分钟的路程，她和温言走着走着就到了。

"小白，"温言手里捧着一杯奶茶，"你今天怎么了？"平时白啄虽然话也不多，但是也不像今天，一直愣愣地出神，不知道在想些什么。

白啄出声道："我要转学了。"

"咳咳咳！"温言被奶茶呛住，猛地咳嗽起来。

白啄伸手想帮她拍拍后背。

"你要干什么？"温言却抓住她的手，不可置信道，"转学？"因为咳嗽，温言脸颊发红，神色激动。

"嗯。"白啄任由她抓着，"漫中，我要转到漫城一中。"

"漫中？"温言抓着白啄的手焦急道，"那个学校一般，里面什么人都有，你是怎么想的？"

因为那里有许厌，这一个理由就足够了。

"为什么转学啊？"一看白啄的表情，温言就知道这件事板上钉钉了，她松开白啄的手腕，口中呜咽，神情恍惚地向前走，"以后就只剩下我孤苦伶仃的一个人了，以后再也没人……"

白啄迈步追上她，无奈地打断她的碎碎念："我周末就回来了。"

"我不听！我不听！"温言想抬手捂住耳朵，但她手中握着奶茶，由于激动，里面的液体直接喷到了她的脸上。见奶茶都和她作对，下一秒，温言悲从中来，这次是真的眼中含泪。

白啄连忙抽出纸巾帮温言擦溅到脸上的奶茶。十几年的交情，白啄什么性格温言知道，说一不二，再说如果不是有什么事，白啄是不会背负这么大压力转学的。

温言看着面前仔细给她擦脸上的污渍的人，除了难受，还有担心："那你跟伯父伯母说了吗？"

白啄把她下巴上最后一滴奶茶擦干净，才摇了摇头。

"我就知道！"温言突然有点着急，"伯父伯母会不会同意啊？"转到并不算太好的漫中，在白父白母那里肯定是个不小的难关。

白啄嘴角向上扬了扬，把脏了的纸巾扔到旁边的垃圾桶中，心想，会等到父母松口的那刻的。

回到家，福妈已经在门口等着，问道："啄啄，成绩发下来了？"

白啄对福妈笑说："嗯，发下来了。"

第二章 见面、米酒味酸奶

　　许厌,请你喝

01

"啄啄,过来。"白母一见白啄进门就向她招手,嘴角的笑意明显。

白啄走过去,坐到母亲身旁,语气带些腻歪:"妈。"

"嗯。"白母心情着实不错,"我看到你们学校发的信息了,你考得还行,但是不能掉以轻心,注意查漏补缺,错的那几道题好好想想原因……"

白母对白啄的学习向来要求严格,能这样说已经是很满意了。白啄默默听着,斟酌着怎么说才能让母亲更快松口,她实在不想在这件事情上和母亲僵持争吵。

其实应该慢慢来的,但白啄快等不及了,等不及要转学去漫城一中,等不及亲眼看见许厌。于是她又开口叫道:"妈。"

平时白啄都是安安静静地听着,这是第一次打断白母的话,白母愣了瞬间,但是马上反应过来:"怎么了?"

"我能确保我的成绩不下滑,也会像你说的一样查漏补缺,所有不该丢的分我都能抓住。"白啄抿了抿唇,看着母亲试探道,"那我能转学吗?"

"转学?"白母果然愣了,"你马上就高二了,现在想转学?"她深呼吸一下,才反问道,"你想转去哪里?"

白啄知道母亲在尽量压着脾气,但她还是开口:"漫城一中。"

"漫中?"白母终究还是没忍住,摆手打断白啄道,"我不同意!"

如果是漫城顶尖的高中她还会考虑考虑，在别人看来漫城一中也许还行，但在她心中是排不上号的。

"我可以跟您签个协议。"知道白母不会这么轻易同意，白啄尝试表达心中想法，"要是我转过去成绩下滑，到时候您要我去哪儿我就去哪儿。"

"我说不行！"下午知晓白啄成绩时的好心情已经消磨殆尽，白母皱眉道，"你就在这个学校好好待着！哪里也不许去！"

"您可以给我提要求。"白啄静默几秒还是开口，"我做到什么程度才能转校？"

"不可能！"白母态度坚决，"我不可能同意你转过去，想都不要想！"

白啄知道，母亲觉得她又走错路了。从小就是这样，母亲觉得她错了，就要她纠正过来，不允许她犯这么低级的错误。

"妈，"白啄抿了下唇，"你们能不能相信我一次。"

"白啄，"白母深吸一口气，"相信是一回事，青春期叛逆又是一回事。"

"不是叛逆。"白啄抬头，看着母亲，知晓梦中的事情说出来只会让母亲更加觉得她是青春叛逆，转而说，"您不同意，但是我也有我的理由，况且您也不愿意看到我叛逆的样子。"

白母被她这句话里隐藏的含义气着了："我不同意你就要叛逆？那你想怎么叛逆？"

白啄并不想和母亲比输赢，但母亲在某些已经决定的事情上，软硬不吃。

"翘课、绝食、弃考、离家出走，"白啄逐个举例，看母亲眼中的怒气越来越盛时，她才语气一转，"我并不会做这些事情。我这不是在威胁你们，而是我内心真实的感受，我想说给你们听。"

白啄接着道："你们应该了解我的，我不是一时冲动想转学，我是认真思考后决定的。"

白啄垂着眸子说出心中的想法，语气放缓。白啄在赌，赌母亲的那一丝恻隐之心。

"为什么？"白母有些不满意地瞪着白啄，"为什么一定要去？原因！"

听到她的话，白啄松了口气，一直绷得直直的背稍稍放松下来。

"我喜欢那里的老师和同学，"白啄把在回家路上就想好的理由说出口，"在那里我更能沉下心学习。"

"喜欢那里的老师和同学？"白母觉得这个理由令人匪夷所思，"就因为这个原因？"

"嗯。"白啄说，"我去图书馆自习遇到的，我很喜欢他们那种学习氛围。"

白母被这个原因砸得晕头转向，但看着白啄少见的委屈模样，她满肚子的气怎么也发不出来。她闭着眼睛摆手，心累道："你先上去写作业，等你爸爸回来我们商量一下。"

白啄看着皱眉的母亲，张开双手搂了上去，把脸搁在母亲的肩膀上，轻轻蹭了蹭，开口道："谢谢妈妈。"

白母被白啄的动作弄得一愣，白啄性子沉静，很少对他们做出如此亲昵的动作。

"行了，读高中的人了，还撒娇。"白母佯装呵斥却也欣喜女儿的亲近，"我还没同意，不要开心得太早。"

"嗯。"白啄弯了弯眼睛，"我知道。"

白啄知道母亲是嘴硬心软的类型，母亲嘴上虽然这么说，但白啄知道，这事成了。

白啄的转学事宜很快就确定下来。周日，白父白母带着白啄往漫城一中去。

不知为何，离漫城一中越近，白啄的心跳得越厉害。不只是为了阻止梦里发生的那一切重现，还有一些连她自己都道不清的理由。但回归到原点，白啄是想见许厌的。

正当白啄看向车窗外时,许厌突然骑着单车出现在她的视线中,此时他单脚撑地,两只手扶着车把,等着红绿灯。

许厌……

他们这么快就见到了,这也是白啄有些始料未及的。他好像比梦中的样子要精神许多,也比高一寒假时的匆匆一瞥更加帅气。

他五官俊逸,下颌的线条很利落,看起来很有野性。

许厌比她想象的还要好很多。

白啄呆呆地看着车窗外的反应太过奇怪,白母转头问道:"啄啄,怎么了?"

白父也在后视镜中观察她的反应。

车拐了弯,早就已经看不到人。听着母亲的询问,白啄摇摇头示意没事,只是紧握的双拳反映出她此刻心中不太平静的情绪。白啄低着头,松开有些僵硬的手指,活动了两下,又拿出手机,避开他们的视线。

白父白母对视一眼,没有说话。

漫城一中的宿舍是八人间,环境一般,白啄从小就没寄过宿,白父怕她不习惯就在学校外面给她租了个房子。两室一厅,精装修,更重要的是小区安保措施做得很好。

白家父母并不是溺爱孩子的类型,白啄动手和独自生活的能力都是从小培养起来的,所以他们并不太担心。白啄养成如今这样独立的性格,他们又是欣慰又是心疼。

白啄并不知父母心中的想法,只觉得这样安排很好,她需要空间去做自己的事情。就比如说,这段时间她会提前复习各个学科的知识,熬夜必定是常事,就是再小心也还是会影响到别人,但自己一个人住的话就没有这种顾虑。

白父白母又陪着白啄去学校转了转,带着她熟悉了周围环境。等他们转回漫中门前准备离开时,白母看着身前面容青涩的女儿,心间突然发涩,她抬手把白啄垂下的头发别到耳后,道:"有事给我和你爸打电话。"

白母并不是经常表达母爱的人，这一句话中的关心之意已是溢于言表。

"嗯。"白啄向前跨了一步，张开手拥抱白母，"我知道，周末回家看您。"

过了会儿，白啄才松开白母，对白父摆手："爸爸再见。"

白父点点头，抬手抚了抚白啄的头顶，揽着白母朝路边停着的车走去。直到打开车门坐了进去，他才摇下车窗对白啄摆摆手。

白啄站在路边看着汽车启动，看着那辆车越走越远，直至消失在视野之中才收回视线。

白啄独自走在漫中附近的这条街上，细细观察路上的行人和街道两旁的店铺。这时才刚过下午五点，白啄并不想太早回到租的房子中去，可是站在街上，她也没有地方可以去。

白啄漫无目的地在这一片闲逛，转了一圈又一圈，终于在两个小商店门前停住了脚步。看着相邻的两家店，她脚步一顿，拐进了右手边的那家，准备买些东西回家。

商店不算太大，但里面零食种类不少。在那几排货架间逛了一遍，最后白啄抱了几瓶酸奶去结账。这个牌子的酸奶包装质朴、量大，价钱相对还低一点，是真正意义上的物美价廉。

看着柜台上摆着的七八瓶酸奶，店主郑旗失笑："小姑娘，你这是把我架子上的酸奶全买走了吧。"

店主看着也才二十几岁，顶多是哥哥的年纪，却满满的长辈语气。

见白啄点头，郑旗没忍住笑出声。他找了个袋子，帮她把酸奶装进袋子里，语意不明地笑道："买完了好，买完了好啊。"

白啄并没接腔，只是付钱时抬眸看了郑旗一眼，他幸灾乐祸的语气太过明显，让人想忽视都难。

郑旗是个自来熟，没人回应，也不觉得尴尬，只是感叹道："还真是不容易，能见到第二个这么喜欢喝这种酸奶的人。"

这款酸奶的味道在一众酸奶里显得比较独特，喝着有股淡淡的米酒味，太奇怪了，大多数人适应不了。

白啄却很喜欢它的味道，从喝第一口时就喜欢。这家公司后面又推出了别的口味的酸奶，但她还是只喜欢这一种。

"有点沉，小心点啊。"郑旗把袋子递给白啄时又笑眯眯地说了一句。

白啄默默接过装着酸奶的袋子，出于礼貌回道："谢谢。"她转身，低着头正准备出门，突然听到身后传来调笑声。

"没了，"郑旗的声音中带着止不住的笑意，对着刚进来的人道，"一瓶都没了，你今天恐怕要断奶了，忍忍啊！"

正准备往里面第二个架子走去的许厌脚步一顿，扭头才看到低着头站在店门口的女孩。他视线一垂，看见她手提袋子往店外走。大半袋全是一种口味的酸奶，袋子太沉，沉甸甸地坠着，把她的手心勒得发白。

"找到一个'志同道合'的可真不容易是不是？"郑旗揶揄道，"这家公司还不倒闭绝对少不了你俩的贡献。"

"没了酸奶，要不换个别的呗，郑哥请你喝！"他突然起了坏心思，"AD钙奶！也差不多，同样符合你的气质！"酷哥喝AD钙奶，这就叫"奶帅奶帅"的！

许厌收回视线，没接他的话茬，拉开旁边的饮料柜，拿了两瓶矿泉水，放到柜台："一起结了。"

郑旗皱眉："结什么结！谁买的我到时候……"

话语间隙，门口挂的珠帘又在响，郑旗看向门口，就见才迈出门的小姑娘又转身走了进来。

她紧紧盯着面前正准备付账的人，神色不复刚刚的平静。

见她神色不对，郑旗忙问道："小妹妹，你怎么了？"

白啄却还是紧紧盯着许厌不说话。也许是白啄的视线太过灼热，就连当事人都察觉到了不对，许厌将视线定格在她的身上。

见面前的小姑娘直勾勾地盯着许厌，郑旗忍不住转向许厌，问："认识？"

许厌不明显地蹙了蹙眉,摇摇头。

"那这是怎么个情况啊?"郑旗抓狂,小声道,"人家姑娘没见你之前好好的,你好好想想到底……"他还没说完就猛地噤声,看着门口的姑娘一步一步走过来,在距离许厌两三步远的时候停住。

看着这一幕,郑旗无端地有些紧张——不会闹事吧?

接着,郑旗就看到柔柔弱弱的小姑娘低头从手上的袋子里抽出一瓶酸奶,递到许厌面前,温声细语道:"请你喝。"

02

看着面前的酸奶,许厌并未动作,只礼貌性地道了一句"谢谢"。他将视线收回,从口袋里掏出钱包,拿出几百块钱放在柜台上,对郑旗说:"多的记下个月的。"说完便拿起柜台上的两瓶水转身离开。

看着这一幕,郑旗摇头叹息,这"冰碴子"除了模样好看点,成绩好点,会打球……唉,小姑娘就是容易被表象迷住眼。

郑旗还没在心里吐槽完,就看见面前的小姑娘低下了头。她不会哭了吧?他顿时慌了:"许……许厌!"

许厌要出门的步伐一顿,转身看过来,眉头越蹙越紧。

"小妹妹,一瓶酸奶而已,咱不至于哭。"一连串安慰的话从郑旗嘴里蹦出。

破天荒的是,一向冷心冷面的许厌转身走回来把那瓶酸奶抽走,接着往女生手中塞了十块钱才离开。

过了好几秒,郑旗才回过神。看到白啄手中的十块钱,他服了:"小妹妹可以啊,当着我的面,中间商赚差价?"

郑旗说完,就见面前的小姑娘肩膀在微微颤抖着,很轻微。这次他清晰地听到了,她在笑。

郑旗失笑:"别告诉我你一直都在笑。"

白啄握着十块钱,恍惚间还以为回到初三那年的寒假……

假期对白啄来说并没有什么特别的，只不过是换了一个学习的地方。她每天都安排得满满当当的，如同机器一般地执行指令，只是机器也会出现程序故障。

那时马上就要中考，白啄进入学习瓶颈期，老师、家长轮番找她谈心，白啄面上不显，心中的烦躁却逐渐加深。

那天，在一场模拟中考中，她考了有史以来最低的分数。她不想回家，但站在离家很近的十字路口时有些迷茫，除了家，她不知道去哪里，也不知道还有哪里可去。

最后，她就站在街边发呆。

街对面有一个卖棉花糖的小摊子，很多小孩在排队买。他们看起来太开心了，开心到她以为棉花糖有什么魔力。

棉花糖太甜，她并不喜欢吃，但为了体会到那种快乐，她鬼使神差地做了平时不会做的事情——也去排队买了。

等轮到她时，她摸遍了身上所有的口袋才想起来没拿钱包出来，她现在身无分文。

老板已经做好棉花糖，白啄抿了抿唇道："抱歉，您给别人吧，我……"她一句话没说完，就见旁边伸出一只手，付过钱后将棉花糖拿了过去。

白啄准备离开，但刚被人买走的棉花糖突然被递到她的面前。她愣了瞬间，没接，抬眸看向递来棉花糖的人：寸头，五官深邃。

——"拿着。"

这是当时许厌说的唯一一句话。

白啄抬手接过棉花糖，看着他转身把手里的另一支棉花糖递给后面的小孩，又目送他离开。

那时，白啄想，许厌不认识她了。

许厌好像一直都是这样，看着难以接近，心却是软的，小时候是，初三那年是，现在依旧是。

白啄抬起头，身体后退一步向郑旗标准地鞠了一躬，口中道："谢谢您。"说完，她拎着袋子出门，只留下门口碧绿珠帘的碰撞声。

　　郑旗半晌才回过神来，牛！

　　许厌走出商店，巷口有人在等着他。

　　曹霖见许厌出来，摆手道："哥，这儿！"

　　许厌走过去，给他扔了瓶水。曹霖抬手接住，拧开水瓶灌了一大口，问道："哥，今晚还去吗？"

　　"去。"许厌垂眸看了眼手上的酸奶和另一瓶水，最后还是拧开了那瓶水喝了几口。

　　"可那几个人忒能熬了！"曹霖有点担心，"连着几天谁受得了啊！"

　　许厌："没事。"

　　曹霖知道熬几个大夜对许厌来说并不是难事，比这更难熬的事情他们也不是没经历过，但他就是觉得憋屈，这都是什么事！

　　一路上，曹霖把矿泉水瓶捏得"咕叽咕叽"乱响。

　　漫城不算小，但他们活动的地方就这么几个，没多久，就走到了目的地。

　　这是一个破旧的小区，处处能看见生活的痕迹。小区里摆放着一个卖鸡蛋灌饼的小推车、对面的一小片空地上种着菜，还有小区内那家商店旁支起的牌桌……

　　许厌闭着眼都能把这一切在脑海中完完全全还原，包括每个人看他的眼神。

　　"走了。"曹霖家比许厌家要近些，进了小区没多久就到他家了。

　　"哥，你来我家吃饭呗。"曹霖叫住他，偷偷摸摸地指指楼上，"麻辣鱼！可好吃了！"

　　许厌没说话，只是摆了摆手表示拒绝。别人家其乐融融的氛围，许厌插不进，他坐在那儿只会显得格格不入。

许厌走到拐角，熟练地跨过一个水坑，迈进年久失修的廉租楼房，从一楼到三楼，每个楼梯拐角都堆满了杂物，不是破旧的箱子，就是缺了角碎了块的器皿，里面填满了烟头和槟榔渣。

许厌从兜里掏出钥匙打开门。正坐在客厅里吃饭的王雅云听到开门声，动作一顿，斜眼看过来，接着又转回视线，用筷子在偷看许厌的许玥歆的碗上敲了敲，语气不善："看什么看！你不是嚷嚷着要吃鸡蛋羹，快吃！"

许厌像不在意般，直接走进靠里的房间，关上了门。许厌顺手打开了灯，屋子很小，一张床、一个四方柜子再加一张桌子就占了大半空间。

这本来是个储物间，虽然墙上有个用来透气的窗口，但这种封闭的空间总会弥漫着一种压抑的氛围。不过许厌无知无觉，像是早就习惯了一样。

许厌把酸奶和那把孤零零的钥匙放到桌上，才空出手脱了校服，换上黑色外套。

换完衣服，许厌拿起桌上的房门钥匙，又拉开抽屉拿出一把更小的钥匙，视线却不由自主地落在桌上那瓶酸奶上，沉默不语。

许厌出门的时候，客厅里的人还没吃完晚饭，只冷眼看着许厌进门、出门，视若无睹。

许厌走出楼栋时，天已经黑漆漆了，只有几米远的昏黄路灯亮着。

他拿出小片钥匙打开防盗锁，跨上单车，脚下用力，单车就飞快地向前转动起来。

第二天一早白啄醒来，给自己煎了一个鸡蛋、烤了两片面包当作早餐。等吃完走到玄关时，她脚步一顿又拐了回去，拉开冰箱，从里面拿出一瓶酸奶才出门。

等白啄到老师办公室报到时，她的班主任已经等在那里了。班主任手中拿着卷子正在翻看，她走过去，叫道："田老师。"

"白啄同学，"田虹把手中的卷子合上，对白啄笑笑，"还习惯吗？"

白啄点了点头。不管习不习惯,她都一定要待在这里。

田虹微笑道:"好,我带你去班上。"

白啄跟着田虹走进教室,班里正嚷嚷的同学看到班主任身后跟着的新面孔后声音都慢慢低了下去,直至安静。

田虹把卷子放到讲台上,看着下面一张张带着好奇表情的面孔,说:"这是我们班新转来的白啄同学。白啄同学刚转来有很多地方不熟悉,希望大家多多帮……"

她的话还没说完,底下的同学便骚动起来。

"白啄?这名字怎么这么熟悉?"

"每次联考考第一的那个!上周刚被各科老师夸过!"

"是她?"

"我只有一个想法,学霸真好看。"

"停一停。"田虹拍了拍讲台,等大家都安静下来,才说,"以后多向白啄同学学习,不要只看到她的成绩,也要看到她的努力、她学习的技巧以及方法……下面让我们热烈欢迎白啄同学加入我们高一(1)班这个大家庭,成为我们班的一员。"

见田老师说得差不多了,白啄对着下面的同学微微弯腰,简短地介绍:"大家好,我叫白啄。"

田虹:"白啄,你的座位在第三排靠窗的位置。"

白啄的同桌是个短头发的女孩,很喜欢笑,等她坐好,立马伸出手道:"白啄同学你好,我叫肖茹斐。"

白啄把手放上去握住:"你好。"

整整一天,高一(1)班门口就没断过人,每节课课间,总会有人有意无意地聚集在教室门口或窗边。

不说白啄,那些视线灼热到连身为她同桌的肖茹斐都快要受不了。不过肖茹斐很是佩服白啄,一整天,除了课间上厕所和喝水,她头都没抬起过,一直低头写东西,时不时翻翻桌上的书,完全不受干扰。

肖茹斐感叹，学霸不愧是学霸，果然有定力！

漫城一中傍晚六点放学，住宿的同学要上晚自习，晚上九点放学。对于走读的学生，学校并不强制他们上晚自习，可以根据自己的时间安排。白母觉得晚上不安全，白啄就顺着她的意思没有上晚自习，毕竟在哪里复习对她来说影响都不大。

白啄背着书包走到校门口，本该左转，可她眼睛突然一亮，右转朝前方那个背影追去。

许厌个儿高，步子迈得大，白啄小跑了一会儿才跟上他。她微微喘着气，没走两步，许厌转身看着她，开口道："缺钱打劫？"

白啄一时没反应过来："啊？"

怕给许厌留下不好的印象，白啄连连摇头："不缺！"解释的同时就要拿出钱包，"本来就是要把钱还你。"

"不用。"说完，他转身就走。

白啄动作一顿，看着前面的背影，她抿了抿唇，还是抬脚跟上。

"我叫白啄。"白啄快走了两步，跟在许厌身旁，侧头向他自我介绍。

许厌连眼神都没有给她一个。

"我刚来这儿不熟悉，"白啄并不气馁，努力找话题，"你知道哪家饭店的菜比较好吃吗？"

许厌并不是话多的人，白啄也不是很会聊天的人，问的这个问题让她自己都觉得尴尬，许厌不回答她在情理之中。

白啄放弃了找话题聊天，她慢了他两步，低着头，跟在他身后。

她一步一步、很幼稚地踩着许厌踏过的地方，跟在他身后走过这条小巷，又跟着他拐了弯，最后跟着他停了脚步。她低头等了几秒，见许厌没有抬脚迈步的迹象，便奇怪地抬起了头，就见许厌垂眸看着她，眉头微微蹙在一起。

"这家。"见白啄抬头，许厌移开视线，手朝对面指去。

白啄顺着他手指的方向看过去，只见对面是一家生煎店，她顿时明白过来，许厌是在回答那个她为了搭讪问的问题。她下意识地弯了弯眼睛，道："谢谢。"

白啄说："你吃吗？我请你。"说完又找了个并不完美的借口，"就当还你钱。"

他不接白啄的话，只道："别再跟着我。"声音已是带着不耐烦。

接近许厌并不是一件一蹴而就的事情，白啄早就有了心理准备，于是连连点头，同时真诚无比道："谢谢。"

除了周一那天，这一周其余四天上学日白啄都没再见过许厌，不管是在学校，还是在她买东西的街上，她都没有再遇见过许厌。

马上就到周末，可以休息了，整个班的人都很兴奋。

白啄不为外物所动，低着头，拿着笔在本子上演算着化学方程式，随后笔尖顿在那里，思绪不知道跑到了哪里。离放学还剩三分钟的时候，白啄放下笔，合上书，把东西装好，就等着下课铃响。

肖茹斐惊奇地看着白啄，四周的同学视线也转到白啄身上，能看见这一幕可太不容易了。

"白啄，你今天有事吗？"肖茹斐问。

"嗯。"白啄把今天没顾得上喝的酸奶放回书包里，"有事。"

她要出去堵人。她计划过了，她和许厌不相见是不可能的，梦里的她未来会与他重遇，如果梦里的事重现，到时候一切就来不及了，所以，让许厌知道自己是谁，才能徐徐图之。

此时一段钢琴曲响起，这是放学铃声。

白啄迅速背上书包站起身，准备第一时间冲到校门口堵人，但突然传来的一声"白啄，你等会儿再走，去办公室我跟你说点事情"，让白啄止住了脚步。

肖茹斐连连摇头，班主任老田太没眼色了，早不来晚不来，偏偏在放学的时候来，眼见着学霸从不明显的兴奋到很明显的平静，肖茹斐觉得老田要是没啥大事通知，她都能替白啄记恨老田一星期。

站在老师办公室里，听着班主任以及各科老师的话，白啄配合着点头，虽面上不显，但她心中已经有些烦躁了。已经过去半个小时了，许厌大概率已经走了，她明天要回家，又要连着两天见不到许厌，这下连偶遇的机会都没有了。

不过老师们是好意，她不能拒绝，这是最起码的尊重。但她心中还是很急。

终于，田虹想表达的关心说得差不多了，看着白啄和颜悦色道："这一周还习惯吗？有什么困难随时可以说，老师帮你解决。"

"谢谢田老师，学校很好，同学们也都很友善，"白啄迫切地想结束这场谈话，"我没什么不适应的。"

"好。"田虹很是满意，像是感受到了白啄的焦急，终于松了口，"那你先回去吧。"

白啄松了口气，与各科老师打完招呼后转身出门，在她关办公室门的时候，还听见里面的老师夸道："真好啊。"

一出门，白啄就加快脚步往校门口走去，虽然这个时间点遇见许厌的可能性很小，但她还是想去看看。

但刚迈下楼梯，就感到口袋中的手机在振动，白啄停下脚步拿出手机接听。

白凛的声音从手机里传出："快出来，我都等了将近一个小时了！"

白啄抿了抿唇道："马上。"

03

天已黑蒙蒙，周末学生们都着急回家，校园里已经不见几个人影。

白啄已经打消了偶遇许厌的想法，走得慢腾腾的。刚走到校门口，就听到两声急切的"嘀嘀"声，白啄望过去，就见一辆停在距校门口十几米远处的车打了两下闪光灯。

白啄收拾好心情走过去，拉开车门，坐上副驾驶座的同时开口叫道："哥。"

白凛现在读大三，学校就在漫城隔壁市，离得很近，乘坐高铁的话也就一个半小时的车程。

"白啄啄你可以啊！"等白啄系好安全带后，白凛才将一块红丝绒蛋糕递过去，"高一都快读完了你还能说动爸妈让你转学，我要是敢跟爸妈提休学……啧啧啧，不敢想。"

白啄把蛋糕盒子打开，用勺子挖了一小块蛋糕放入嘴里，等甜味在嘴里蔓延，她才回道："你可以试一试，万一爸妈不生气呢。"

"嘿！"白凛看了白啄一眼，又后知后觉地觉得舒爽，他妹妹刚刚是在调侃他？

白凛不但不觉得不快，反而觉得十分受用。白凛对白啄是有滤镜的，觉得妹妹哪儿哪儿都好，只是身上少了小孩的活泼。知道白啄转学时，他吃惊之余更多的是高兴，觉得妹妹叛逆也好，闯祸惹事也罢，这才是十几岁的孩子会做的事情！

白凛心中感慨，觉得妹妹身上缺的那股活泼劲好像开始出现了。妹妹终于长大了，知道怼哥哥了，下一步是不是就会撒娇了？

白凛越想越美滋滋，想起白啄转学的原因，随口问道："那你见到喜欢的老师了吗？教不教你？"

本就是子虚乌有的事情，白啄摇摇头，回道："没有。"不过随即加了一句，"但见到欣赏的同学了。"

正感慨于妹妹转变的白凛并没有想歪，只是接着她的话音问道："人很好？你们在一个班吗？"

"不在一个班。"

白凛没发现白啄的情绪波动，随口道："也是，那个同学人不好你能转学吗？"

他妹妹什么都好，就是不爱交朋友，玩得特别好的也就一个温言。知道她是因为这个转学时，白凛是举双手赞成的，这很好，该玩的时候就得玩，天天像个小大人似的有什么好！

只是白凛下意识默认那同学是个女孩，不是小瞧他妹妹，实在是他妹妹就没长那根筋。再说，他也想不出来哪个男生优秀到能让他妹妹注意上，在白凛心中，没人配得上他妹妹，没人！

回到家，福妈已经做好了饭就等着他们回来。

吃完饭，家人坐一起聊天时，问起白啄在漫中的情况。

"还适应吗？"

白啄轻轻靠在白母身上，回答白父："适应。"

"老师和同学怎么样？好相处吗？"

白啄点了点头："好相处。"

"哎，好了！"白母满脸不耐烦地打断白父，把白啄的手握在掌心，"孩子刚回来让她休息休息，问这么多做什么！有这时间还不如问问你儿子什么时候才能成熟点！"

白母说着瞪了白凛一眼，恨铁不成钢道："天天不务正业！"

本来看到她们母女情深的模样，白凛又是新奇又是感动，并没有想到会"祸水东引"。

"咳！"这下所有人的视线全部转到他身上，顶着三重压力，白凛底气不足地往沙发背上靠了靠，"这不是还在试验阶段嘛。"

他高考后，家里人想让他报经济学，他嘴上同意，但欺上瞒下，最后报了动漫设计专业，把白母气得不行。这个专业看着太虚，白母瞧不上，觉得他不务正业。

大三这一年，他和身边同学一起创业，成立了一家动漫制作方面的工作室，走不走得下去还不一定。

"哥，"上楼睡觉时，白啄叫住准备进屋的白凛，"加油，我相信你。"说完白啄推开门进了她的卧室，剩下白凛在他卧室门口愣愣地站着，随后低声笑了许久。

白凛会不会成功，白啄不知道，她只是想给他一点亲人之间的支持，但没过一个小时她就后悔了，她哥有个"强大心脏"，根本不需要这些。

白啄面无表情地看着白凛发的朋友圈，睡意全无。

　　白凛：我的妹妹是仙女！

　　配图是张照片，白凛抱着出生不久的白啄笑得阳光灿烂，很帅。被他抱着的白啄哭得撕心裂肺，很丑，丑到能做表情包。

　　她第一次产生了拉黑白凛的想法，最后将手机一关，眼不见心不烦。

04

　　周末两天过得很快，除了和温言聚了聚、和白凛一起陪白母出门买了点东西，其余时间白啄都坐在书桌前复习，连起身都很少。此时已经下午四点，马上就要送白啄回学校了，她还在看书，从午饭过后她就没挪过位置。

　　白凛叹了口气，对白母苦口婆心："你和我爸不要给她太大压力。"

　　他妹妹自制力本来就强，再逼一下，真成了无欲无求的学习机器了。

　　白母瞪了白凛一眼没说话。

　　昨天晚上她起来喝水时白啄房间的灯还亮着，那时已经接近十二点了。他们没想逼白啄，就算白啄的成绩真的下降了，白啄如果真的想在漫中，她和丈夫也不会硬逼着白啄再转回来。

　　白母叹气，她还是喜欢看白啄开心放松的样子，成绩什么的，在她心里已经排在了后面。

　　担心白啄还记得那天的协议，临走时，白母拉住白啄，隐晦地告诉她协议其实不重要，他们会支持白啄的选择等。

　　白啄明白后先是失笑，随后又很感动，她张开手臂抱抱母亲，解释了一番，打消了母亲的担心。学习还不至于带给她压力，她只是实在太想和许厌一个班，不想考试的时候出现一丝不确定的因素。

　　白父太忙，白凛就承担了送白啄的任务，他周一没课，准备周一早上再回学校。到了地方，白啄没让白凛将车开进小区，而是让他拐到了上次去的那家商店。

许厌似乎和老板很熟，连带着白啄对这家店铺的印象也很好。但来这儿买东西，白啄是存着私心的，万一再遇到许厌呢！

白啄进入商店，店主郑旗还认得她，可以说是印象深刻，毕竟这小姑娘是能从许厌手中赚差价的人。

郑旗笑眯眯的，像狼外婆似的："小妹妹，又来买酸奶啊？"他本来还想说什么，看见她身后的白凛就把话咽了回去。

"嗯。"白啄点点头回道。

"我小瞧你了，白啄啄。"白凛抬手在她头上揉了揉，"你刚来多久啊连老板都认识你了，这是喝了多少？"他知道妹妹喜欢喝那种酸奶。

自从周五晚上得到了白啄的支持，白凛这两天算是飘了，哥哥范儿也起来了，揉妹妹的头等动作做起来也越发顺手。

白啄微微皱眉，拉下在头上捣乱的手，整理被揉乱的头发，边走边回道："没喝多少。"

白凛虽然嘴上这么说，但在白啄只拿了五瓶酸奶的时候却反问道："不再拿点？"

看着货架上剩下的几瓶酸奶，白啄摇摇头："不拿了。"

知道她喜欢喝，白凛又拿了两瓶："想喝就喝，喝点酸奶要什么自制力，别再自闭了。"

白凛并没有夸大其词，白啄小时候就因为一瓶酸奶人都要自闭了，整整一周没说话，吓得全家人胆战心惊。从那天起，白家就再没断过这个牌子的酸奶。虽然它味道奇奇怪怪的，也不知道她为什么那么喜欢。

白凛担心妹妹，想了想，抬手把剩下的全拿了下来。

白啄看着又空了的货架……你就不能留两瓶！

白啄伸手准备拿出两瓶，但白凛自认为是个贴心的好哥哥不能让妹妹提东西，拎着装了十几瓶酸奶的篮子就去结账。

拿了个空的白啄跟在白凛身后准备去结账，只希望老板还有存货。

此时柜台旁站着一个男生,他拿了两袋锅巴,正在跟店主说话:"郑哥,'八九大佬'是不是生病了?我上午见他脸色很不好。"

"没事没事。"郑旗丝毫不当回事,"他就是这段时间兼职太忙,累的,没生病。"

"'八九大佬'?"猛地听见这么饱含少年气息的中二外号,白凛一恍惚,还以为重回中学时代。这带"大佬"的称呼,一听就很有故事。

"是,他是我们班的!"男生很热心地普及,"专业打脸三十年,每次考试,'贾不真'的脸色都没好过……咳!"正说着,男生瞥到了一直在后面站着的白啄,"学霸?"

郑旗问:"认识?"

见白啄茫然的表情,郑旗便知道男生这是单方面地认识人家小姑娘,于是好心地介绍:"段远,也是漫中的,和许厌一个班。"

白啄的眼睛猛地睁大了些,他和许厌一个班!

白凛站在白啄前面,并没有见到她的表情。白啄从小学习就好,不是第一次被人叫学霸了,他见怪不怪,反而对刚刚的话题很感兴趣,于是问:"然后呢?"

在姑娘面前,段远不好将"大佬"的"光辉事迹"全盘托出,只拣些好听的说:"大佬虽然冷了点,但人很好,尊师重道、团结友善、热爱学习、勤工俭学、孝顺父母……"

听到这儿,郑旗实在没忍住"扑哧"笑出来,拆台拆得那叫一个彻底,丝毫不留情面,"你说的是哪位'五好少年'?这些词可和许厌一点边都不沾。"

学霸还听着,段远下意识地找补:"怎么不沾了,大佬那是外冷内热……"

白啄一愣,他们这是在说许厌吗?

"哦,还是沾一点边的。'冰碴子'能不冷嘛,不仅冷,还很会打架。"郑旗又笑眯眯地补充道,"我要没记错,他是不是还被学校记过了呢。"

段远腹诽：我求求你闭嘴吧！

05

郑旗拆台拆得太厉害，段远尴尬得很，于是拿着锅巴转身就走，没有一丝犹豫。

这边话说了一半，白啄有心想问问怎么回事，可她哥在旁边听着，她不好开口。好在白凛的好奇心不比她少，段远跑了，他只能退而求其次地问郑旗："然后呢？发生了什么？这外号怎么来的？"

看白啄欲言又止的模样，郑旗心中好笑，模棱两可地道："好像因为被班主任误会才有的，唉，那班主任年纪大了和他们有代沟，具体发生了什么我也不清楚。"

"这样啊。"没能听到什么惊魂摄魄的漫中秘闻，白凛有些遗憾，但他还是能凭空脑补出一个高冷少年打脸仗势欺人的班主任的故事。

由人及己，想当年，他也是别人口中的"大哥"。思及此，白凛转身对身后安安静静的人说："妹妹啊，你好好跟人家学着点，别老抱着书看，多出去活动活动，青春就该这样丰富多彩！要不哥怕你以后后悔。"

除了成绩，一无是处，无趣得很。

回想起刚刚白啄仅仅是听见许厌的名字就明显生动了些许的表情，郑旗心中惋惜，要是许厌身上没那些乱七八糟的事情就好了。

郑旗免不了又对害得许厌如此的始作俑者一通"亲切"的问候：真希望许宏建那个浑蛋在外面鬼混的时候有个三长两短，最好是那种能让他再也回不来的三长两短！

白凛拎着酸奶往外走的时候还在叮嘱白啄不要死读书，要学会享受生活等。

过了许久，他才听到白啄在后面轻轻"嗯"了声。

直到来到出租房把一瓶瓶酸奶放进冰箱时，白凛才发现他妹妹从那家商店出来后基本就没再说过话。

想到什么,白凛叹了口气。他还没离开呢,妹妹就难受成这样,那以前每次他回学校的时候,她不会悄悄地抹眼泪吧!

唉,妹妹太黏人了,真是种甜蜜的负担。

临走时,白凛拍了拍白啄的肩膀,安慰道:"到时候放假哥带你出去玩,别难受了。"

白啄虽站在门口送白凛,但心思却早不在这儿了,极冷淡地敷衍了一声。

白啄在书桌前坐了许久,可连书都没拿出来,现在她并没有学习的心思,抬手按亮手机屏幕,上面显示着已是晚上八点二十七分。

还不到八点半。

白啄盯着上面的时间一动不动,直到屏幕重新暗下去。

过了许久,白啄才眨了眨眼,收回视线。

她抬手,把化学书拿出来,放在面前。要翻开书本的时候,她动作一顿,下一秒,她迅速起身,拿着手机就往门外走。

白啄发现,只要涉及许厌的任何事情都可能影响她的情绪,无论这件事情是大是小。

从白啄租房的小区到郑旗家的小商店不算远,十几分钟的路程,只比到漫中远一点。

一路上,白啄走得很快,走到郑旗家的商店时,她还在微微喘气。

听到珠帘响起,正在玩手游的郑旗抬头看向门口,就见白啄走了进来。她呼吸急促,脸颊微红,像是跑过来的。

白啄深呼吸了下,开口问道:"您能告诉我许厌在哪儿做兼职吗?"

"啊……"听到她的问题,郑旗下意识地回答,"可以。"

白啄笑了下:"谢谢。"

"没……没事。"郑旗结巴了下,"别客气。"

一直到白啄出了门,郑旗才反应过来,再低头看手机的时候,屏幕上显示着"游戏结束"。

郑旗也没心情玩了，点了退出，把手机扔在柜台上。许厌看着冷，但人品没得说，就是活得太辛苦了——白天上课晚上兼职，同时还要兼顾恨他的母亲、懵懂的妹妹和杀千刀的父亲。

想到这儿，郑旗很是奇怪，都是一个妈十月怀胎生出来的，怎么单单待儿子像仇人呢？没人不需要亲情、不需要关爱，许厌就是看着再不在意，他也是需要的。

郑旗看到白啄的第一眼，就觉得她是不同的，不管她因为什么原因想要靠近许厌，只希望她不要被许厌故作冷酷的保护壳击退，因为许厌受过太多伤害，只能这样保护自己。

小学霸，加油啊。郑旗在心中给白啄打气。

整整一个晚上，郑旗都处于兴奋之中，他哼起了歌，甚至连店门都忘了关，等不那么亢奋的时候，一看手机，十点过五分了。

"关门！"郑旗准备打烊回家。但猛地站起来腰还有些酸，郑旗有些感慨，老了啊，这才坐了多长时间啊。

郑旗站在柜台前来回活动身体。

"要点什……"听见有人掀开珠帘走进来，郑旗一边招呼，一边转身，看见来人，他愣了下，"许厌？"

许厌正走到货架旁拿泡面。

"晚上没吃饭？"

许厌没吃饭又要熬夜的时候，总会抽空来吃点东西。

"没吃。"许厌说着转身往后面的货架走，应该是拿酸奶去了。

郑旗站在那里观察着许厌的表情，摸不准小学霸有没有找到他。

等许厌拿着酸奶出来的时候，郑旗忍了又忍，还是问了出来："见到了吗？"

许厌下意识地反问："什么？"

"小学霸啊。"郑旗委婉地道，"她去找你了，你没见到吗？"

看许厌愣住的表情，郑旗了然，没见到。

郑旗干笑两声，三言两语把今天的事情概括了一番，努力解释得合理："……那估摸着她也没什么大事，要是急的话肯定就……"

"我今天没去。"许厌却突然开口打断他。

"啊？"郑旗哑然，"没去？"

这不是凑巧了吗！看许厌皱眉，郑旗下意识地说："那什么，小学霸说不定找你也没什么事，真有什么事明天就去你班……哎，你干什么去？"

回应他的只有珠帘碰撞的响声，郑旗看着柜台上被人舍下的东西，叹了口气，这叫什么事！

06

晚上十点多，路上行人稀稀拉拉的，许厌骑着单车，用最快的速度骑到"荷桌"，他平时兼职的地方。

门口正倚在电线杆上的人见许厌过来，立马站直，问道："你今天不是休息吗？"

"有事。"许厌回应的同时，眼神扫射四周寻找那个身影。猛地，他视线一顿，盯着前面不远处刚转过拐角的一个人影。

"怎么了？"那人也扭头顺着许厌的目光往那边看，也没什么特别的啊。

许厌依旧看着那个拐角，回道："先走了。"

"嗯。"那人又看了一眼，许厌已经骑着单车冲向那个拐角。

拐角后是一条巷子，巷子并不长，不到一百米。许厌拐进去的时候，白啄正戴着耳机走在巷子里，耳机线随着她的步伐一摆一摆的，在身后路灯的照耀下就像是连接现实和梦境的通道。

许厌的速度慢了下来，直至停止，等那个身影走到巷子尽头左拐后，单车的轮子才慢慢转动起来。

就这样，一路上许厌走走停停地把人送到小区门口，见人安安全全地进去了，才掉转车头回家。

家里落针可闻，许厌在黑暗中熟练地走进那间小屋子，在关门的同时开了灯，白炽灯的亮光充斥着逼仄的小屋。

许厌坐在书桌前，往椅背一靠，视线定在桌角的那瓶酸奶上。

良久，许厌才慢慢收回视线，抽出一套理综卷子，低头开始写。之所以选择理科，就是因为那些烦琐的公式能让他静下来。一个小时、两个小时……不知过了多长时间，直到眼睛有些酸涩，他才放下笔。

翌日，白啄没等闹钟响就醒了，刚过五点，天还没亮。

白啄睡了不足六个小时，但她没了睡意，起身坐到了书桌前。书桌上摊着语文课本，最上面那张纸是她昨晚默写的那篇诗经《郑风·子衿》：青青子衿，悠悠我心。纵我不往，子宁不嗣音。青青子佩，悠……

检查没有错误后，白啄抬手把那张纸拿起来，拉开旁边的抽屉，放了进去。

她昨晚没见到许厌，等了许久都没见到人来，最后才回了出租屋。

白啄呼了口气，想要把从昨晚起就萦绕在心间的那股不知名的情绪吹散，可是没有用，她胸口还是像压着块石头，闷得很。这种情绪一直到她进了教室都没消散。

"同桌，数学卷子借我参考下！"肖茹斐性格开朗，经过一个星期，已经和白啄熟悉起来。此时见白啄坐下，她就眼巴巴地看着白啄。周围的同学也下意识竖起耳朵，想听听白啄是什么反应。

肖茹斐对白啄眨巴眨巴眼睛，极力扮可怜，和想抄作业时的温言一模一样。白啄笑了下，把周末留的数学卷子拿出来递给她，同时道："不会的可以问我。"

闻言，肖茹斐也不管卷子了，先双手对白啄比了个心，表情夸张道："感动哭了！"

她太过夸张，白啄弯了弯眼睛，连悄悄听墙脚的后桌都没忍住笑了出来。肖茹斐并不在意那些笑声，连忙去"借鉴"白啄的数学卷子了。

离上课预备铃响还有七八分钟,白啄放在桌下的手握拳,拇指在食指指节处摩挲了几下。她有些紧张,但她并不是一个轻易就退缩的人,她深呼吸了下,松开拳,站起身。

这是白啄第一次踏上通往二楼的楼梯,她早就打听清楚了,许厌所在的高二(1)班在她教室对面的教学楼二楼。

白啄走上二楼,一步步离高二(1)班越来越近。越走近,她的心跳得越快,连嘴角都不自觉地抿起。

走到高二(1)班教室后门时,白啄的步伐放得很慢,同时视线望进教室。

经过窗户时,她看到许厌低着头正在看书。看到了人,从昨晚开始就一直萦绕在她胸口的那股情绪才逐渐散去。

白啄走得慢,教室里有些注意到白啄视线的学生很纳闷,顺着她的视线往后看,愣了下,再转回去看白啄,最后了然般地点点头。

白啄转来的时间虽然短但她的名气不小,坐在许厌前桌的段远从白啄出现在教室前门时就注意到了她。

段远在心里咆哮,不会吧!上次他在商店说完那些话后,学霸就找上门了!要是白啄真的找许厌干什么!他第一个遭殃,真不该嘴快……

等等,白啄为什么朝他挥手打招呼?她不是在看许厌吗?段远脑补得够多,又怕真出什么幺蛾子,连忙侧身看了眼后桌的许厌。见许厌好像没感觉或者不在意似的,拿着本书看得还挺神,段远转回身体,见站在教室前门的白啄还在朝他们这个方向挥手示意。

段远咬牙又转过身去,见许厌还在看书:"许——"

算了,他实在没胆子招惹他们。段远转回身体,低头趴在桌子上,当作什么也不知道。

好在白啄没再挥手了,而且一个教室到下一个教室的距离也很短,就是蜗牛都该爬过去了。

白啄刚消失在视线之中,"哟哟哟"的声音就响起了。

段远看着班上的同学起哄,趴在桌子上叹气,好怕许厌知道是他嘴快吐露的后果。

白啄离开许厌的教室没多久，班上有临走廊靠窗的同学探出头瞧她。段远的同桌周泽风从走廊尽头的厕所走回教室，远远就看见班上临窗的部分人在往外瞧什么。他往前跑了几步，看见是白啄，那个高一学霸，马上精神了，"噔噔噔"地直接跑到白啄面前喊人。

"白啄。"

白啄看着面前的人，心想这人应该也是许厌班里的同学，她礼貌地回了句："你好。"

周泽风点头，问她："你为什么在这层楼，而且班上好多人往外瞧？"

白啄组织了下措辞说："熟悉下环境，顺便看看人。"

周泽风了然，突然对白啄做了个手势，引着她往他们教室又走了几步，指着段远旁边的位置说："我坐那儿，以后有事可以找我。"

白啄根本没注意周泽风说了些什么，在往里瞧的时候，就把目光直直锁定在许厌身上。

周泽风见白啄没反应，以为她不在意。他伸出手大力地拍自己的胸膛，豪气万丈道："要是有人欺负你，你来找我！"

他最后一句声音太大，惹得白啄转头看他失笑，觉得这人好认真。

白啄收回注意力，动静太大，不能一直站在人家教室门口。她向周泽风道谢，又往班里看了眼依旧低着头的许厌，抿了抿唇，才转了身。

周泽风傻笑了两声，才云里雾里飘飘乎乎地回到座位上。

谁都没发现，一直低着头看书的人眨了眨眼，将余光收了回来。

周泽风缓了半天，才发现他的同桌也就是段远一直趴在桌上毫无动静，以为段远没看到他刚刚和白啄说话。

"哎哎哎，醒醒！"周泽风拍了段远两下，见没动静，就用手推了推他，"快醒醒，给你讲个事！"

段远装睡装到上课铃响，装到老师进教室，装到不得不醒，才抬起了头，打个哈欠："以后再也不熬夜了，瞌睡死我了。"

见段远好不容易醒了,周泽风的胳膊往他桌上移,身体往他那边靠,压低声音,但掩藏不住兴奋:"我刚看见学霸了。"

"安静点可以吗?"段远身体往走廊处移了移,一本正经道,"你影响我学英语了。"声音不大不小,前后桌刚好能听清。

段远的前桌也就是学习委员还转身给了他一个欣慰的眼神。从始至终,段远连个眼神都没给周泽风,冷漠至极,仿佛陌生人。

整整一天,不管上课下课,段远就像是钉在座位上,眼睛一刻不离开书本,中考都没这么认真过。那模样,周泽风还真以为他"改邪归正"了,愣是没敢打扰。

直到放学铃响起,许厌出了门,段远才松了口气,恨铁不成钢地看着周泽风。

今天真的兴致勃勃一心搞学习的周泽风被看得一脸莫名。

班上的郭帆看热闹不嫌事大,终于逮到机会了,麻溜地走过来,坐在他们前面:"老周,你还不知道吧。"

接着,郭帆用他们三个能听清的声音,把今天早读前发生的事情添油加醋地说了一遍。

段远越听越麻木,他真不该嘴快的!

下周四就要期末考,白啄这段时间一门心思复习,忙得连去买酸奶的时间都没有,也幸亏上次买得多。好不容易等复习告一段落,白啄终于抽出时间去买些酸奶回来。

白啄心里没那么多弯弯绕绕,她转来的想法很明确:能亲眼看着许厌,能与他一起参加高考。

她不想惹什么事,也无意和人争来争去。可有人不那么想,非要在她的平静生活里掺一脚。

白啄走到巷子里时,从一旁冒出的几个人堵住了她的去路。

"有事?"白啄眼神平静。

"当然有事。"站在中间的女生开了口,看得出来她是她们这个小团体的头头。

她上下打量白啄,语气轻蔑:"装什么装。"

白啄无意浪费时间,转身就走。

谁知白啄刚转身,站最外面的人往旁边跨了一步,挡着她的路,还有一个人想拽白啄的胳膊,白啄往后退了一步,躲开了。

白啄皱起眉,看着围着她的五个人,视线从她们的脸上逐一扫过。扫过其中一个女生时,她眉头皱得更深,嘴唇微张:"漫中的?"

不仅是漫城一中的,还是高一(1)班的。

转来快一个月了,白啄天天埋头复习,对班里的人虽然认不全,但眼熟。

眼前这位,她有些印象,因为对方和范梦璇有些像,眼神像,都是那种恨不得用眼神剐人的类型。

白啄从没想过,自己还有被人堵的一天。

但白啄无意和她们纠缠,再一次问道:"找我什么事?没事的话,我可以先走了吗?"

那位女生眼神闪躲着不答话。

"没事,"领头的女生开了口,"但你不可以走,因为姐几个看不惯你。"

白啄皱起眉,撩起眼皮看着面前的几人,渐渐失去耐心。她不是什么柔弱可欺的人,这些人想找碴儿,她可不会配合。

突然,一道熟悉的声音传来,似在打电话。那道声音由远及近:"在哪儿?"

白啄的心猛地一跳,下意识地朝声源处看去。

许厌戴着耳机,骑着单车从这条巷子经过。他对着手机那头的人说"马上到"时,正好从她们身旁经过。

好些天没见了,每次见到许厌都是在这么奇奇怪怪的情况下,白啄心中有点烦躁,但她面上不显。当许厌的视线扫过来时,她甚至微微向他笑了笑,也不知道他有没有看见。

白啄将视线收回，转头却看见这群女生集体噤声，不禁觉得好笑。

见白啄看来，被突然出现的许厌吓没了胆子的领头的女生佯装恶狠狠的语气说："下次收拾你。"尾音却不自觉地软了下来。

白啄准备抬脚走人时，却被一句"走不走"叫停了脚步。

声音是从前方传来的，白啄看过去，只见许厌已停下车正回过头看她。

看着许厌的眼睛，白啄不自觉就开口回应："走。"

她嘴角隐去的笑容，这时又完完全全舒展开来，连眼睛都弯了弯，像月牙。

白啄很少这么放开了笑，偶尔几次，好像全被许厌看了去。

许厌的视线在那张笑脸上顿了下，随即他垂下眸，转过身，等着她走过来。

白啄向前走了两步后突然顿住，转身看着那几个女生："还要找麻烦的话，我随时奉陪。"

说完，白啄扫了眼那位领头的女生，面无表情地转身离去。人有嫉妒心是很正常的，但嫉妒不是作恶的理由。

白啄走近，站在许厌身旁。

"上车。"许厌摘了右侧的耳机，侧过头对白啄说。

他为什么帮她？是记起她了吗？

白啄有些失神地想着，垂眸"嗯"了声，随后坐上单车后座。

单车动起来，有风吹过脸颊。

许厌问："去哪儿？"

说话间，他的背往后倾了些。

许厌的衣服上有淡淡的馨香，萦绕在白啄的鼻间，她下意识地深吸了一口气，那缕香就顺着呼吸流入了她的五脏六腑之中。

许厌问完后没得到回应，也没再说话，骑着单车，沿着这条街往前走。

见许厌骑行的方向是通往郑旗家的商店，白啄微微抬手，指尖捏着许厌T恤的下摆，轻轻扯了扯。

察觉到身后人的动作，许厌下意识地放慢骑行的速度，侧头看向后座上的人。

"我要去买酸奶。"

许厌："嗯。"

微风吹过，拂在脸上温柔无比。

两人没再说话，却不觉得尴尬。

坐在单车后面的白啄笑眼弯弯，嘴角翘起的弧度也更加明显。她在心里把刚才没说完的话补充完整：我要去买酸奶，你以前递给我喝的那种。

虽然许厌忘了，但是她并不生气。

这么多年过去，他们都变了，但在这点上，似乎又都没变。

高一寒假，她和许厌擦肩而过那次，他手里拿着酸奶。那时白凛来这边办事，见她天天窝在家里看书做题便拉着她出来，白啄不愿意坐在那里听他们谈事情，就出来坐在小街的长椅上看着对面人来人往。

正当白啄坐在那里放空时，视野之内突然闯进一个身影，许厌穿着校服从对面商店走出来，手里拿着和形象不太相符的酸奶。

看到他的那瞬间，她才注意到，长椅对面是一家商店，比郑旗家的要大。

白啄就静静地看着他的一举一动。

也许是她的视线太明显，也许是对面的人防备心太重，总而言之，他看过来了。

隔着一条马路，他们遥遥相望。

许厌比初三见到的那次更高，神情也更淡漠。对视了几秒，最后还是他先移开视线。当时许厌骑着的就是这辆单车，但那时的白啄从未想到有天她能坐在这辆单车的后座上。

那时的细节在脑海中清晰可见，这一刻白啄觉得，她心中早已保留他们之间的小秘密，只不过这些只有她记得而已。

时间过得太快，马上就到郑旗家的商店。

白啄一时不想从单车后座上下来，但单车已稳稳地停在商店门口，连让她磨叽的借口都没。

可没等白啄失落，就看着许厌把车停在商店旁的停放点，然后掏出手机打了个电话。

白啄的视线随着他的动作转动。

许厌挂了电话转过身，看到依旧等在门口的白啄愣了下，接着走到她面前："怎么不进去？"

白啄低头眨了眨眼，抬起头，扬起笑容道："等你，我们进去吧。"

她眸子发亮，玻璃珠似的眼球里倒映着许厌。许厌看着她，半晌，才点了点头。

白啄走进店里时，郑旗正在往架子上摆泡面。见到白啄时，他眼睛蓦地睁大，嘴里说道："哟，小妹妹，好久不……不……"

看着随后走进来的许厌，郑旗"不"了几次，愣是没把剩下的那个字说出口。

看他愣怔的模样，白啄弯了弯眼睛，说道："您好。"

"你好，你好。"郑旗回过神来，迅速地把最后一桶泡面摆上去，随后走过来，看了看白啄，又瞄了瞧她旁边的许厌，才把视线转回来，笑道，"来买酸奶？"

白啄点点头："嗯。"

说完，她看向许厌，还没开口就见许厌摇头："我不要。"

看着两人互动的郑旗笑得像个狼外婆："酸奶有很多，敞开了喝，郑哥请你们，管够！"

看着郑旗一脸开心的表情，许厌瞥了他一眼没说话。

"桌子给你们支好了，曹霖说他一会儿就过来。"郑旗丝毫不在意许厌的眼神，他指了指屋内靠墙放的一张桌子，唠叨着，"以后不要太晚吃午饭，对胃不好。"

白啄看向许厌，抿了抿唇，都快下午两点了还没吃饭吗？

这时身后响起珠帘声，郑旗看了眼他们身后，笑道："得，说曹操曹操到，人来了。"

"哥，你怎么这么快？"身后响起声音，听着很喜庆。

白啄这才把视线从许厌身上移开，看向说话的人。

来人胖胖的，圆脸，头发很多，被风吹后乱糟糟的一团，此时他双手拎着食物正往屋里走。

这人有些眼熟，白啄眨了眨眼，努力回想在哪儿见过，却像雾里看花一样。

白啄低下头怪自己瞎眼熟，不自觉地笑了声。

后面进来的曹霖听到了那声轻笑，他看看许厌又看看白啄，突然生出些紧张，他咽了下口水，扭扭地开口："哥。"

许厌伸手接过其中一袋食物，回道："嗯？"

曹霖看了白啄一眼，委婉地问道："这是……"

"咳！"郑旗怕他瞎好奇，在后面给他使了使眼色。

曹霖一句话没说完就被打断，他看着郑旗的眼神默默地把剩下的话咽了回去，随即又掩耳盗铃地补充了一句："我真的一点都不好奇！"

郑旗没忍住"扑哧"一声笑出来，暗道：你不好奇？你差点就把"好奇"两个字印在脸上了。

笑过之后，郑旗介绍他们认识："这是白啄，漫中的。"同时自觉地接了许厌的工作，对白啄说，"这是曹霖，十二中的，"说完又添了一句，"许厌的好兄弟。"

白啄对曹霖笑了笑又摆手打招呼："你好。"

曹霖一边用空出的那只手扒拉头顶乱发，一边回道："你好。"他反而羞涩起来。

曹霖觉得白啄和他以往遇到的那些女生很不一样，她不像那些女生想要利用他但又瞧不起他，白啄比她们有礼貌也比她们漂亮。

曹霖嘴一咧，笑得露出牙齿，他拎起手里打包的食物，第一次在没征求他哥意见的前提下主动发出了盛情邀请："我买了很多，要一起吃吗？"

许厌转身的动作顿了下，看了眼曹霖，但是没开口。

看许厌没反对，曹霖心中一喜，底气瞬间足了很多。

他推销道："生煎、馄饨都有，可好吃了！"好似怕白啄拒绝，他又追加一句，"我哥也很喜欢吃！"像是证明自己没说谎，忙向当事人求证，"是吧，哥？"

许厌没看他，"嗯"了声当作回应，说完不再听他们说话，拎着食物就朝着那张桌子走过去。

直到坐下来，白啄的脑子还晕晕乎乎的。她是想和许厌多待会儿，可她在旁边等着就好，怎么就坐下来一起吃上饭了呢？

曹霖把带来的食物全部摆在桌子上，还在极力"安利"着那家店："那里离漫中不远，你下次可以去吃。不过我哥有点太喜欢了。"

曹霖自来熟地和白啄爆料许厌的小习惯："他吃了十来年也不嫌腻，有段时间这家店有事关门了半年，我哥还专门跑到别的地方吃生煎。

"但问题是，那家店的生煎贼难吃，我哥却一点不在意，吃了大半年。"

曹霖皱了皱眉，有些担心道："我哥是不是太偏食了？"

白啄一愣，看向刚起身去柜台的人。

隔了会儿，她扬了嘴角，摇头道："没关系。"

许厌喜欢吃就吃，她可以陪他一起，以后也可以做给他吃。

曹霖将他哥偏食这件事抛之脑后。

他往后瞄了眼，见许厌还没回来，做贼似的压低声音问道："你和我哥？"

虽然郑旗说了不让问，但曹霖止不住地好奇，十几年了，还是第一次见他哥这种情况。

"不想说也没事。"曹霖心里虽然好奇，但又怕白啄生气，连忙摇头，摆手道，"我不好奇，我就是问问。"

曹霖似乎连发丝都在紧张，额前的刘海随着他摇头的动作还翘起来一绺。

白啄看到他紧张的模样，突然起了些捉弄的心思："我和许厌啊——"

看到曹霖的神情随着她声音拉长而越发紧绷，白啄的嘴角不明显地抿了下，随即落回原处。她的眸子眨了下，视线落在桌角贴着的、已经泛黄的卡通贴，如实道："没有什么关系。"

最起码，现在是这样的。

"啊？"听到这句话，曹霖的表情明显失落了下来，"是这样啊。"

下一秒，白啄抬眸看向曹霖，声音温柔："但我希望他好。"

说着，她的眼睛弯起，声音坚定无比地重复："我想他比所有人都过得好。"

07

曹霖还想说什么，但余光瞧见许厌走过来了，立马闭了嘴，很迅速地换了话题："我买了两份馄饨。"

白啄已经发现了，曹霖转移话题转移得很生硬。

许厌回来时就发现桌上氛围很奇怪，桌前坐着的两个人都眼睛一眨不眨看着他。尤其曹霖，双眼发亮，也不知道他在兴奋个什么劲。

许厌把曹霖喜欢的饮料递给他，坐下时把另一只手上的酸奶放到了白啄左手边。

"谢谢。"白啄看着手边的酸奶笑了下，等看到许厌手边的矿泉水，嘴边的笑容收了收。

没等白啄开口问，就听旁边的曹霖说："你也喜欢喝这种酸奶啊，我哥也喜欢。"

说完他看向许厌，看到许厌手边的矿泉水后，把白啄想问的话问出了口："哥你今天咋不喝了？"

许厌言简意赅："不想喝。"

曹霖已经完全把白啄当作自己人，说话也就没那么多顾忌，嘴一张，让许厌头顶冒黑线的话说来就来："那什么，这儿也没外人，你不要害羞，没人笑话你。"

许厌面无表情地瞥了曹霖一眼,曹霖很没骨气地缩了下脖子,求救似的看向白啄。

白啄也跟着一本正经地点点头:"嗯,不笑话。"

曹霖憋着笑不敢再说话,他长大了,都敢拿这件事挤对他哥了。

不再接他们的话音,许厌把一次性筷子掰开放在白啄的碗边。

白啄:"谢谢。"

许厌摇摇头没说话,重新拿了筷子夹了个生煎。生煎已经出锅一段时间,还有些温热,吃着正好。

许厌的表情看得白啄心里痒痒的,就像是吹散的蒲公英轻轻地拂过心间,整颗心胀得满满的。

接下来桌上的三个人都安安静静地吃着饭,曹霖只买了两份馄饨,准备把自己那份馄饨给白啄吃。

"我不吃。"白啄连忙摇头,"谢谢。"

"我早上起得晚,十点多才吃早饭,现在不饿。"曹霖还以为白啄不好意思,说着就准备端起他那份馄饨放在白啄面前。

没等白啄再次拒绝,左边伸出一只手端着一碗馄饨稳稳地放到了她的面前。

看到这一幕,曹霖动作一顿,"嘿嘿"笑了两声,端着馄饨的手一转,非常满足地喝了一口汤。真鲜。曹霖觉得今天的馄饨汤格外好喝。

白啄看着面前的馄饨,虽然很感动,但也有点不好意思。

"许厌,"白啄第一次当面叫他名字,"我中午吃过饭了。"说完,白啄觉得脸上的温度上升了两度,混吃混喝又添了一项铁证,这次还是抢的午饭。

"嗯。"看着她微红的脸颊,许厌应了声,接着说了从他们遇见后最长的一句话,"能吃多少吃多少,吃不完的——"许厌把视线从她脸上移开,把剩下的几个字说完,"放那儿。"

也不知道她刚才在期待什么。

最后白啄将馄饨分了一半装在那个吃完的生煎盒子里,正准备把那半碗馄饨递给许厌时,他已经伸手把生煎盒子端走了。

不知道为什么,白啄总觉得许厌今天有些不对劲儿,从在那个小巷子时就不对劲了。许厌好像允许她走近他了。

白啄看了许厌一眼,但他神色如常。她把疑问压在心底,不管怎么说,她很喜欢这种改变。

曹霖在旁边眼观鼻鼻观心地低着头笑呵呵地吃馄饨,他再一次发出感叹:今天的生煎真好吃!今天的馄饨真美味!

总之,今天这顿饭吃得安安静静,也吃得很和谐。

吃完饭,把垃圾全收拾到袋子里,白啄从包里拿出湿巾准备擦一下桌子。嫌防晒衣碍事,她就把袖子往手肘上挽了挽,露出手腕,但她刚挽了左胳膊,许厌就已经把湿巾抽了过去很快地把桌子擦好了。

"许厌,"白啄看着他,还没说话就弯了弯眸子,"我没被吓着,不用担心我。"

虽说可能性小,但白啄思来想去只想到了这个原因。可能是保护弱小的恻隐之心,也可能是见她被堵联想到自身产生了些共情。毕竟被人堵这件事,许厌也遇到过不少次。

"这世间的大多数事情都吓不住我,"想到这儿,白啄的笑容扬得更大,"我很厉害的。"

许厌深深地看了眼那张笑脸,点了点头没说话。

曹霖在旁边听得云里雾里也不敢贸然插话,等他们聊完这个话题没人说话后,他突然觉得此刻有些安静,把垃圾袋系好放到旁边方便一会儿拿出去扔了,他准备找个话题活跃气氛。

蓦地,曹霖眼睛一亮,他举起手腕指着自己腕骨位置,对白啄道:"好巧啊,我哥这儿也有一个疤。"

他越说越惊奇:"也是左胳膊!"

白啄本来正低头看着自己腕骨上的疤,听到曹霖的话,她下意识朝许厌的胳膊看过去,但许厌并没有把手腕伸出来让他们看的迹象。

许厌摇摇头,淡声道:"不明显。"

"不可能!"曹霖立马反驳,指着白啄腕骨上的疤痕道,"明明比这个……"

许厌皱着眉,一个眼神甩过去,曹霖立马认怂:"是差不多好嘛。"

白啄抿着唇,右手摩挲着腕骨上那一小块疤,心中思绪万千。

这时白啄突然发现,从转来那天起,许厌腕骨上的疤没在她眼前露过一次。前几次是因为他穿着外套,这次是因为他避着。许厌像是怕让她看到,有意避开。

思及此,白啄摩挲疤痕的手指蓦地顿住,她的心一跳,猛地抬头看向许厌。

许厌却避开她的视线,转身朝郑旗站着的柜台走过去。白啄紧紧盯着许厌的背影,觉得她忽略的一些东西渐渐明晰起来。

白啄起身,跟着走了过去。柜台上放着她早就拿好的酸奶,郑旗看着他们依旧笑得像个狼外婆。在白啄掏钱的时候,他摆摆手:"不收钱,郑哥请你们喝。"

白啄摇摇头,掏出钱放到柜台上,拎过酸奶对郑旗说:"谢谢,但我这是要送人的,让您请不合适。"

说完她掏出一瓶递给曹霖。

曹霖还做作地弯下腰,双手接过,口中说道:"谢谢。"

白啄抿了抿唇,又从袋子里掏出一瓶酸奶:"请你喝。"

如那次一样,白啄把酸奶递到许厌面前,但这次加了后缀,她说:"哥哥。"

08

一瞬间,商店里落针可闻,郑旗和曹霖吓得大气都不敢出,在旁边面面相觑。

白啄紧紧抿着唇,目光一瞬不瞬地盯着许厌。可许厌的目光只是闪了下,快到连一直盯着他的白啄都没发现。

许厌眸子一垂,视线移到白啄手上,更准确地说是落在她手腕那道陈年疤痕上。

由于白啄皮肤太白,那块疤痕的颜色和周围的皮肤比起来还是暗了不少。那块疤就像是胎记印在了白啄的皮肤上,再也消散不去。

许厌眼神一暗,移开视线,抬手把酸奶接了过来:"谢谢。"

他并没有应白啄的那声"哥哥",但听到他声音的那刻白啄却蓦地卸了力,不知道今天第几次对着许厌眼睛发酸。

许厌没有否认。

没有否认那就意味着许厌认出她来了,他认出当时那个小女孩是她。白啄不知道他什么时候认出来她的:是刚刚?还是在生煎店那条路上?或者是第一次在郑旗的商店……

从小,白凛和白啄就像是两个极端,白啄安静,白凛却闹腾得像只猴子。

白凛经常趁白母不注意时悄悄把白啄带出去玩,但他玩心、忘性都很大,每次把白啄带出去后就跑得没影,完全忘了她的存在。几次后,白啄就长记性了,每次要跟着白凛出去时就会带着自己的绘本,坐在那里看书,然后静静地等他回来。

小时候的白啄长得可爱,性格也软,看着就很好欺负。

有些平时和白凛不对付的小孩子见白啄独自坐在那里,就起了捉弄之心,抢走她手中的绘本。绘本是去世的外公送她的生日礼物,她平时就宝贝得很,见被抢走她起身就去夺。

她越着急,那些小孩就越开心。

在看到绘本被恶意扔到地上时,白啄没忍住红了眼眶。

"哭什么?过来拿啊!或者让你哥……"在周围人的嘲笑声中,白啄握着拳头。

从没遭受过这些的白啄是无助的,在不知道要怎么办的时候,从她背后走出一个小男生,他越过她,一步步朝前面那些调皮小孩走去。

相比白凛,他们明显更害怕小男生,见他走过来,瞬间就作鸟兽散。

那是白啄印象里第一次见到许厌,年龄很小,却已经不喜欢笑、身上有伤的许厌。

但很奇怪的是，她并不怕他。

在他把绘本捡起递过来时，她甚至还红着眼眶对他笑了笑，说："谢谢哥哥。"

只是许厌并没有和她说话，而是转身走了。

抢绘本这件事情发生后，白凛很自责，再也不自作主张带白啄出去玩了，但她出去的频率却更加频繁。见帮她夺回绘本的哥哥身上有伤，所以再出去时她就会带创可贴，有时也会带喜欢吃的小零食……

而这些，许厌大多时候没有要。

那将近一个半月的时间里，白啄去找过许厌很多次，许厌的态度也比刚认识时软化很多。偶尔，他也会回应她的话；他打架被白啄看到时，他会安慰被吓着的她，还会为了哄她送酸奶给她喝……

就在白啄以为许厌终于把她当朋友时，许厌失踪了。

白啄的朋友很少，在她心里，除了温言，也就剩许厌了。

刚开始的那段时间，白啄哭过很多次。等后来长大些，她学到个新词叫"不告而别"，但小时候的这个插曲对她来说，似乎也不那么重要了。

当白啄逐渐长大时，家教也越来越严，拿着绘本出去玩的可能性几乎没有，她所有的时间都被满满当当的课占据，她活得也越来越压抑。

白啄严格按照家长给她选好的路一步步走，不知不觉间，她成了"别人家的孩子"，但不知道为什么，她并不开心。

偶尔，她脑海里会闪过那道身影。

她默认在她平淡无波的生活里，只有那段记忆是鲜活的，只有那个人是不同的。

所以再次见到许厌的那瞬间，白啄一眼就认出他来了。

但是她没有像小时候那样看到许厌就冲上去。她人生的每一步都已经被规定好，他们是两个世界的人，两个世界的人不应该有交集。

况且，看许厌的表情，他没有认出她。

要不是那个梦，白啄不会这么坦诚，她想许厌好、想离许厌近一点，她希望梦里所有的一切都不会发生……

更重要的是,白啄突然发现,她想待在许厌身旁,只有待在许厌身边她才是开心的、放松的、自由的。

所以她转学,努力离许厌更近,即便许厌忘了她也无所谓,他们可以重新认识,但现在看,事实并不是那样。

许厌并没有忘了她。

从转来漫中那天起,许厌允许她靠近,原来是因为这个。

白啄开心得心脏快要停止跳动,猛地,一滴眼泪落下。

"咚"的一声,仿佛直直砸在许厌心间。

"别哭。"许厌下意识抬起手准备帮她擦眼泪,还没伸过去却又觉得不合适,手就僵在半空中。

许厌罕见地不知所措,比几岁的他被许宏建锁在柜子里时还要慌乱。

"别哭了,"许厌僵在半空的手指还是往前,轻轻地把白啄脸上的泪水拭掉,头一次放软了声音哄道,"酸奶给你喝。"

许厌的声音和记忆中那道稚嫩的声音重合:"别哭了,这个给你喝。"

闻言,白啄哭得更凶。许厌蜷了下还沾着泪水的右手,抬起僵硬的左手在白啄头顶轻轻抚了下当作安慰。

安慰人的时候,抱下对方再轻轻拍拍对方的后背,再揉揉对方的头发。

这不是别人教的,也不是许厌从书本上学的,这是他小时候看到别的小朋友的家长这么安慰他们孩子时记住的。那时候许厌看到这样的场景很羡慕,只是他从来没有被这样安慰过,也从来没有这样安慰过别人,所以猛地做出来,显得生疏又僵硬。

而察觉到他动作的白啄哭得更伤心,心却奇异地被安抚了。

这一天,她把心中所有的情绪都完全暴露在许厌面前,发泄似的哭了一场,甚至到最后还打了两个哭嗝。

情绪刚好点勉强止住泪水的白啄,羞耻心回笼,突然又想哭了。

白啄低着头抽噎着,不敢抬头看许厌,自然没看到许厌的表情。

许厌垂眸看着她低头抽噎的眼神堪称温柔。

"好点了吗?"许厌说着又递过去一张纸巾。

白啄点点头。

"那你等我下,我给你拿点冰敷一下。"

白啄哭得有些发蒙了,下意识地点头,看着许厌走出去。

此时站在一旁目睹整个事件的两人,内心都涌起巨大的波澜。

"郑哥,"曹霖僵硬地把视线转向郑旗,恍惚道,"我觉得好像在做梦。"

"嗯。"郑旗语气飘忽,"我也是。"

"我哥……"曹霖默了默,终于吐出完整的一句话,"原来还能这么温柔的吗?"

曹霖第一次见到这副模样的许厌,觉得很是新鲜,晕晕乎乎地道:"真好。"

郑旗一言难尽地看了曹霖一眼,人家姑娘好像就是被你哥惹哭的。

思及此,郑旗想到了白啄第一次来买酸奶的时候,那天她眼圈好像也是红的。当时许厌这个冰碴子还转身从她手里买了瓶酸奶。看今天这情形,他突然有些明白了,这两人早就认识了。

他当时还纳闷怎么"冰碴子"听到小学霸哭了立马转身。想起许厌说不认识,郑旗撇嘴,不认识个鬼!

许厌并不清楚自己的离开让在场的三人都心情起伏巨大,他只是不喜欢哭,也很少哭。因为他知道眼泪除了激起别人的厌恶心和凌虐欲起不了任何作用。

这个道理许厌十几年前就明白了。

那种哭得脑袋发蒙、一阵阵发疼的滋味他已经十几年未体会过了,时间太久,他早就忘了。况且和后面发生的事情比起来更不值一提,他就越发不在意。从那时起,许厌就知道哭解决不了任何问题,有哭的那些时间还不如思考怎么活下去,毕竟只有活下去、只有长大了,他才可能脱离这个地方，离开这些人。

许厌以为，眼泪这种东西应该不会再在他心里激起一点波动，但是，看到面前哭得有些发颤的人，他心里却还是窒了下。

许厌拿着从旁边药店买的冰袋走进便利店，又用毛巾包好递给白啄："敷一下？"

白啄抬手接过毛巾包着的冰袋贴到眼睛上，凉凉的，缓解了眼周肿胀的感觉，很舒服。

许厌垂眸静静地看着白啄的动作没有说话，只是在看到白啄把冰袋从毛巾里拿出来想直接敷到脸上时，才出声阻止道："凉。"

白啄动作一顿。

"许厌，"白啄指尖捏着冰袋，感受着冰袋表面冷气凝结形成的小水珠，问道，"你为什么这么好啊？"

为什么对她这么好啊？小时候是，现在依旧是。

许厌静默，不知道怎么回答。

他好吗？他性子凉薄，缺乏同理心，边界感极强……虽然没做过什么坏事，但也和好人沾不上什么边。

好在白啄好像只是想把自己的想法抒发出来，并不是问他要个答案。

白啄用毛巾把冰袋上的水珠擦干净，终于抬起了头。

面前的女孩双眸微红，眼中水光闪闪，但她在看到许厌的那一瞬间就扬起了笑容，又开口叫道："许厌。"

那刻，她在心里说：我好喜欢你呀。

白啄笑容明亮，眼神纯粹，那双眼睛熠熠发光，连带着她眼中的那个人都像是镀了一层柔光。

她笑靥如花，一瞬间，许厌被那张笑颜闪了眼睛。

第三章 考场、生煎包
许厌,我好喜欢你

01

回到家，白啄把带回来的冰袋放到了冰箱里，她眼睛已经消了肿，现在只有些微微发红。

白啄的嘴角扬着淡淡的笑容。

许厌允许她靠近，允许她踏进他的那个小圈里。白啄很开心，微微发红的眼睛又弯了弯，她一直都很在乎许厌的反馈，得到许厌的默认和允许，之前的那些情绪才都消散了。

周四期末考，三天的复习时间不长，很快就到期末考试那天。考场和座位号是根据上次考试名次来排的，考得越好考场和座位号越往前，这是漫中期末考试的传统。

由于白啄是半路转来的，所以她在最后一个考场。

这个考场是高一、高二混着的：高一年级排名最后的八个学生加上白啄共九个人和高二多出来的同学。

说是年级不同，成绩相当，谁也抄不了谁的。但说实话，就是开卷让他们互相讨论着做题整个考场的学生恐怕也没两个能及格。

在白啄心里这只是一场考试，对她而言在哪儿考都一样，肖茹斐听到后却疯狂吐槽："年级主任是怎么想的？是怕你考好，还是想要成绩想疯了！把你扔进去，抄抄选择题年级平均分就可以'唰唰'涨个几分！"

猛地想到别的，肖茹斐突然语气沉重许多："你千万稳住！正常发挥考第一就行。"

要是白啄来了一个月,成绩下降了,只要想到那时白啄将要面临被嘲笑的场面,肖茹斐就一激灵,不会的不会的!她同桌人这么好,让她"借鉴"作业又给她讲题的,可不能跌落神坛!

肖茹斐祈祷道:"信女愿晚上焚香沐浴迎接考试换得我同桌历劫成功!"

白啄:"谢谢。"

"不谢。"肖茹斐依旧闭着眼满脸虔诚,"你也记得求一求。"

白啄失笑,摇了摇头没说话。她会考好的,会考得比以前还要好,这样她才有底气提出自己的诉求,才能和许厌一个班。

直到第二天坐到考场,白啄才稍微明白了肖茹斐的意思:上午八点考试,七点五十五分时还有学生拖着步子慢吞吞地往教室走。整个考场氛围很松弛,丝毫没有即将考试的紧迫感。

但这些对白啄的影响不大,她心中想着昨晚那道数学题,手指无意识地在桌上画着,脑海中来回换着辅助线的位置想找到更加简单的解题方法。

没等白啄想到突然响起开始考试的提示铃声,她暂时把那道题压回脑海,抬起头,等待着发试卷。

开始答题之前,监考老师再次强调道:"都写自己的,别让我看见谁交头接耳!"

但他说完底下就响起几声吊儿郎当的嬉笑。

白啄垂眸,拿起笔把名字工工整整地写到卷子上,这场考试对她来说很重要,她不能随意对待。

白啄大概浏览了一遍题,松了口气,好在,不难。她根据过往的习惯开始答题,一题接着一题,不慌不忙。只是考场上的敲笔声和叹气声就像伴奏一样时不时就在耳边响起,好在声音不大,对白啄的影响比较小。但随着时间的推移,那些声音越来越大,也越来越频繁。

"报告。"后排突然有人站起身,他扬了扬手中的卷子,"交卷。"

监考老师瞥了他一眼："不行。"

"那老师，"那个人的声音又响起来，听着吊儿郎当的，"能上厕所吗？"

监考老师眼睛都不眨，依旧只有两个字："不能。"

站着的男生佯装迫切道："老师，我憋不住了。"

他刚说完周边就响起几声压着的起哄声。白啄思绪被影响，眉头不明显地皱了皱，拿笔的手顿了下才接着往下写。

"再捣乱就出去，下面三场也不用考了！"

"老师，我真憋不住了，"说话的人继续插科打诨，"总不能——"

"噔"的一声，他的话被打断，那是手指指节叩击在桌面上发出的声音。

那男生还以为是有人在附和，当即胡搅蛮缠起来："——让我就地解决吧。"说完还朝着发出声音的地方使个眼色。

他一望过去，笑容就僵在嘴角。敲出声音的那只手依旧叩在桌上，手的主人正撩起眼皮看他。

监考老师见男生越来越不安生，怒道："我再说一遍，你要么安静坐下，要么我记你扰乱考场纪律一次，之后的考试你也不用考了。"

站着的男生憋着气不敢动，等窗边的人眸子一垂拿起桌上的笔低头不再看他，他才猛地松了口气，转回僵硬的身体坐在座位上，整个人安静得不行。这么一会儿，他连后背上都出了一层薄汗。

男生坐在位置上缓了半天，同一个考场两年了，第一次见这位参与进来。

男生心中无语，他周边的兄弟们也商量好似的消停下来，考场终于安静下来。

白啄写完作文又检查了一遍卷面才发觉都临近收卷了，教室里的学生许久没人吵嚷要交卷、上厕所了，连时不时的敲笔声也没了。

白啄纳闷外还有些吃惊，她本以为那时不时发出的噪音要持续到交卷。

监考老师:"马上就收卷了,再检查检查答题卡和卷子上的姓名、班级。"

白啄压下心中疑惑。

直到监考老师收完试卷,说可以有序离开考场后,班里的人一窝蜂地全拥了出去时,她才慢腾腾地整理起笔袋。等收拾好后,她却见到靠门的窗户边一个熟悉的身影正坐在椅子上,静静地等人流散尽。

白啄连忙拿起笔袋,朝门口的方向走去。由于太慌忙,她的膝盖撞到面前的书桌上,虽说碰撞的声音不小,但书桌是空的,碰上后不怎么疼。白啄把书桌移回原位,扭头想看许厌还在不在,却发现他就站在那个座位上,一步没动。

隔着大半个教室,许厌看着她:"你想干什么?"

——白啄,你想干什么?

白啄迎上他的视线。

太烦了!许厌太烦了!只要表现明显点他心中的警铃就会响,接着他就会防备地拉起警戒线。

以前是,现在依旧是。

可上周末明明是他先停车的,是他默认一起吃饭的,也是他安慰人的,两人好不容易亲近一点,怎么才过了三天一到学校就又变了!

白啄有些委屈,明明……他都认出来她了。

"不干什么,想等你一起吃饭。"

本来没什么感觉的膝盖开始隐隐作痛,白啄边伸手揉膝盖,边埋怨道:"我们不是朋友吗?吃顿饭怎么了?你不是也请我吃了东西!"白啄烦极了,"每次请你,你都拒绝我!"她有些破罐子破摔般地质问许厌,"你知道你这种只许州官放火不许百姓点灯的行为是什么意思吗?"

"我说,好,"许厌又重复了一遍,"一起吃饭。"

说着许厌走过来,看着白啄又有些发红的眼睛,微微皱眉道:"膝盖疼得厉害?"

02

　　白啄的膝盖只是隐隐有些痛意，不严重，更不会影响走路，但他们的速度却比平时慢了将近一半。一个刻意放慢，一个有意配合，频率出奇地一致。

　　他们今天去的还是那家生煎店，两人都坐好等着上菜了，白啄心中还在反思：她有时是不是考虑太多了，所以才会导致错过许多。

　　想到这儿，白啄郑重地开口："许厌。"

　　正在用热水烫碗筷的许厌微微抬眸，递来一个询问的眼神。

　　白啄桌下的手正揉着刚撞到的膝盖，试探地问道："我们现在是朋友吧？"

　　白啄有些紧张，正在揉膝盖的手下意识加大力气，眼睛一眨不眨地盯着许厌。

　　许厌顿了下，接着低头继续刚才的动作，把烫好的筷子放好，把小碗外部的水渍用纸巾擦干净。

　　"你看，我……我们……"见他没回答，白啄心中有些焦急，她想说的话有很多，但千言万语最后只汇成了一句话，汇成了她最想说的那句话，"小时候就是朋友了。"

　　白啄心里很没底气，她和许厌相遇的时间太早，相处的时间又太短，他不一定能记得。

　　想起这几次许厌的避而不谈，白啄抿了下唇，开口道："你要是忘了也没关系，我们可以重新认识。"

　　"没忘。"许厌却淡淡出声打断，他把刚才烫好的碗筷放到白啄面前，抬眸望着她，"膝盖还疼不疼？"

　　白啄满脑子的"没忘"，她双眸蓦地亮了不少，闪着光似的。她看着许厌，再一次确认道："那你承认我们是朋友了吗？"

　　"白啄，"许厌不明显地叹口气，看着她再一次问道，"膝盖还疼吗？"

此刻的白啄很执拗，似是非要听到一个确切的、由许厌亲口说出的答案。她太焦急，心不静，所以平时能听出来的话外音此时却理解不了。

"你还没回——"白啄说了几个字就猛地顿住，突然有些明白过来，她愣愣地看着许厌，嘴角不受控制地扬起，脸上的笑容越扩越大。

半晌，白啄弯着眼睛摇头，回道："不疼了。"

白啄像是确认什么似的叫道："许厌。"

许厌回道："嗯？"

白啄却不说什么，只是再一次叫道："许厌。"

知晓她的想法，许厌配合道："嗯。"

尽管只是一个字，但每次都得到回应让白啄的心稳了些。

白啄看着拿着水壶的许厌，突然叫道："哥哥。"

叫完，白啄就下意识屏住呼吸等待着他的回答。

许厌往杯子里倒水的动作顿了一瞬，接着他才回："嗯。"

虽然还是一个字，却听得白啄松开了微微提着的那口气，这时她的心才彻底稳定下来。白啄低头无声地笑了许久，才抬起头说："那我以后是不是可以像曹霖一样？"

许厌听到她的话，微微蹙眉不解道："像他干什么？"

白啄脱口而出："找你啊。"

有事没事都能找，不用见个面要靠偶遇，不用一起吃个饭还要挖空心思找借口，不用……没有任何立场参与你的事情之中。

白啄想得到一个承诺，又怕表现得太过得意忘形，所以说完这句话她就不敢再看许厌。正好余光瞥到来人，她慌忙转了话题："生煎来了。"

对面的人眼里有很明显的慌乱，许厌没说话，只是抬手把刚才倒的温水放到了她的手边。

白啄将水杯握到手心，小声道谢。

许久，他才低声说："可以。"

吐出这两个字，许厌像是才把心中那颗硌得他不舒服的小石头扔了出去。

许厌声音太小,白啄没听清,抬头反问道:"嗯?"

看她因为刚才的事心虚,眼神还有些闪躲,许厌嘴角快速闪过一丝笑意,随即垂眸摇摇头没说话。

但白啄的眼睛蓦地瞪大,吃惊地看着许厌。

他是笑了吗?刚刚是笑了吧!

那个笑容一闪而过,太快了,快到白啄不敢确认,快到许厌自己都没发觉。

"许厌,"白啄的心跳比平时快了点,见许厌抬头,她说,"我很开心。"

也许是她眼花看错了,但许厌可能笑了这个假设都足够让她开心,甚至幸福。

"所以,"白啄说,"今天可以让我请你吃饭吗?"

此刻的白啄笑着,笑容狡黠,眸子发亮。这样的白啄没人能把她和以前被认为性子过分沉静的人联系在一起。

白啄现在笑着的模样,就像一只得意的小狐狸,连她的那颗小虎牙都在诉说着幸福。

03

白啄有午睡的习惯,中午回到家像以前一样睡半个小时,但她躺在那儿丝毫没有睡意。许久,白啄放弃强迫自己入睡的想法,她坐起身屈起腿,用胳膊圈住,把下巴枕在膝盖上,无声地笑了好长时间。

他们都知道那句话代表的含义。

——白啄,你膝盖还疼吗?

——哥哥,你疼不疼啊?

小时候的白啄看见许厌额角和手腕上的血迹,急得眼泪都要流出来,只会噙着泪水、带着哭腔一遍遍地问:"哥哥,你疼不疼啊?"

小时候的许厌很瘦，头发也被剪得坑坑洼洼，他漠然地看了眼手上还在往外渗血的伤口，毫不在意地摇摇头。但看了眼含泪的白啄，他还是缩了缩胳膊，把手腕缩到袖子明显短了一截的外套里，再往后退一步，用带着稚气但毫无起伏的声音回道："我没事。"

小白啄当然不信，她泪眼汪汪地瞧着许厌的伤口："你跟我回家好不好？"

谁知小许厌却撇着嘴摇头。

那时的白啄太小，什么都不会，在许厌面前她只会哭，像个小哭包。长大了，她依旧是。

所以，见他拒绝，小白啄彻底忍不住了，眼泪簌簌地往下落："你伤口疼，我家有药箱。"

许厌从不在意身上的伤口，因为它会自愈。他也从不开口说去医院的话，知道没人带他去，反正伤口总有一天会好，时间早晚对他来说无所谓，就是永远不好也没什么大不了的。许厌不放在心上，但他被白啄的哭声弄得不知所措，干巴巴地道："我不疼。"

看到他额角的伤口和他一直缩在外套里的手腕，她眨巴眨巴眼睛瞬间又掉了几滴泪："你骗人。"说完哭得更加厉害。

许厌站在那儿很无措，他往前走了一步，抬起没有受伤的右手准备安慰她，可是看见手上打架时蹭上的灰和血迹，他抿了抿唇，又慢慢放下，会弄脏面前穿着漂亮碎花裙子的小妹妹的。

许厌站在白啄面前，垂下的小拳头重重地在衣服上蹭了一下，最终只说了干巴巴的三个字："别哭了。"

我不疼、我没事、你别哭，这是小时候许厌对白啄说过最多的几个字，他不会喊疼、不会哭，他对发生的一切都默默咬牙受着。

白凛比他们大几岁，平时割破手指，连血都没流两滴他都能鬼哭狼嚎地喊半天，但到许厌这儿，就是伤口严重到看不出原本的皮肤样子，他也只轻描淡写地说一句："我没事。"

知道许厌是在安慰她，小白啄抬手抹抹眼泪，低头四处寻找因为惊吓掉在地上的东西——那个纸袋子就躺在他们脚边不远处。不知道谁在慌乱中踩了上去,刚才还鼓鼓的纸袋子已经扁了下来,食物里的汤汁流出来了一些。

小白啄看着纸袋子上面的脚印,嘴角向下撇着,眼泪又要流出来。

许厌顺着她的视线看去自然也看见了那个纸袋子,他报着唇没说话,正准备抬脚去帮她捡起来时,白啄已经先迈了步子。

许厌站在她身后,咬着牙齿,两只小拳头紧了又紧,把刚才那几个小孩的脸又在脑海里过了一遍。

"哥哥,"白啄弯腰捡起纸袋子,拿在手里,她低着头,又红了眼,"你吃不成了。"

许厌的背僵了下,下意识反问道:"给……我的?"

"福妈做的,很好吃。"白啄吸了下鼻子,"想让你吃。"

白啄想着那个帮她抢回绘本,还给她酸奶喝的小哥哥。那时候,他小小年纪就已经浑身戾气,而这份戾气在那块砖砸在他额头时达到顶峰,也在听到白啄惊呼声时散了大半。所以,他的戾气吓退了那三个小孩,但他自己也吓得站在那儿不敢回头。

万幸,白啄没有逃走。

白啄一遍遍问"你疼不疼啊"、她说"你跟我回家"、她在难受"你吃不成了",但白啄的这些情绪里唯独没有害怕。小许厌看着她,嘴唇微动:"为什么?"

小时候的白啄其实不知道他在具体问什么,但她还是理所当然地回道:"因为你是我的朋友啊。"

所以她才想着他,所以才担心他,所以才会心疼他。

那是许厌第一次接收到这样的信息:被人记着,被人护着。

即使给他传达这信息的是个只有几岁在大人眼中什么都不知道的小女孩,但这也足够许厌记着,记十几年,记到再也忘不了。

只是,白啄思绪猛地一顿,她皱眉回忆着当时给许厌带的食物。当时怕白啄难受,许厌把纸袋从她手里接过来,将里面的东西放到周围的流浪狗面前，安慰她说："没有浪费。"

白啄努力在脑海里回忆着那天的细节，她的记忆告诉她，即使被踩得面目全非，那也是福妈十来年没做过的……生煎？

白啄倏地坐直，松开圈着腿的手，整个人僵在床上。

许久，白啄机械地摸出手机、打开通讯录、拨号。

电话接通。

"喂，啄啄？"

"福妈，"白啄紧紧攥着手机，"我能问你个事吗？漫中旁边有家很好吃的生煎店，我记得您以前也给我们做过。"

"…………"

她攥着手机的手心开始往外浸冷汗。电话已经挂断了很长时间，她依旧保持着握着手机放在耳边的姿势。

半晌，白啄才放下手机，她在心中一遍遍告诉自己，可能是巧合，但她的脸红扑扑的，她的心"扑通扑通"跳个不停，那个想法却始终挥散不去：那天曹霖说许厌很喜欢吃生煎，喜欢到了让人担心的地步……是因为她吗？是因为她那时给他送的是生煎吗？

白啄想了很多，最后她心中只剩下一个想法：怎么办，怎么这么喜欢他呢？

04

下午那场数学期末考，白啄早早就到了考场，她坐在位置上时不时注意着每个走进来的人。

看到那个身影时，她眼神一亮，下意识朝他摆手。

注意到她动作的许厌步伐一顿，朝着白啄不明显地点了下头，随即就向他的位置走过去。整个过程也就两三秒，除了两个当事人再也没第三个人注意到。

只是简单的一个动作，但白啄却弯了眼睛，即便许厌没说一句话也足够让她心情雀跃，就像是泡到了气泡水里。

她真的好开心呀。

白啄垂眸，收回视线，再次下决心要考好！她已经迫不及待想要通过测试跳级了。

卷子发下来后，白啄比平时还要认真专注，她一道道解着题，专注到甚至听不到那些敲笔声和叹气声，专注到觉察不到旁边同学很明显往她卷子上瞥的眼神。

直到写完又检查了一遍白啄才松口气。她把笔合上，下意识扭头看向许厌。他正低着头写什么，但看着依旧是在草稿纸上写。

白啄只看了几秒，在监考老师咳嗽提醒前就已经自觉地转回视线，她低着头，心中不知在想些什么。

许厌自然也察觉到了那道视线，他动作一顿，看了眼写了满满一张草稿纸的数学公式，笔尖移动，在那张写满解题步骤的草稿纸上画了一道斜线，接着把笔扔在上面。

许厌视线下移，看着那占了一角的小狐狸，目光下意识柔和了许多。

很快，考试结束铃响起，收卷的过程中班里就听到了稀稀拉拉的说话声，不是在讨论数学试题的难度，而是在讨论放假怎么玩，明明还有两场考试。

监考老师刚收完卷子走出去，班里的学生就边吆喝着边兴奋地往外拥，白啄也站起了身。不同的是，他们是往门外走，白啄却是往教室里面走，逆流而行。

但往外走的学生太多，白啄索性等着，等其他人先走出去，反正许厌也坐在那儿没动。她看着窗边的许厌，对他扬起笑容摆手。

落在后面的学生看到后一惊，她朝谁摆手呢？

他们有心想看热闹，但想到后面的人就如芒在背，最后还是求生欲占了上风，一窝蜂地往外拥。

白啄逆流向许厌走去时，就连许厌也愣了下，以为她有什么事，许厌也站起身，朝她迈过去。此时教室里没什么人，仅有的几个也即将走出去。

许厌步子大，没两步就站到白啄面前，低声问道："怎么了？"

"没事，想跟你说句话，"白啄微微抬头看着他，笑眼弯弯，"你等着我啊。"

等着他们一个班。

考完试还要上一节自习课才放学，教室里依旧是考场布置，两三个人就围在一张课桌上复习明天的考试科目。

说是复习，但即将放假，班里大多数人都很活跃，心静不下来，先是对了会儿答案哀号了会儿，等情绪释放得差不多后趴桌上头凑在一起谈天论地，满心期待即将到来的暑假。

肖茹斐和白啄一张桌子，她前后左右聊了一圈发现她同桌还在低着头解那道物理题，丝毫没有放假的快乐情绪。

"同桌，"肖茹斐趴在桌上，下巴枕在胳膊上，微微仰起头问白啄，"你不开心吗？"

白啄笔尖一顿，下一秒嘴角上扬，柔声道："开心。"

"我也开心。"肖茹斐整个人蔫蔫的，"但我不想考试，只想赶快放假。"

肖茹斐稍微坐直，单手撑着下巴："所以能采访一下吗？这时候怎么能像你一样心如止水？"

"做题。"白啄紧了紧握笔的手，简短道，"做题静心。"

"唉！"肖茹斐叹口气，"我好像知道我们的差距在哪儿了。别说做题了，我现在连笔都不想拿。"

听到她的话，白啄抿着嘴笑了下并未答话。她之所以能坐得住，是因为这里没有让她心绪不宁、坐不住的人和事。要是换个地方，她大约也是控制不住的。

"今天考试有人打扰你吗？"想到这件事，肖茹斐坐直，一脸正色，"实在不行就跟老田说换个考场，千万别影响到你考试。"

"没有,"她说,"还挺安静的。"

"真的?"肖茹斐将信将疑,"他们没整出点幺蛾子?没跟老师拌个嘴影响考场秩序?"

"没。"白啄下意识否认,想到什么,顿了下,改了口,"就说了两句,也没影响秩序。"

肖茹斐见她不像说假话才放下心来:"那就行。"

肖茹斐突然朝白啄靠近,神秘兮兮道:"那你见到人了吗?"

看出来她想聊天,白啄把笔放下,配合道:"什么人?"

猜想同桌心中只有考试不会注意,肖茹斐招了招手,等白啄稍微低头往她身边凑近一点,她才用手挡着嘴巴压低声音说:"咱们学校的风云人物,融入漫城一中从学校秘闻开始!"

白啄抿了抿唇,佯装不在意般随口问道:"什么秘闻?"

"那个考场的人基本都有自己的小团体,其中坐你前面的那两个人最热衷的就是每周五放学和人切磋。"肖茹斐说,"你注意到每周末放学我们学校对面总会站几群人吗?那就是等着放学切磋的。"

"高二学生里还有个三人小团体,热衷于找事,很喜欢和老师对着干,把老师惹得越生气他们就越开心。"肖茹斐想把所有传言都给白啄讲讲,"倒没什么坏心思,也没什么战斗力,但就是很烦人。"

肖茹斐滔滔不绝,白啄就在旁边安安静静地听着并不打断:"还有你明天考试注意下考场里坐门口的那个人。"

听到这句话,白啄的心瞬间吊了起来。

"虽然看着很帅,"肖茹斐把声音压到最低,"但那是咱学校学生公认的最不能惹的人,你以后见到他记得离得远点。"

肖茹斐三言两语简短说完,随即就转向另外的话题:"还有,和你在一个考场的还有个女生,相当豪气,你以后就知道了。"

白啄垂眸想的却是:那可是我用尽全力想要靠近的人啊,怎么能远离?不可能的。

一节课的时间过得很快,下课时肖茹斐还意犹未尽:"下次接着给你讲啊。"

白啄点头,接着快速收拾东西。见她动作仓促,肖茹斐随口问道:"有事急着回家?"

"嗯。"白啄点点头,"要去堵人。"

听到她这么说的肖茹斐双眼发亮:"堵谁啊?"

白啄把书包背好,道:"我们学校最不好惹的人。"

肖茹斐双手抱拳:"祝您成功!"

她表情很明显的是"你演得开心就好"。

白啄顿了下,抿了抿嘴,看着肖茹斐认真道:"我其实很早就认识他了。"

"那太好了。"肖茹斐说着好,但语气依旧很不着调,"以后记得介绍大佬给我认识,让我抱抱沾沾霸气。"

"不行,"白啄想也不想就拒绝,微微皱眉,"你不能抱。"

怎么还拒绝了?入戏真快。

肖茹斐还没反应过来,就见白啄嘴唇微动,语气轻柔却不容置疑道:"他是我的。"

怎么还越演越逼真了,她同桌原来还有演戏的天赋吗?

肖茹斐想调笑白啄两句,却见白啄表情十分认真,并不像开玩笑。她的笑容僵在嘴角,已经到喉咙口的话却怎么也吐不出来了。半晌,她才茫然地眨了眨眼:"你说他什么?"

她的?白啄刚说谁是她的?

肖茹斐双眸迷茫地看着白啄,如提线木偶般毫无感情地吐出两个字:"你的?"

白啄点头,但还是严谨地解释:"现在还不是。"

听到"还不是"时,肖茹斐似是发癔症初醒般,她无神的双眸蓦地亮了一些,松了口气似的长长地"哦"一声,才算回过神了,心想着原来是逗她的,吓得她差点就当真了。

肖茹斐僵硬的嘴角刚恢复了些,正准备说些什么,耳边就听见白啄说:"但以后会是的。"

白啄抿了抿唇,还是把剩下的话委婉地说出口:"我不太喜欢,别人碰他。"

说她的占有欲在作祟也好,说她自私也罢,在有关许厌的事情上,她心眼确实小得很,看不得其他女生碰他。但又不是那种甚至看不得他交朋友的占有欲,相反,白啄希望许厌的朋友有很多,所以她又说:"不过以后可以介绍你们认识。"

怕遇不到许厌,白啄说完没再管呆若木鸡的肖茹斐,与她打了个招呼就向教室门口走去。

白啄并不想隐瞒些什么,什么装作不认识,什么保持距离……这些她从来没想过。

许厌应该也没想过,所以他并没有刻意疏远她。

白啄很开心,甚至想让所有人知道她和许厌的关系:知道他们认识了很久;知道他们亲近,会是彼此最重要的人;知道他们会相濡以沫,相伴走完一生。

这一切的一切,白啄都想昭告天下,她想告诉所有人,他们慌忙想避开的人,是她求之不得想要靠近的人。

05

说是来堵人,但白啄也只是想碰碰运气,能遇到最好,要是遇不到……要是遇不到,那就明天再见,反正还有两场考试。

白啄并不着急,所以真没见到人也不觉得有什么失望的,许厌又不会跑,说不定明天中午还能一起吃饭。

白啄是这么想的,但事实却和她想象的完全不一样。

第二天白啄没等到人,从开考铃响起直到考试结束许厌都没进考场,他今天没来参加考试。

下午英语考试结束后,白啄看了眼窗边那个空了一天的位置,眸子一垂，拿着文具回了班级。

最后一场考试结束，马上就能放假了，校园里都是学生兴奋的吵闹声，嘈嘈杂杂的，一如此时白啄的心情。

回到教室同样人声鼎沸，大家坐在位置上叽叽喳喳说个不停，都在等着班主任过来布置作业，然后开始期待已久的假期生活。他们的那种兴奋之情溢于言表，很明显地流露出来，遮都遮不住。

白啄坐在位置上，正低着头拿着笔在本子上默写着古诗词。

此刻白啄心绪不宁，数理化生这些科目写不了，那些公式在她脑海里单纯只是个公式，产生不了任何化学反应，所以她只能默写古诗词：不用思考，又能分走她一部分注意力，不至于让她满脑子乱七八糟的想法。

肖茹斐今天也很安静，她时不时地看白啄一眼，欲言又止。在她不知道第几次看过来时，白啄终于放下笔，看向她问道："想说什么？"

"同桌，"肖茹斐弱弱地问道，"你心情是不是不好？"

虽然白啄和平时一样都是低着头安安静静地写东西，但肖茹斐感觉白啄心情不好，她明显没有昨天看着开心。即使昨天白啄的话震惊了一晚上，可肖茹斐也不得不承认，白啄说那些话时每个生动的表情都在展示着她的好心情。和今天是不一样的。

"不是，"白啄静默了几秒，接着轻轻摇头，"只是有点担心。"

怕许厌遇到什么事，知道自己可能想多了，但她就是止不住地担心。白啄有些后悔，应该把电话号码要过来的，这样她就不会像现在一样来回地猜。

"别担心。"肖茹斐拍拍她的肩膀安慰道，"你再坚持一下，等老田说完那些乱七八糟的事情就放假了。或者你现在就去向老田请假，暑假那些安排事项到时候我给你发过去。"

白啄心间一暖，对肖茹斐微微扬起嘴角，摇头道："谢谢。"

没用的，就是请了假白啄也不知道去哪里找许厌，她能去的无非就是两个地方：郑旗家的商店、许厌做兼职的"荷桌"。

没等多久班主任进了教室提了几点要求又强调了几个注意事项，随后就放了学，直到走到学校门口白啄仍没确定要去哪里找许厌。

校门口的人来来去去，交织成人海，校园像个巨大的鲸鱼张着大嘴，准备捕获逃亡的鱼群。白啄站定在校门口自我暗示地鼓励：没关系，这个假期总会再见到许厌的！一定会的。她一边想着，一边略带失望地抬脚融入人海。

"白啄。"一个熟悉的声音叫停白啄。

白啄的眼睛一亮，朝声音传过来的方向望去。

只见许厌把帽檐往上抬了抬，那双深邃的眼睛完全露出来，开口道："走吗？"

白啄没应声，而是反问道："你在等我吗？"

许厌看着白啄。看着她眼中那丝毫没隐藏明晃晃的期待时，许厌眸子一眨，移开视线："嗯。"

听到他的回答，白啄眼睛一弯，笑出声来，她用力地点了点头："走。"

许厌不明显地扫了眼还愣在那儿的人随即移开了视线，稍微向左转了车把，靠着人行道行驶，避开学校前方的减速带。

再一次坐到许厌的单车后座上白啄比上次放松了很多。

还没到傍晚六点，天依旧亮着，他们往前骑着，店铺往后退着，白啄闭上眼睛，身体稍稍往许厌那边靠了靠，静静地享受着此刻。

一路上安安静静的，直到快到目的地时，许厌才突然开口问道："今天回家？"

"嗯。"白啄动作一顿，脸不红心不跳地回道，"我哥来接我。"下一秒她手指一蜷，把柔软触感的布料松松地握在手心。

问完这句，感受着身后微微的拉扯，许厌点点头没再说话。

一路上两人没再说话，却没人觉得尴尬。

上次在郑旗家商店哭得上气不接下气后也是许厌送她回来的，所以见他一路顺畅停到小区门口时,她也不觉得有什么奇怪。

白啄跳下单车,看着许厌帽檐下略显疲惫的双眼,心下担忧:"昨晚没睡好?"

许厌摇摇头,他的右手依旧握着单车把手,换了个话题,问她:"东西收拾好了吗?"

白啄摇摇头道:"没有,需要带回家的东西很少。"说罢,她又紧接着加了句,"不着急。"

她想和许厌多待一会儿,但许厌看起来实在是很累,她目露担忧。

许厌将棒球帽摘下扣在白啄的头上,遮住了这双充满担忧的眼睛。

"我没事,你上去吧。"

白啄帽檐下的眼眸垂着,她问:"今天你是专门等我的吗?"

他答:"顺路。"

白啄想起刚闻到的淡淡消毒水味道没说话。

医院和漫城一中从来不顺路,自然也不会和这个小区顺路。许厌不想说,白啄也不会逼他。

许厌:"我走了。"

白啄一把揪住了许厌的袖子,力气不大,但许厌整个人顿时如雕塑般僵住,一动不动。

白啄揪着许厌的衣服,闻着他身上的消毒水味,听着自己如打鼓般的心跳声,甚至连每一次跳动都清晰可闻。可能太安静了,刚才隐隐能闻到的消毒水味道这时明显了些许。

医院在完全相反的方向,许厌不是顺路,就是在等她。也许是在等她安慰他。

白啄这么想着,接着也这么做了。

白啄空着的那只手把头上的棒球帽取下来,她学着许厌的动作把棒球帽重新给他戴上,甚至连捏着帽檐向下扣的动作都没放过。

她收回手,另一只揪着许厌衣服的手指也终于松开,强装镇定道:"下次见。"

说完她转身往回走,刚走了两步又停住。

白啄深吸一口气,转身,走到许厌面前,从书包里拿出手机递过去,用无事发生的口吻说:"手机号。"

许厌抬起僵硬的手指接过手机,输进去一串数字又递回去。

白啄接过手机,直接拨了过去,听到许厌身上的手机响起铃声才挂断,找话题似的开口:"是真的。"

多说多错,白啄朝许厌摆摆手,转身就走。

等白啄走远,半晌,许厌全身上下的每个关节才像重新恢复工作般,他鼻尖好似还萦绕着淡淡的香味,久久不散。

许厌抬起还略显僵硬的手又把帽檐往下压了压,才握上了单车把手,握上的那一瞬间,他的手指轻颤了下。

他向着相反的方向骑去。

在路上,许厌买了些清淡的食物,他没有回家,而是拐到了漫城中医院。上到住院部三楼,他推开护士站对面的那间病房,径直走向中间那张病床。

这时许厌的心情已经平复下来,神情也恢复到平时的模样。他把买来的食物放在病床旁的小桌子上,把病床调高些固定好后才又拿出医院配的小餐桌,把买的东西放上去,都是些清淡好消化的食物。

许厌把粥盒打开,把那些清淡的菜和勺子摆好才把小餐桌放到病人的面前,方便她吃。整个过程中病床上的人脸上没有丝毫笑意,她抿着嘴绷着脸,甚至连眼神都没给他一个。

旁边病床上正在输液的大姐羡慕道:"雅云妹子,你儿子真孝顺,你真有福啊。"

一天了,忙前忙后就没见他有一丝不耐烦,在本该叛逆闹得鸡飞狗跳的年纪他这份稳重很难得。

王雅云拿勺子的手一顿,抬眸迅速瞥了眼旁边的人,僵硬地提了提嘴角,没说话。

"多大了?"大姐没发觉两人之间那种陌生人般的氛围,依旧问着,

"上高中了吧，高几了？"

许厌没开口，王雅云声音僵硬道："高二。"

"哎哟，真好。"大姐夸道，"以后你就等着享福吧。"

大姐："就是有点内向，不爱说话。"整整一天基本就没见他说话，要不是医生过来询问听他回答了几句，她都要以为他不会说话。

"不过这样也好，"大姐说，"比那些油嘴滑舌的好多了。"

王雅云吃着东西不再答话，而许厌面色如常，听到这些话时连眼睛都没眨一下，见病床上的人开吃东西，他眸子一垂转身走了出去。

许厌坐在病房外的椅子上，背往后一靠，两条腿松松垮垮地支在地上，垂眸看着医院的地板。

半晌，许厌伸手拿出手机，划开，点开通讯录，看着上面刚存进来的那个名字，拇指上移，隔空抚过那两个字。

一路上见妹妹宝贝似的捧着手机，时不时抿嘴笑，白凛心道：转个学而已，笑容倒是多了不少。

白凛没忍住问道："开心什么呢？"

白啄又看了眼那串号码才关了手机，简短道："放假了。"

马上就能和许厌一个班了，她实在很开心。

"白啄啄，"白凛有些心疼妹妹，"下次不想上课跟哥说，哥帮你请假。"

回到家时，白母还在厨房忙着，白啄小半个月没回家，她想亲手做顿饭。

白啄吃第一口时就已经发现了，她看向坐在 旁有些紧张的母亲，心中一暖。她垂眸又夹了一筷子菜，装作不知道似的夸奖："好吃。"

白母听后松了一口气，对正要开口的福妈使了使眼色，摇摇头，佯装不在意地问道："真好吃吗？"

但她嘴角的笑意遮都遮不住，又给白啄夹了青笋，说道："再尝尝这个。"

看到这一幕，福妈心中了然，笑笑没说话，转身回去收拾东西。

听到白母问话，白啄心中失笑，但是面上不显，她吃了口白母夹的青笋，才认真地回复："真的好吃。"说完顿了下，她又补充道，"是我这段时间吃过的最好吃的。"

听得白母心情舒畅，眉开眼笑。但听得白凛眉头直皱，更心疼了："转回来吧，你在那儿吃的都是什么！刚福妈在我都没好意思说，这顿饭和以前比顶多算……"

白凛摆出只可意会不可言传的眼神，接着说："实在不行，跟你欣赏的同学商量一下，一起转回来，我替你们……"

看到白母沉下来的表情，白啄忙打断："哥！真的挺好吃的！"

"好吃什么呀！"白凛皱眉反驳，"你快转回来，咱不在那儿吃苦！"

第四章 厌哥、跳级

许厌,请你信任我

01

一瞬间，餐桌上鸦雀无声。

看到白母那要喷火的眼神，白啄视线一顿，下一秒就低下头装作没看到。

"刚好放暑假不用担心学习进度。"白凛看着低下头的妹妹觉得他这个哥哥实在太操心了，"听到没？"

白啄摇摇头就是不看他，只是冷漠地吐出两个字："不转。"

"你什么你！"白母瞪着眼睛打断了白凛的话，"有说你妹妹的时间能不能自我反思一下？快三十岁的人了，大天不干正事就会搞点乱七八糟的，你什么时候才能成熟点！"

白凛一噎，不知道白母这火气从哪里来的，于是他弱弱地反驳道："妈，保守估计你儿子还要接受半轮义务教育才会迈入而立之年。"

白凛说的是事实，但明显底气不足，他怕白母这无名火越烧越旺。

"有区别？"白母眼中冒着火星子，"即便再过两轮你就能成熟点不干这些乱七八糟的了？"

他还真不能。

白凛欲言又止，最后还是忍不住为自己辩驳："那叫动漫设计，我们学校的王牌专业之一，每年高考那些名额都被抢疯了，能上的都是……"

"是什么是！是让你欺上瞒下，还是让你瞎折腾！"白母恨铁不成钢，"你除了会敲几下键盘还会什么！"

被迫三十岁、被打上"废物"标签的白凛放弃了抵抗："您说得对。"

"我说得对你也不听啊。"白母终于吐出了真正想说的话，"嫌弃这个嫌弃那个，嘴倒是挑。多少孩子吃不上饭，给你做好还委屈你了不是，让你吃顿家常饭就是吃苦了？"

被骂的白凛一脸蒙。

白啄低着头忍着笑，最后看不下去了才轻轻地敲了敲碗，夹着青笋放进嘴里的同时下巴朝白母点了点。

白凛看看白啄的动作，低头看看桌上的菜，又抬眸看看瞪他的白母，然后又低头看了看那不像福妈平时手艺的一桌菜。

后知后觉明白过来的白凛忙夹了一筷子面前的鱼，感觉到嘴里那偏咸的味道，彻底确认了心中所想。

"哎，好吃！"白凛佯装惊叹，又挨个儿夹了桌上的菜，"彩虹屁"满天飞，"怎么每道菜都这么合我口味！"

"是吗？"白母冷哼一声，甚至不想点评他那拙劣的演技，只是阴恻恻地问，"真这么好吃啊？"

"真的！"白凛连连点头补救，"简直是人间美味，我真的……"

白母把勺子一放，出声道："既然这样那桌上的菜都归你了，今天吃不完明天吃，"最后斜睨他一眼，语气不容置喙道，"一口都不能浪费。"

看到白母那不容反驳的眼神，又看到桌上那四五道菜，白凛头疼，找战友似的看向白啄："妹妹。"

白啄头也不抬："加油。"

白凛一口气噎在喉咙口，他妹妹太无情。

白啄晚上吃得一向不多，但因为今晚意义不同，她每道菜都尝了几口，又喝了碗粥才放下勺子。

本想再坐会儿，但看到哥哥求救的眼神，白啄顿了下，跟母亲打了个招呼就转身上楼回到屋里。

直到走进房间关上门时，白啄微微扬起的嘴角还没放下，她很喜欢这种和家人相处的方式，比过往轻松了太多。

白啄洗漱后坐在书桌前，没看书没做题，她拿着手机看着那串号码，想拨过去却又想起那顶棒球帽。不知道为什么，现在再想起当时的情况颇有乘人之危占便宜的嫌疑。她脸上的温度升了上来，微微有些发热，但转念想到许厌身上的消毒水味，脸上的热度又慢慢地降了下去。

她拨通了电话。

"喂？"耳边传来许厌压着的、听起来稍显温柔的声音，"白啄？"

"许厌，"白啄趴在桌上，下巴枕在胳膊上，柔柔地开口，"晚上好。"

现在已经是晚上九点半，电话那端的许厌还没开口，突然传来一阵嘈杂的声音，但下一秒就小了点，应该是许厌捂住了手机的语音口。

许厌快步向外走，离病房越远，那些吵闹声就越小。

直到电话那端安静下来，白啄坐起身有些担心道："你还在医院没回家吗？"

许厌隔了会儿才回道："没有。"

一不小心把心里话说出口，白啄静默了一瞬，有些不自然地解释道："今天我闻到了你身上有淡淡的消毒水味道，还有刚刚那些人的说话声。"

既然话说出了口，白啄小心翼翼地问："是出了什么事了吗？"

"没事。"

听到许厌的回答，以为他不想说，白啄心中失落了下，但也就一瞬，她正准备转移话题，他们却同时开口。

"那你？"

"家里的人。"

白啄心里一惊，忘了回复。许厌才接着开口："我妈送许玥歆的时候不小心撞了一下。不过不严重，住两天院观察一下就能回去了。"

这时白啄才松了口气，身体逐渐放松了下来，顺着他的话说："许玥歆……"

白啄说到一半，突然开口叫道："哥哥。"

隔了几秒，许厌才开口回道："嗯？"

白啄垂着眸，认真地说道："我虽然这么叫你，但我不是你妹妹。我们没有血缘关系的。"

白啄抿了下唇，还是开口道："你以后不能用这句话拒绝我。"

白啄说完这句话后，电话里突然安静下来，似乎只能听见许厌的呼吸声和白啄的心跳声。

许久，许厌才低声开口："先休息。"

说完，不等白啄再开口，他就挂了电话。

听着手机里的忙音，本来有些紧张的白啄嘴角的笑容越来越大，直到完全控制不住。许厌刚才是慌了吗？她把刚才许厌说的那三个字和他平时的音调对比，得出一个结论：是慌了。

白啄开心了。

她临睡之前又专门给许厌发了条晚安的短信，同时非常坏心眼地用"哥哥"两个字结尾。

接下来的大半个月，他们没再通过话，只是在白啄每天复习功课之余偶尔发短信聊天。所以在温言跑过来把她从书桌上拉下来说出去转转时，她的小心思压都压不住。

白啄明说暗拉带着温言去了漫城一中，美其名曰去看看她现在生活和学习的环境。等到了地方，白啄先带着温言去租的房子里看了看，接着就拉她在漫城一中周边乱逛。

这期间，她心中的小人儿也一直乱晃，希望偶遇到什么人。但她们转了一圈也没见到人，快到中午了，没时间让她们再逛一遍来个偶遇，白啄暗戳戳地决定下午就去郑旗的商店。

白啄想带温言去那家生煎店吃午饭，温言吃东西不挑，应该也会喜欢吃。谁知温言听后连连惊叹："你不是十几年前就不吃了！有生之年我竟然能等到你约我去吃生煎！"

谁知听到这话，白啄一愣："什么？"

"你记不记得，一年级还是二年级，我记不清了，但这不是重点，"温言像是回忆起什么激动人心的事情，拉着白啄的胳膊晃了晃，"你当时眼眶都红了！"

当时从来没见过白啄眼圈红的温言慌了，还以为发生了什么事，却见她视线定格在人家的生煎上，抿着唇红着眼委屈巴巴。

白啄微微皱起眉头，努力回想什么时候发生过这件事。

"当时你那表情差点就要哭了。"温言努力帮她回想，"我后来还专门买了好多生煎给你，但你一口没吃，记不记得？"

但就那么一次，再后来，白啄没再露出过那种神情，所以才让温言记了那么长时间。她当时以为白啄想吃，就去买了好多回来，谁知白啄只是看了眼就头一低不再看了，自然也一口没吃。

说到这儿，白啄依稀有点印象。

"小白，"温言问，"我能知道你当时的心路历程吗？"

这件事困扰了温言许多年，她到现在都不太能接受白啄为了几个生煎眼圈红了。

回想起了前因后果，白啄摇摇头，生煎并不是源头，她当时应该只是联想到了那个人。后来，她再次拿着生煎去小巷子找许厌时却再也没见到他人，她心里难受，总觉得亏欠了那个小哥哥，再后来，越长越大，明白得也越来越多，很多心思她就压在心底不再提及，甚至连她自己都以为不会再在意。

白啄忘了这件事，旁人却记得。

"你快说，不许摇头，我才不信没有原因。"见她摇头，温言不答应了，"身为你最好的朋友，我有权利知道。"

一路上，两人打打闹闹，穿过了当时白啄刚转来漫中跟着许厌走过的那条小巷子。到了地方，白啄朝对面那家店指了指，像当初许厌那样对温言说："就是这儿。"

等她们过了马路，温言拉住她，口中道："别动，我要记录一下。"温言拿出手机，调出前置摄像头。

她们脸上带着笑，头抵着头，以那家生煎店为背景，将此时的场景定格下来。

温言保存下来，又换了一个角度说道："再来一张。"

镜头侧了侧，更多店铺入镜，在温言按下拍照按钮的那刻，看到镜头里的那个背影，白啄一愣，猛地转身回头看。

"哎呀，你动什么，"照片上只照到白啄的侧脸，温言把照片保存，准备再照一张，"快扭过来。"

可白啄还是保持着那个姿势一动不动，温言疑惑道："小白？"

说完，她也顺着白啄的视线透过玻璃门往店里面看，只见那里有两个男生坐在靠近门口的地方，正在说话。

温言以为自己看错了，又确认了下白啄的视线，是在看那两个男生没错。

温言很欣慰，以为转学后白啄终于开始认识新同学了，于是开心道："小白你认识他们吗？刚好我们拼个桌。"

白啄皱着眉盯着里面的人，听到她的话后抿着唇摇摇头没说话。看她有些严肃的神情，温言话音一消，重新看向店里，这才发现不对劲，看得她的眉头也皱起来。

即使看不到背对着她们坐着的人的神情，但面向她们坐着的男生的表情着实不算太友善。隔着一段距离，即使完全不知道他们在说什么，但看他的表情动作，显得痞里痞气，越看越像挑衅。

面对着她们的那个男生突然露出一个不怀好意的笑容，他伸手拿起桌上的生煎，挑衅般地伸出舌尖舔了下，才张嘴咬了口。

这时背对她们坐着的人也终于有了动作，他把筷子往桌上一扔，背往后一靠，看着吃着生煎、表情很欠揍的人，忽然抬起手指勾了勾。见他那动作，男生把剩下的半个生煎一口塞进嘴里，带着点欠欠的笑容还真往前凑了凑。

男生边嚼着东西边说着什么，但没等男生凑过来，对面的人长臂一伸，拽住男生的领口猛地向前一拉，同时左手一抬，扣住那个脑袋猛地往桌上一砸。

"嘭"的一声。

隔着几米远，温言好似都听到了声音，那是脑袋和木桌碰撞发出的闷响。

事发突然，那男生嘴里的生煎都来不及咽下去。

温言没见过这场面，心中后怕，瑟缩了下，忙拉着白啄的胳膊，慌道："小白，我们不吃这家了，换家店。"

可白啄不动，静静地看着那边的人，丝毫没有被吓到的样子。

而店内正准备推门出去的人看到她后浑身一僵，步伐顿住。

"小白，"温言拉着白啄的手，还在小声劝说，"我们下次再吃这家吧。"她现在实在没什么胃口进去吃生煎。

"没事的，"白啄回过神，捏了捏温言的手，安慰道，"你不要害怕他。"

"小白，"温言只想快点离开这个地方，小声商量，"我们……"

这时，里面的人推开门出来，接着左转离开，脚步没再停顿。

白啄的心猛地沉了下去。

02

晚上，关上灯，白啄整个人缩在小薄毯子下。

白啄的视线定在手中握着的手机上，屏幕上的时间数字每跳动一下，她就觉得身体凉一分，到最后甚至有种就是关上空调也不会觉得热的错觉。

白啄保持着这个姿势一直到凌晨，但手机依旧没有动静。她的眼睛有些酸涩，眨了眨，又动了动有些僵硬的手指，想抬起活动时手机不受控制似的滑下去，床卜软绵绵的，只发出一声轻响。

107

白啄将手缓缓移过去,捡起手机虚虚地握着。又隔了许久,她才慢慢闭上眼睛。

天蒙蒙亮时,许厌依旧坐在那间逼仄的小屋子里,毫无睡意。他握着手机,垂眸看着几乎刻在心中的那串号码,许久没有动作。

不知道过了多久,不知道重复了多少次,许厌任由手机屏幕亮了又灭,灭了又亮,却始终没有按下那串号码。

最后,手机屏幕再次熄灭时,他没再按亮。

从漆黑的屏幕中,许厌看到了自己的倒影,是冷漠的、毫无温度的,动起手来又是残忍的、暴戾的。

没人会喜欢这样的人,人们只会害怕,就像白啄的朋友那样,害怕得恨不得逃离。

许厌不在乎别人的眼光,他不在乎别人是否喜欢他,是不是害怕他,这些他都不在乎。

但那些人中,不包括白啄。

白啄是不同的,他害怕从她眼里看到类似的情绪。

因为害怕,所以他不敢靠近;也因为害怕,他甚至不敢把那串电话号码拨出去。

许厌抬眸看向桌角那瓶未开封的酸奶,想到生煎店前的那个身影,罕见地,他觉得窒息了瞬间,闷得慌。

这瓶酸奶还是当时从白啄手中买的那瓶,他一直没喝,就放在桌上,每天垂眸抬眸就能看到,就像是他屋中必不可少的装饰物一般。

今天,看着酸奶,他脑海里总会闪过生煎店门外的那个身影,搅得他心不静。

半晌,许厌眸子一垂,把手机扔到了桌上,拎着外套走了出去。

白啄如往常一样,起得很早,她坐在书桌前,一坐就是一天。

这样的日子持续了大半个月,直到温言受不了跑过来。她站在白啄的书桌前,强制性地把白啄的书合上,语气凝重道:"你不能再这样了!"

白啄眸子一垂,把笔放在桌上,道:"怎么了?"

"你说怎么了!"温言气急,"你是学习机器吗?"

在这样爱玩的年纪里,白啄是她见到的第一个把手机当摆设的人,以前只是将手机静音,现在倒好,直接关机,天天窝在家里学习,像个完完全全没有七情六欲的学习机器。

"学生的职责是学习,这我知道,"温言苦口婆心,"但也要劳逸结合。"

温言心疼的同时还想劝几句,但还没等她开口就听白啄说:"我要跳级。"

"跳级?"温言蓦地睁大眼睛,"你要干什么?"

白啄又平静地重复一遍:"跳级。"

温言顿时吃惊地望着她,喉咙哽着,不知道说什么。

"你放心,"看到温言的模样,白啄抬头对着她笑了笑,安慰道,"我心里有数。"

许久,温言才反应过来,语气飘忽:"有数什么啊有数。

"以前我觉得你是咱们所有人中最让人放心的,现在看来你才是最不让人省心的。"温言无意识地嘟囔,"要真有数你就不会转学了,要真有数你就不会跳级了。"

好像自从白啄说要转到漫城一中开始,很多事情就不一样了。

最后温言问:"小白,你就这么着急吗?"

白啄垂眸没答话。

半响,她才轻声开口:"着急,"似是笃定一般,"我着急。"

温言也急了:"你着急什么啊!早一年晚一年有什么区别吗?伯父伯母他们也不……"

"是我的问题,"白啄抬眸,温声开口,"是我等不及了。"

她说:"是我想离许厌近一点。"

似是听到什么惊天秘闻,这句话砸得温言晕头转向,她晕晕乎乎地道:"许厌?"

"你见过,"白啄的手指蜷起,"半个月前就见过了。"

"半个月前?"

想到什么,温言一激灵,她蓦地睁大双眼瞪着白啄,满眼不可置信,可千万别是她想的那个人。

白啄却像是知道她心中所想,点了点头,打破了她心中的那点幻想。

"就是那个吓你一跳的人。"说到这儿,白啄的眉眼都柔和了几分。

温言后知后觉想起当时白啄说过"不要怕他"的话,一时又不知道说什么,她组织了半天语言才讷讷地问道:"那你转学也是因为他?"

得到了肯定答复的温言彻底失了语。

她如提线木偶般转身坐到白啄屋内的小沙发上,抱着抱枕窝在里面,一言不发。

白啄也静静等着她消化,并不催促。

许久,温言才慢慢地缓过来,不抱希望地劝说道:"不能换一个?"

白啄听到后,愣了一瞬,失笑,轻声道:"怎么换?"

得到意料之中的答案的温言又沉默下来。从小到大白啄都是个有主意的,既然说出口了,那就代表这件事情肯定已经在她脑子里转了好些圈,不管其余人怎么说,最起码这件事已经钉在她心上,很难改。

白啄为了一个男生转学,还是个不好惹的男生,而且……人家还不认识她。

温言做足了心理建设,才有气无力地表明态度:"那个男生看着挺不好接近的,你就是和他一个班了,到时候他要是还不理你怎么办?"

温言甚至能想象出来那时白啄会多难过。

谁知白啄摇摇头:"不会的。"

许厌不会不理她,只会……不信她。

许厌不信她,也不信他自己。

从前是,现在也是,明明他们都认识了,却还要假装不熟。

"那不是怕万一嘛。"温言看了白啄一眼,语气弱了一些,"再说,我们还是学生，你可以等高考完啊。"

白啄只是摇摇头没说话。

温言深吸一口气，又问出了当时知道她要转校时的问题："那伯父伯母知道吗？"

对面的人依旧摇头。

温言：……就知道是这个结果！

"不过伯母应该会同意的。"温言接受了这个事实，恹恹道，"知道我今天为什么过来吗？"

"就是因为连伯母都看不下去你现在的状态，今天专门去我家让我拉着你出去转转。"温言拍了拍怀中的抱枕，又紧紧抱在怀里，"所以我觉得伯母会同意。"

温言不知道这么做是对是错，但如果是白啄的话，她愿意相信是对的。

"小白，"温言说，"我们都希望你开心。"

以前的白啄也很好，但她性子实在太静了，她安安静静地看着周围风景，看着世间万物，但她给人的感觉就是周边的风景再美，却没一处能让她停住脚步。现在好像终于出现了一个，温言觉得还是试试，没试过，谁也不知道结果怎么样。

听到她的话，白啄心中似有暖流经过，让她如沐浴在阳光下，暖洋洋的。

许久，她才轻声回道："会的。"

都会开心的。

03

有了白天温言的那一番话，晚上吃完饭白啄就把想要跳级的想法跟白母说了，说完就看她的反应。

谁知白母听完后只是静静看了白啄几秒，才问："你早就想好了吗?"

白啄思绪一顿,慢慢点头,她并不想骗母亲。

白母坐在沙发上,垂着眸不知道在想些什么,许久没说话。

"妈,"以为白母不同意,白啄抿了抿唇,开口道,"我……"

"你想好了就行。"白母却突然开口,抬头对白啄笑了笑,"说实话,我想过很多次,我和你爸爸是不是把你逼得太狠了,我们把太多的想法强加到你身上,让你过得很不开心。"

从小到大,白啄不是在补课的路上,就是在学乐器的路上,从来没有一刻闲着,所以才把她养成那么安静的性子。所以在看到白啄转学后的一些变化,他们觉得挺好的。

"你爸爸那儿我去说。"白母拉过白啄的手拍了拍,"你不要给自己太大的压力,要是跟不上也没关系,到时候再调回高二就行了。"

那天晚上白母说了很多,她把说过的、没说过的、隐藏在心中从未表露过的情绪想法全部对白啄流露出来。中间有几次白啄猛地眨了眨眼,硬生生地把眼眶中的酸涩感觉逼了回去。

白啄从来都是知足的人,她觉得自己足够幸运。

还有近十天开学,白啄收拾好东西提前回了学校。

白母早早就请了钟点工把白啄租的房子打扫了一遍,又晒了晒被子,所以白啄回到地方只需要把带来的东西归置整齐,其余什么也不用做。

直到临睡前,白啄才把手机拿出来,看着时间停留在上个月的聊天记录久久没有动作,直至屏幕变黑。

白啄眨了眨眼,最后还是没再按亮屏幕。

按照当时说好的那样,白啄早早就坐到了业务校长的办公室里准备考试。除此之外,旁边坐着的还有异常关心这次测试的杜主任。

"你不再考虑一下吗?"杜昌勋面色凝重,"有时候走得太快太急并不是一件好事。"

白啄摇摇头道:"麻烦您了。"其中的坚持意味让人忽视都难。

杜昌勋无奈,把提前出好的卷子递过去。

白啄伸手接过:"谢谢。"

和平时考试一样,第一套卷子是语文,时间依旧是一百五十分钟,开始考试的时候,剩一位老师监考白啄。怕影响到她,正式开始前业务校长和杜主任他们就去了旁边的办公室不知在讨论什么。

这大半个月在家,白啄几乎每天都在做卷子,她会把时间压缩在两个小时内,一天四套,刚好能全部考完,晚上的时候再根据试卷出错的知识点进行查漏补缺。

所以白啄并不慌。

当时在电话里就已经说好,一天考完,所以交了语文试卷后白啄休息了几分钟就开始数学测试。不知道是不是学校老师为了让她知难而退,出的题难度要比她想象中的大,语文还好,数学明显难了不少。

白啄浏览数学题型的时候,下意识活动着左手手腕,刚刚写太快了有些酸。

虽然试卷不简单,但也没到让白啄慌得连一道题都做不出来的程度,相反,她很喜欢做难题,这样才有挑战性。前面还好,最后两道大题出题的角度比较刁钻,一不小心思考的方向就会钻进答题的误区中。

白啄做最后一道大题时,草稿纸都写了大半时她笔尖突然一顿,她看着题目中给出的已知条件,又看了看对应的图,来回对比了几次白啄突然抿嘴笑了下,在基本解出答案的那个答题步骤旁画了一个小小的"×",又重新开始答那道题。

她那个笑看得监考老师心中一个激灵,别是题目出太难了给她压力太大了,要不怎么还笑了。

白啄想的却是,不知道这套卷子是不是学校老师出的,如果是,那这个老师很厉害,因为最后这道题比她做过的大多数题都要灵活。

由于最后那道大题耗费了不少时间,白啄正准备再检查一遍时下意识看了眼办公室墙上的时钟。看到时间后,她视线一顿,放下笔,把试卷递给了监考老师:"辛苦您了。"

白啄计划的是十二点之前全部写完,现在已经超出十分钟了。

监考老师接过去,和蔼道:"要不要再检查一遍,按平时的考试还没到时间。"

"不用了。"白啄笑了下,"谢谢。"

因为下午还有两场考试,白啄中午吃完饭后还睡了会儿。

她刚走到业务校长的办公室,就听见里面传来稍显激动的男声:"校长,转我们班,这个学生我要了!"

"还没定呢!"

"还看什么啊!这么漂亮的卷子还不够证明?"男老师激动地说,"你知道吧!最后这道大题的隐藏条件要不是学得扎实是很难看出来的!就这道题,十个同学中有七个不会,两个解出一半,一个写出答案,还是错的!"

他这道题出得刁钻,能答出来的绝对是个好苗子,可不能丢了!所以他说:"她转到咱学校可能就是青春期叛逆,你们要是不同意就不怕她一个心大又转走?"

白啄站在门口一时不知道该不该敲门进去。

最后还是杜主任拿着卷子过来:"白啄同学,站门口干什么呢?大热天的,快进去。"

他笑眯眯的,完全不见上午的担忧,甚至还安慰道:"别紧张,就按上午的状态考。"

此时杜昌勋那叫一个心情舒畅,说不定他还能提前一年扬眉吐气,按白啄同学上午的状态去高考,那绝对能出现在学校的光荣榜上!

等进了屋,白啄才看到说话的人,他四十岁左右,微胖,戴着眼镜,看到白啄后异常激动,好在杜主任拦住了他:"别影响她考试。"

男老师人被堵住,但心情依旧激动,他对白啄说:"你相信我,你有高考数学拿满分的潜质!"

他整个人太兴奋了:"一定要来我教的班啊,五班、六班、九班都可以！"

这三个班她都去不了，她只想去一班。

最后还是杜主任指了指时间，数学老师才恋恋不舍地走了，走之前他还在给白啄洗脑："一定要来啊！我们合作一定能创造漫城一中高考史上的奇迹！"

从没见过这么热情的老师，白啄一时没反应过来不知该说什么，好在这位老师说完就拿着卷子喜气洋洋地出了办公室。

见他出去，白啄不明显地松口气，她不太擅长应对这种场面。

"这是高三年级教数学的申老师，见到好的苗子就比较兴奋。"杜主任笑着给她解释了下。

这点她看出来了。

直到做理综试卷时白啄耳边仿佛都还有回音，那话怎么说来着，余音绕梁，不绝于耳。

白啄摇摇头，把那些无关情绪排出去，才静下心开始写理综卷子。一坐又是一下午，直到把最后一个英文字母写完放下笔，她才松口气。

交了卷子就没什么事了，只等着开学转班了。至于这次考试成绩白啄其实不在意，只要能过他们规定的那条线就够了，而白啄知道，她一定能过。

落实了一直横在心口的事情，白啄站在校门口，一时有些茫然，不知道去哪儿。就如那天刚转来时，她的心空了一瞬。

现在近晚上七点，时间说早不早说晚不晚，白啄还没决定好去哪儿之前，她已经朝一个熟悉的方向走去。

一路上，白啄走得很慢，不知道心中在想些什么。

直到站在"荷桌"的门口，看着里面已经亮起的灯时，她才不自觉地舒口气。

在门外站了许久，她才抿了抿唇，把手机拿出来握在手心，接着抬脚迈上台阶，推门走了进去。

最先映入眼帘的就是一张张台球桌，里面比白啄想象的占地面积还要大,看旁边的楼梯,上面一层应该也是。可能因为放假,里面人不少,二十多张台球桌有大半站了人。但白啄不用仔仔细细看一遍,她一眼就能看到她想找的人。

大半个月没见,甚至连信息都没发一次,好不容易又看到人,白啄却突然有点委屈,那股酸意蔓延到鼻尖。

白啄猛地低头,眨了眨眼睛,等鼻尖涩意下去才重新抬头。在她准备朝那个背影走过去的时候,有人挡在了她的面前。

"同学,找朋友吗?"

他的声音有些熟悉,这个地点又太过特殊,她很容易就记起来了,这是那晚在店外吸烟打电话的人。白啄下意识想点头,可突然想到现在是许厌上班时间,于是她摇了摇头:"来打台球。"

看着面前长得水灵灵的姑娘,黄乐文以为他幻听了,一脸蒙地反问:"来干什么?"

白啄不想浪费时间在无聊的对话之中,所以她指着空着的球桌,问道:"我没同伴,还需要个人。"

黄乐文这时反应过来了,失笑道:"同学,要不下次你带着你同学一起?"

他们店里的陪练技术虽然都很好但相应的也贵,她一个小姑娘有些浪费钱,但他面前的小姑娘明显是个不差钱又聪明的,因为她问道:"是需要付现金还是办卡?"

没等他回答她又说:"我比较着急。"

言外之意我有钱也想得很清楚所以不要浪费时间。

"行,都行。"黄乐文噎了下,才说,"不过我们这儿的陪练是按小时收费的,价位不等。"

白啄点点头。

黄乐文见她点头,边带着她往柜台走,边介绍说:"我们这儿刚招了个新人,虽然……"

黄乐文想帮人省省钱,可面前的小姑娘显然没这个打算,她步子一顿，指着对面说："我要他。"

顺着她视线看到那个背影的黄乐文："咳，这个不行。"黄乐文委婉地劝解，"你要不换一个？"

"不换，"白啄摇摇头，坚定地说，"我可以等。"

"不是等不等的问题，这个你等不到。"黄乐文连连摇头，"他不接女生的单。"

听到这儿，白啄一愣，一时没反应过来是什么意思。

"怎么说呢，"黄乐文叹口气，笑道，"他不想接的一般没人能逼他接。"

都站到柜台了，黄乐文还在劝道："要不再想想？"

黄乐文见白啄还直愣愣地看着那个人，摇头叹气："怎么现在的小姑娘都不听劝呢？"

那桌刚好结束，想让当事人劝劝，于是黄乐文叫道："厌哥。"

正在喝水的人听到有人叫他先抬手摆了下，又喝了几口水才转过身回答。

许厌的目光先是在白啄脸上停顿了几秒，才移开看向黄乐文。

在一旁看到许厌看向白啄的目光时，黄乐文有些觉出味来了，两人这是认识的吧。

黄乐文看了眼白啄："这位同学想让你陪着玩两把。"

许厌又将视线移回白啄。

白啄从进门起就没将眼神从许厌身上移开，此刻也是。

许厌看着那双让人沉静的眼睛，又错开眼神不敢再对视上。

见他没说话，黄乐文说："同学你看，我没骗你吧，他真不接。"

许厌默然了片刻，才道："接。"

黄乐文茫然了几秒，但许厌开了口，他只好硬着头皮改口："他接哈。但你要不再考虑考虑，他比较贵，一个小时都……"

许厌："十块。"

你俩是在逗我？

04

　　站在球桌前，白啄先低头看了眼上面摆好的台球，又抬眸看了看旁边站着的许厌，她朝他眨了眨眼，但一言不发。今天从见面起到现在两个人还没说过一句话。

　　许厌拿球杆的手紧了下，接着眸子一垂，拿过旁边的巧克粉擦球杆皮头的时候，终于开了口，语气和平时无异："以前玩过没？"

　　他的右手拇指和中指拿着巧克粉两侧，食指抵在底部，无名指和尾指勾住球杆起固定作用。许厌的手指修长，骨节分明，他的动作看着懒散随意，但就是这种随性无端吸引人。

　　白啄忙垂眸掩饰般地眨了眨眼，说了时隔大半个月的第一句话："没有。"

　　以前只是偶尔看过一些视频，别说真正握球杆了，她连进台球厅的次数都屈指可数。

　　许厌也不觉得意外，他把手中擦好巧克粉的球杆递过去，随口安慰："不难。"

　　白啄："嗯。"

　　说得容易，但在这些方面，白啄并没有什么信心能学会。看到递到面前的球杆白啄下意识抬手接了过去，等握到手心，白啄才反应过来许厌把自己的球杆给她了。

　　白啄有些雀跃。

　　白啄紧握着球杆的手心微微发热，于是她悄悄松了些许力道，让空调吹出的冷空气能钻进来降低她手心的温度。

　　许厌把用完的巧克粉放旁边，看向白啄说："开始？"

　　"嗯。"白啄往旁边退了两步。

　　许厌："近一点。"

　　听出他语气中的无奈，她向旁边迈了一步，又迈了一步，最后停在离许厌半步远的地方，是稍不注意胳膊就能碰到对方的距离。

这样的距离其实有些近了，但许厌没动。他右手拿着球杆，左手放在台球桌面上，真的从最基本的握杆手势讲起："手掌稍微拱起，拇指压在食指侧上方，在这个部位形成一个U形架桥……"

许厌讲解的同时也做着动作示范，用最简单的语言帮助白啄理解。

整个过程下来，向来擅长学习的白啄只记住了三点：许厌的声音很好听、许厌的手很好看、许厌打桌球的时候很帅。

而许厌贴心细致且耐心的服务看得一旁的黄乐文瞠目结舌，尤其看到许厌把自己擦好巧克粉的球杆递过去时，简直要惊掉下巴。台球馆里陪练使用的球杆其实都是很私密的物品，再加上许厌一向都不喜欢别人动他的物品。

黄乐文心中感叹，不说让他给同等待遇吧，但凡能把这份体贴分给其余顾客一点点，以前他也不至于过得那么苦，怎么着也不用熬到现在才有点看头。

"一个小时十块……"黄乐文咂咂嘴，"老板听到还不直接连他下辈子都买断了。"

坐在前台的小姐姐轻笑了声："小姑娘的特权。"

"以前怎么没见谁有特权，当时他的身价都差点被哄抬到按秒计费了，见过他给别的小姑娘一个眼神吗？唉。"黄乐文从烟盒里抽出支烟叼在嘴里过过瘾，"不过你说得也对。"

他和柜台里的人相视一笑道："可不是特权嘛，独一份。"

多活了十来年，他们心里都跟明镜似的，看得门儿清。

黄乐文摇摇头："我出去溜达一圈。"

天色已晚，近一个小时的教学，白啄连最基本姿势都只学了个表面。

"右小臂垂直地面。"听到提醒白啄下一秒凭着感觉瞬间把小臂摆成九十度与地面垂直，同时如军训般保持着这个动作。

看着白啄过分紧绷的姿势和动作，许厌眸中闪过笑意，抬手碰了下白啄的小臂："放松。"

许厌的手温热，白啄被碰到的那块皮肤暖暖的。

白啄不着痕迹地呼口气，强迫自己更加僵硬紧绷的手臂放松下来，但不等她调整好她手心的球杆却被人抽走。

手中突然没了东西，白啄朝许厌递过去一个不解的眼神。

谁知许厌看着她微微皱眉道："冷？"

白啄愣了下，下意识捂住还在发热的那块皮肤，后知后觉发现确实有点凉。

台球厅里男生较多，体温高，空调温度开得较低，她皮肤上都已浮出一粒一粒的鸡皮疙瘩。

但没到让人受不住的程度，于是她摇摇头道："不冷。"

说着就要伸手拿过许厌手中的球杆，但她还没碰到就被他错开了。

许厌说道："下次。"

白啄抓了个空，手就停在半空中，她看着许厌提醒道："我现在是顾客！"

许厌依旧是两个字："下次。"

说完，他转身的同时还说道："拿东西。"

没想到他说走就走，想和他对峙的白啄一时被晾在原地。

许厌回头见人没跟上，又往回退了几步站在她身前，静静地看着她。

白啄很瘦，手腕也细细的，不知道她怎么长的，一副营养不良的样子，明明他记得她家人对她很好，什么都不会缺了她的。为什么现在她看起来这么可怜？

许厌下意识抬起手，离那只细白的手腕越来越近，等快要碰到的那瞬间才反应过来，猛地缩了回去。

许厌垂下的手指下意识地蜷了下，半晌，他才轻声开口："走了。"

05

这时白啄完全安静下来,她整个人散发着不正常的热度,刚才许厌是想牵她的吧!下意识的反应不会骗人,许厌就是想牵她!这么想着,白啄觉得周边的温度更高了点。

白啄的手掌下意识地圈住另一只手腕,像是刚才真的有人牵着这个地方,想把上面的热度留得久一点,再久一点。

心情又转明的白啄静静坐在一旁等人,乖巧得不像话,连柜台后坐着的小姐姐都忍不住要逗一逗。

"一会儿谁付钱啊?"她出声拉回一直在出神的人,"我们不足一个小时也是按一个小时收费的。"

听到问话白啄的意识才回笼,终于抬眸看向柜台后面坐着的小姐姐。

"十块呢,"小姐姐调笑道,"那可是好大一笔钱啊。"

"我。"白啄努力压下脸上的热意。

她站起身,向前迈了两步,靠近柜台后面坐着的人,小声商量道:"就按你们店里的收费标准。"

白啄不知道许厌的工资是怎么算的,但肯定不是他说的那样,缺的那部分多半会在许厌工资里扣。

许厌也许不在意,但她不愿意。

不管做任何事都要公私分明,现在属于公,白啄不想许厌吃一点亏,就是因为她吃亏也不行。

白啄皮肤白白的,上面还有未消散的红晕,声音虽然是清冷型的,但小声商量的模样却让人看出一股软糯,仅仅因为一个没发生的动作连耳朵都泛红了,怪不得连平时拒人千里之外的人都那么喜欢。

"可是,他收费真的很贵。"前台小姐姐徐闻玉也配合着压低声音,"要不你私下给吧,还省得被抽成。

"我们老板心可黑了。"她的声音带着夸张,"五五分,他能足足分五块呢!"

这下很明显地听出来柜台后坐着的人是在调侃她,但是白啄不在意。

"没关系。"白啄摇摇头,笑眼弯弯,声音低柔,"许厌也能收到。"

白啄很清楚,要是私下给,许厌不会收的,从最开始遇见时他就是这样,送她许多东西却不收她任何东西,但不能一直这样。

所以她又问:"你们这里怎么办卡?"

见她表情认真,这下轮到徐闻玉语塞,顿了下,问了个毫不相关的话题:"妹妹,你喜欢台球吗?"

喜欢台球的话就玩,看重人的话……你也差不多成功了,不用专门浪费时间怪费心费力的。

模模糊糊有些知道她是什么意思,于是白啄缓慢地点点头:"现在喜欢。"

徐闻玉听出了那句话的潜台词:以前无感,现在爱屋及乌。

在徐闻玉沉默的片刻,面前的人已经把卡递到她面前:"麻烦了。"

徐闻玉看着面前的卡,深深感觉到了差距,她上学那会儿可是买本杂志都要思考半天。

白啄把卡往前面又递了递,想在许厌出来之前把事情办完,有些着急道:"麻烦快些,就往里面充……"

但还是晚了,她一句话没说完手中的卡就被身后的人抽走了。

不知为何,她突然生出点被抓包的局促,僵在半空中的手指慢慢收了回去,才装作无事发生一样转身。

许厌垂眸看了眼手中的卡,又撩起眼皮看了眼面前眼神有些闪躲的人,最终还是没说什么。他把白啄手中的钱包抽过来,把卡重新放进去。

"走吧。"

声音如平时一样,让人分不清情绪,只是丝毫没有把钱包还过去的意思。

但白啄很想以后都能像今晚一样,时不时地来找他打球。于是她抿了下唇,自以为很自然地开口:"等一下。"

白啄开口的同时就在心中打定主意不看许厌的眼睛："我想经常过来，这也是一种放松的方式。"

白啄视线略低，刚好瞄到他的下巴，或许为了显得镇定，她的眼皮又稍稍上抬，掠过那张唇，她顿了两秒，又快速垂下眼皮，刚好停到他的喉结处。而这时，刚好看见它动了动。

这发展和想象中的有些出入。

而许厌眼睁睁看着对面的人用眼睛把他扫了一遍，同样想到这一层的白啄突然有些崩溃，只觉得体温顿时上升了十几度，似乎连头顶都在冒着烟，从来不会觉得尴尬的人头一次面临那种像是被猫抓了似的难受的局面。但话已经说出口，她眼睛一闭手一伸，就说："你能把我……"

谁知她一句话还没说完就被人打断："不行。"

白啄一噎，因为尴尬此时她不敢抬头看人，但还是小声反驳道："为什么？"

许厌垂眸看了她一眼，言简意赅："未成年。"

见她不说话了，许厌才开口道："送你回去。"

白啄安安静静地跟着人走了，心里却在盘算着找个什么时间过来把卡办了，那样她就是顾客，下次再来就不用那么麻烦地找什么借口。

白啄觉得这样很好。

可等坐在许厌的单车上时这些想法却烟消云散了，因为许厌说："不用办卡也能来，想学我教你。"

许厌还说："白啄，抱歉。"

这声抱歉，迟了太久。

本应在那天晚上说出口的道歉，却迟了足足大半个月。

在白啄转来漫中之前，他们见过的次数寥寥无几，说过的话也能数得出来。这么多年过去，他变了很多，可能早就不是白啄记忆中的模样。

早就不会害怕的人这次却退缩了，他怕白啄害怕，怕她像王雅云后

123

悔生下他那般后悔认识他。

所以那天在生煎店前他转身离开，所以那晚他枯坐一夜也没把电话拨出去。

听到许厌最后那句话时，白啄心中"咯噔"一下，半晌才反应过来他这是在道歉。

许厌在向她道歉。

至于原因，白啄知道，毕竟因为这件事他们足足大半个月没说一句话。现在有人迈出一步，大多数人都会觉得该到此为止不再提及，这才是聪明人的选择，但白啄在关于许厌的事情上一向算不得聪明。

她不愿意就这么过去，她执拗地想得到一个答案，一个只要许厌说她就信的答案。

所以白啄问："你相信我了吗？"

她想告诉许厌就是发生比这可怕十倍千倍的事情，都吓不住她，也吓不跑她。但许厌不信，他不等白啄开口就直接选择了相反的方向。

结果就是无功而返。

那怎么办呢？

白啄想，许厌不来，那她就去找。

所以她去找了，只是她心中憋着一口气，绝不做那个最先开口的人。但事实是，在看到许厌的那瞬间她就心软了，可她忍着。

幸亏，许厌开了口，这次他没有再装作不认识与她擦肩而过。她在乎的人经历过太多不好的事情，甚至不能完完全全相信自己，白啄总要慢慢陪着他走出去。

所以问完那句话后，白啄就认真地看着面前的人，两人对视了几秒，直到许厌掩饰什么似的移开视线，点了点头。

这段时间，许厌以为把选择权交到了白啄手中就是好的，但他却忘了白啄说过很多次"他们是朋友"，抑或是，他没忘却没有真的相信。

但此刻看着眼前的人，许厌想，就是以后白啄害怕他可能也不会转身离开了。

生煎店门前的事情,发生过一次就够了。

见状,白啄的嘴角才慢慢扬起笑容,笑容淡淡的,看着却好像比裹了糖浆的草莓还要甜。

"嗯。"白啄说,"我知道了。"

她说:"许厌,你要说话算数。"

第五章 高三（1）班、同桌

你好，同桌

01

距离开学还有不到一周,这几天白啄并没有再去"荷桌",而是去学校把一切需要的手续办好。知道她执意要去一班时,申老师气得差点去一班当班主任,只不过他刚有这个想法就被杜主任直截了当地拒绝了。

旁边站着的是一班的班主任,年近四十的女教师,化着妆涂着口红,穿着精致。白啄看了眼她手上的限量款女士手表,接着眸子一垂,移开视线。

"这是你以后的班主任,贾老师。"杜主任介绍道,"她教你们数学,能力也很出众。"

白啄微微鞠躬:"老师好。"

"你好。"贾韵梅喜笑颜开,看似很亲切,"后天开学你直接去办公室找我,我在那里等着你。"

白啄却觉得那笑容怎么看都有些假,笑容不真,话也不能全信。

"不用紧张,班里的同学们大都很好。"

贾韵梅说着手就要搭上白啄肩膀,白啄不着痕迹地后退了一步,避开她的动作,依旧礼貌地致谢:"谢谢老师。"

贾韵梅嘴角的笑容僵了下,总觉得新来的这位同学对她有些敌意,可看到这位同学安安静静听他们说话的模样又觉得是自己的错觉。她们从未见过,怎么会有敌意。

开学那天,也不知道是不是因为兴奋,白啄早早就醒了过来,怕去得早站在教室门口显得太奇怪,她硬生生在家待到上学的时间点才出门。

一路上,白啄连步伐都是轻快的。

到了学校白啄想直接去班里,也不知道新班主任为什么非要她去办公室,这时候白啄有些想念升为高二的班主任田老师,最起码没有这么多乱七八糟的事情。等进了办公室,白啄轻而易举就看出贾韵梅让她来的目的——塑造形象。

贾韵梅拉着白啄说了一堆有的没的,从学习状态到衣食住行恨不得每个方面都关心一下。她问一句白啄答一句,到最后听得白啄眉头都皱起来一度想开口打断她。

直到别的班主任夸贾韵梅"贾老师对学生很认真负责,白啄同学你分到她的班级很幸运"之类的,贾韵梅才堪堪止住话音,像是虚荣心得到了极大满足。这时她才站起身,带着白啄向高三(1)班教室走去。

今天是报到而非正式上课,所以八点了三楼走廊外依旧有人在勾肩搭背地说话,每个人姿态都很放松,丝毫没有高三的那种紧迫感,可是在看到老师时他们还是头一缩,忙退回班里。

刚开学,每个班的学生都很兴奋,走到高三(1)班时,隔着一道门白啄都能听见里面的嬉笑吵闹声。

贾韵梅推开门,也不进去,就等着班里的人安静下来。

白啄站在她身后两步的地方心跳得有些快,想象不出来一会儿许厌看见她是什么反应。

等教室里安静下来,贾韵梅才和颜悦色笑着开口道:"同学们,好久不见啊。"

别的班级学生要是听到班主任这么说多半会起哄,但不同的是,贾韵梅说完班上只是稀稀拉拉响起几声附和。

白啄心中有些奇怪,但贾韵梅看着像是丝毫不在意,又自顾自地说了几句才往里面走了一步,让出位置给白啄,对班上同学说道:"我们班转来一位新同学,大家先掌声欢迎一下。"

班里先是静默了几秒接着就响起一阵鼓掌声。

而从前几天开始就抓心挠肺、坐立难安，今天终于得了个痛快的段远只说了四个字："我的妈呀！"

段远突然想扭头看看后面大佬的表情，但他不敢，只能狠狠给了周泽风一拳才堪堪发泄了一丝那不足为外人道的激动心情。而周泽风满眼震惊，不仅不觉得疼，甚至还想让他再来一拳。

白啄在走进教室的瞬间就下意识朝后排靠窗的位置看去，如愿见到人后她眼中柔光闪过，再开口时连声音都带了很明显的笑意："你们好，我叫白啄。"

下面又响起热烈的掌声。

这时很多人都反应过来了，甚至有些以郭帆为典型不长眼的边鼓掌边朝着段远吆喝起哄。

迟钝如段远看到这场景骂了句脏话。这句脏话把他这会儿的心绪起伏表现得淋漓尽致。

而段远斜后方的人自从听见讲台上的人说了第一个字后就浑身一僵，以为出现幻听，但他却没有第一时间就抬头去证实真假。

像是等梦醒，隔了会儿许厌才撩起眼皮望向讲台，如电影慢镜头似的，每一幕都拉长、放慢，确保能牢牢印在心中。看着讲台上眉眼带着笑意的女生，他面色如常，没人听到他胸腔中那不明显的、有些杂乱的心跳声。

除了他自己。

"郭帆，从你开始，你们那列往后移一个位置。"郭帆坐在教室中间的第二排，离讲台距离适中，是个很好的位置。

见要往后移，郭帆一点也没有不开心，声音甚至还带了点雀跃："得嘞！"

"最后一个同学，就坐在……"说到这儿贾韵梅面上一直挂着的笑容收了收，声音也带着点冷意，"班里的空位上。"

全班只有一个空位，那就是许厌旁边的位置。

那列最后的那个男同学微胖，身形和曹霖差不多，但看着要比曹霖脾气好，就比如此刻虽然他心中很慌，但也只敢蚊子般地开口祈求："老师，能不能换个位……"

他的声音很小，基本听不清他在说什么，但也能通过他害怕得快要哭出来的表情推断出来——他不想和许厌坐。

男生很害怕，明显到白啄很容易就看出来了。她身旁的班主任也发现了，却安抚道："没事，别怕。有什么事跟老师说，老师给你做主。"

这时教室里气压很低，班上同学不敢发出哪怕一丝声音，似乎连呼吸都在极力压着。

"老师会给你们营造最好的学习环境，"贾韵梅像是意有所指，"你们什么都不用害怕，只管好好学习，剩下的老师会帮你们解决。"

在面向白啄时，贾韵梅的语气和缓了许多："好了，白啄同学，你也坐到位置上，有什么不习惯也要及时说。"

一旁的白啄抿着嘴，握成拳的手紧了又紧，开口："不用了。"

她的声音比平时还要清冷，似乎连眉眼处都覆盖了一层冰霜。

转来漫中、跳级到高三，白啄好不容易才能成为许厌的同学，但这里的人却好像都怕他，甚至连和他做同桌都不愿意。

许厌那么好，他有什么可怕的？

白啄理解不了，也不想理解。

这时她心底只剩下伤心，替许厌伤心。

他们不愿意，她却求之不得。

说完，白啄背着书包就往后走去，一步一步，坚定无比，一直走到最后那个位置她才停下来。

白啄站着，和正在看她的许厌对视了几秒，下意识地朝他露出一个笑容，这时她眉眼处的那层冰霜才慢慢散去。

把书包放下，坐好，白啄看向讲台上的人，笃定道："我觉得这个位置就挺好。"

02

　　见白啄不听劝，贾韵梅微不可察地皱了皱眉，但她一向对学习好的学生比较宽容，虽然有些不赞成白啄的选择，但还是尊重了白啄的想法，只是说："坐那里也行，要想换位置随时说。"

　　不会换的，白啄在心里说，她会坐在这里陪着许厌，直到高考。

　　这时贾韵梅把话题转到开学的注意事项以及身为高三学生的紧迫性等一系列问题上。

　　她在讲台上说了多久，白啄就开了多长时间的小差。

　　在这段时间里，白啄像几岁小朋友那样偷偷传字条。

　　很幼稚，但幸运的是有人陪着她幼稚。

　　白啄：你好，同桌。

　　白啄写完这句话就把本子推到许厌手边，本以为他不会回这句毫无营养的话，谁知许厌看了两秒还真提起了笔，花费的时间比白啄以为的还要长。

　　许厌：高二的知识点很多。

　　白啄看到这句话时先愣了下，接着笑了下。

　　她满心欢喜地想跟新同桌交流感情，新同桌却只在意她的知识学扎实了没有。

　　白啄：那你都掌握了吗？

　　许厌看到这句话后愣了愣，接着看向白啄。

　　白啄扬着笑容静静地看着他不说话，但那闪闪发亮的眼神连带着那颗虎牙活像只狡猾的小狐狸。

　　半晌，许厌才视线一垂，拿笔在本子上写字，递过来后只回了一个字：教。

　　白啄看到后嘴角咧得更大，随即抬起食指在那个字上轻轻点了点。

　　——你好，同桌。

——高二的知识点很多。

——那你都掌握了吗？

——教。

一问一答，看似毫无逻辑、牛马不相及，但细看又觉得这么回答也没有错。就像海豚一样，发出的声波会被同伴完美接收消化并给出回应。

得到了想要的答案，白啄头一次体会到了传字条的乐趣。接下来的时间她在本子上写了一些无关紧要的废话给许厌看，或短或长，许厌每次都给白啄回应。

一来一往，像两个终于把童年找回来的小朋友，即使在外人看来也许幼稚至极。

之后各科任课老师都来了班里，除了强调新学期的注意事项，更重要的是给班里同学打气。

不知不觉间，班里气氛逐渐活跃起来，同学们都斗志昂扬。尤其郭帆就像打了鸡血，仿佛明日之星就是他。

这时白啄听见前面那位叫周泽风的同学吐槽："郭帆怎么回事啊，后面'八九大佬'……"

只不过他一句话还没说完就被段远拍了一巴掌，后面再说了什么她就没听清。

听到那个称呼、看到段远的动作，白啄嘴角的笑容淡了一点，她突然想起他在郑旗家便利店说的话，猜想许厌被误会时的场景，刚刚好了点的情绪重新低落下去。

白啄越想，嘴角抿得越紧。

这时旁边却伸出一只手，屈着食指在她桌前轻轻敲了敲，把她从不太好的情绪中拉出来。

正式上学的第一天，白啄去得要比平时早些，心情也比平时要好很多。

她猜想许厌不会来这么早，但想错了，她走进教室时那个位置上已经坐了人。看到人后她的眼睛蓦地一亮，忙迈步向座位走去。

　　此时班里已经来了小部分人，有些同学看到白啄还向她挥手露出善意的微笑，得到回应后有些同学想和她聊聊天，但看到她身旁的人又都纷纷歇了心思。

　　白啄并不知道他们的想法，她快步走到座位，又轻轻坐下，怕影响到正趴在桌上补觉的人。许厌好像把头发剪短了些，短短的，让人想抬手揉一揉。

　　这时有同学走来发期末试卷，来人把卷子快速放在许厌桌角就急忙离开发下一张。

　　漫中有开学第一节课先讲期末试卷的习惯，看到旁边桌角放的那张卷子，白啄心中一动，抬手就拿了过来。刚展开，她的兴奋情绪立马降了几度。这是张空白的英语试卷，甚至连名字都是监考老师随手写上去的。

　　白啄不明显地叹口气，她忘了许厌没参加第二天的期末考试。

　　恰好这时又有人来发试卷，在她依旧准备放在许厌的桌角时，白啄抬手接了过来。

　　发卷子的女生愣了下，接着稍微弯了弯腰靠近白啄说："你要是想写可以去找任课老师要一份，他们都有多余的。"

　　白啄正准备看手中的语文试卷，闻言抬头对女生笑了笑，扬了扬手中的卷子，小声回答道："我看这份就行了，谢谢。"

　　女生有些欲言又止，又将视线移向前面扭过来正听她们说话的两人。

　　段远一脸别看我的表情，周泽风则是一脸交给我的表情，女生给他比了个"OK"的手势接着去发余下的试卷。

　　周泽风先朝白啄笑了笑，才压低声音说："白啄同学你要不看我的吧。"

　　一句话听得段远直想吐血，真不知道这么没眼色的人是怎么长这么大的！

白啄听到后愣了下,摇头道:"不用了,谢谢你。"

"没事,没事。"周泽风连声说,同时扭身将自己的卷子拿过来,"我的虽然写得乱了点。"

段远听不下去了:"你那个试卷,除了你谁能看得明白?"

"远儿,你别这样。"周泽风无语片刻,凑过去用彼此能听见的声音说,"我单纯怕学霸惹到厌哥到时候被吓着,你不理人家,总不能还不让我提醒下。"

周泽风语气颇有些无奈道:"我以前怎么没发现你这么小心眼呢?"

我小心眼?我是在救你!人家两个好好的,你非要插一杆子干什么!段远咬牙切齿:"去!你去!看学霸收不收!"

周泽风以为自己戳到段远的心事,长辈般地拍了拍段远的肩膀,商量道:"要不用你的卷子?"

这么一会儿,以为他们在说悄悄话不适合让外人听到的白啄已经如愿把四张卷子全拿在手中,心情很好,所以再一次被打断,她还是好脾气地回道:"真的不用了,谢谢你。"

"你还是用吧。"见她还挺固执,周泽风看了眼旁边的许厌,又把声音压低了几分,"厌哥应该不喜欢别人拿他东西。"

"他万一生气了呢。"周泽风忍不住说了实话,委婉道,"更何况,你还没经过他同意,惹到了他不太好。"

白啄低头看了眼手中的试卷,一时不知怎么开口。

她确实没经过许厌同意就拿了他的试卷。

心中想着这种行为不太好的白啄下一秒就把手中的试卷捏得更紧,找了个稍显礼貌的措辞:"我会给他留个字条。"

这下轮到周泽风不知道说什么,他们相顾无言的时候,旁边的人终于抬起了头。就在周泽风快速转动脑子想给学霸找个合理的借口时,学霸已经抢先开口了。

"我直接写上面了,"她扬了扬手中的卷子,"许厌,可以吗?"

就在周泽风心中焦急时,就见旁边的大佬开口了:"嗯。"声音还带着点倦意。

接着周泽风又听大佬说了句很不像是他会说出口的话："随便写。"

03

周泽风恍惚了两节课也没能走出来，是只要想到刚刚的情景就浑身起鸡皮疙瘩的程度。

"怎么回事啊？"他悄悄地拉着段远讲八卦，"厌哥什么时候这么平易近人了？"

段远恹恹地瞥周泽风一眼，并不想搭理人，但周泽风"噼里啪啦"又是一堆废话。

"你就不能动动脑子好好想一下，昨天都发生了什么事！"学霸那维护之意那么明显，一个个都是瞎的吗？

段远压下火气："你看见当时老贾的脸都黑了几秒吗？想想前因后果，然后把事情串起来！"

"是黑了啊，能不黑吗？"说到这儿周泽风很是幸灾乐祸，"嘿嘿"笑着，隐晦道，"多正常啊，那红艳艳的89……"

见他眉开眼笑幸灾乐祸的样子，段远无力地摇摇头，带不动，这群人不仅没有小道消息，也没有发现的眼睛，同时更没有联想的能力。上学期给他们打预防针时不信，现在人都站面前了他们依旧不信。一群凡人！

很显然，周泽风不懂。

"我不和笨蛋做朋友，闭嘴吧。"段远面无表情道，"以后再给你解释我就是傻瓜。"

段远心如死灰，觉得这群人蠢透了。

而等说完了一场脱口秀也没能再得到回应的周泽风也觉得受了伤，嘴一闭头一扭，看向身后的学霸准备寻找点存在感。

此时白啄看着手中的数学卷子分数，又看了看语文卷子的分数，两科全是89分，一点不偏科。

她算了算，答题的人算得刚刚好，让人硬给他多加一分及格的可能性都没。

这两份同样分数的试卷放一起总觉得哪里有些奇怪，这时她突然想起段远在商店说的那几句话，但一时不能把前因后果联系起来。

白啄下意识就要看向身旁的人，刚抬起头才想起许厌出去了，接着就看到了转过来正瞅着她桌上的试卷笑得一脸灿烂的周泽风。

白啄："我能问你一件事情吗？"

一听这话，周泽风兴奋了，果然，表达欲这种东西只能在新来的同学面前得到极大的满足，于是他连连点头："你问！"

被他的热情劲弄得怔了下，白啄缓了几秒，才找了个切入口："贾老师人怎么样？"

"贾老师？"没想到白啄问贾韵梅，周泽风下意识反问，"怎么了？"

白啄抿了下唇，才开口："她和许厌……"

一句话还没说完，周泽风眼睛蓦地瞪大，诧异道："才一天，这你都看出来了？"

说着周泽风往教室门口看了眼，见没老师在，他靠近白啄压低声音道："这可是我班秘闻！"

听到这句话，白啄的心猛地揪起，问道："那她曾经是不是做过什么事，比如说误会人之类的。"

正竖着耳朵偷听的段远心里一"咯噔"，果然，当时他在郑哥店里说的话全被听去了。他把背又往后靠了靠，就差把耳朵割了放他们面前"吃瓜"了。

反正白啄已经是班里的一分子，早晚会知道，周泽风也就没隐瞒："有啊，就是你同桌。"

说着他把声音又压低了些："还不是怪大佬他爸……呸呸呸，许宏建还不配当爸！要不是他，大佬肯定不会被误会啊！"

"你说说谁家的家长会来学校里闹啊！哪个当爸的会找来班里问

儿子要钱啊！"周泽风越说越气愤，"但许宏建就是做了！他可真不是人！"

周泽风深吸口气，平复了下心情才开口："我记得很清楚，那时候是高一开学没多久，月考成绩刚出来，贾韵梅刚上课，许宏建连声招呼都不打直接推门而进。"

听到这儿，白啄的心猛地跳了下，她的手下意识蜷在一起，她好像预测到接下来会发生的事情了。

"他推开讲台上的贾韵梅，就直接往大佬的位置走去，边走嘴里边骂骂咧咧。他当着我们全班的面，走到大佬旁边，随手拿起桌上的书扔到地下，还像拍小鸡崽似的就要拍大佬的头，你说这能忍吗？这当然忍不了！

"所以大佬挡开他的手。"

周泽风努力压着声音中的怒意："许宏建可能是恼羞成怒了吧，他想也不想就直接动手，他动手大佬肯定要还手啊，两人就打起来了。

"虽然后来保安也来拉架，但许宏建那种人不可能罢手的，结果你不用想也知道，到最后班里一片狼藉，还波及了个别同学。"

周泽风："这次闹得太大，学校花了不少力气这件事才过去。"

"至于许厌和贾韵梅……"突然想到白啄最开始的问题，周泽风说，"你可能不知道，高一上学期许宏建在家，所以开学那一个月大佬经常不按时上学，迟到、早退、翘课，再加上许宏建闹这一场……"

余下的话他没说完，但白啄却听出来了：这些事情累积到一起，对许厌的印象只会不好。

这时候段远插嘴道："那天每个人的情绪都不太好，说话也就没思考太多。"

当时贾韵梅拿着成绩单说："你们要记住，家庭不是你们能选择的，但成为什么样的人取决于你自己。"

接着她把许厌叫起来，又问："对于考试成绩你有什么要说的吗？"

无论谁当时的心情都不会好，更何况许厌，所以他没开口说话。

周泽风有些烦道:"就一个月考而已,有什么可抄的!"

"我们初中同校,虽然不同班但也知道许厌一直都是年级第一,像数理化生这种全是客观题的科目他能得满分我其实并不意外。"段远深吸口气,接着说,"但是贾老师不知道。"

段远看了眼白啄,见她垂眸看着桌上的卷子不知道在想什么。

顿了下,段远还是把剩下的话说出口:"分班考试时她看过许厌的中考总分,并不知道他有天没去考。"

当时见许厌不开口,贾韵梅又说:"我可以容忍你们成绩不好,但是不能容忍你们说谎。"

许厌从来不是为自己辩驳的人,他当时依旧沉默着没有开口,要是贾韵梅最后没说那句话,这件事应该很容易翻篇了。

但是人生从来没有假设,贾韵梅说了。

"说实话,我很担心。以小见大,你现在的表现,和刚才在教室闹的人,其实并没有什么区别。"

正因贾韵梅论述事实般的语气,那些话才显得扎心。

周泽风觉得她说的那些话就是在用软刀子杀人。大佬家庭关系比较乱是不假,大佬家的那些八卦他是从小听到大的,许宏建是个垃圾这是公认的,但这又不是大佬能选择的。

周边的人都不想和许宏建扯上关系,就连他没上过几天学的妈妈都知道,许家的那个小子摊上那对父母太可怜,但她却因为许宏建而对许厌留下不好的印象。

而正因为贾韵梅说的这句话,许厌的脸上才终于有了不一样的表情,他抬头静静地盯着贾韵梅,盯到她皱眉,才说:"知道了。"

"那语气冷漠无比!我差点以为他只能吃这个哑巴亏!"周泽风感叹道,"是我年少无知了!"

听到这儿,白啄提着的那口气并没有落下来,手心中的灼热感消减了些,她才重新伸出手指再一次点上卷子上的那个名字,好像这样就能给她蓄点力气。

周泽风想到这两年发生的事情,感慨道:"但大佬是真牛!"

"月考风波过后的一个月,我们迎来了期中考。"他声音里有压不住的激动,"不是联考,就是学校老师出题让我们查漏补缺的测试,不正式,但体验极爽。就那次期中考,你猜怎么着?"

周泽风留着悬念,想让旁边的段远配合着演一演,但今天段远很反常,不仅不配合,还踢了他一脚,同时咬着牙快速说道:"快说吧你!"

都这样了还要高潮呢,没看对面的人手指点着数学卷子上的分数呢,人家早就猜到了。

即使没人配合也削减不了周泽风心中的兴奋:"整整九科,每科都是89分!你不是说我只能考这个分吗,那我主科、副科全是这个分!

"见证了这一切的整个一班同学心中只有一个字:爽!"

周泽风说:"'八九大佬'这个称呼就是这么来的。"

大佬是个狠人,文理分科后他做起这些来更是得心应手。从那以后,不管大考小考,也许有时候会翘了另外几门考试,但他必定会写数学,而且一定是这个分!

"我们本来也很激动,但是细想只觉得恐怖!"

周泽风最后直抒胸臆:"这就是传说中的控分啊!谁能做到?什么是爽文?这就是现实中的打脸爽文!

"但这也不怪大佬,要怪只能怪贾韵梅太过分了。"

周泽风叹道:"周边的人谁不知道许宏建干的那些恶心事,但她却说大佬和许宏建并没有区别,要我也生气啊!"

想到许厌的成绩,周泽风还在感叹:"你们说,大佬这操作是不是细思极恐!"

白啄并没有多意外,高一题目简单,除了作文浮动性比较大,其余的主观题还是可以算的,毕竟都是按点给分。旁观者也许会觉得大快人心,但是她却没感觉出爽意来,考个试还要计算着分数的感觉怎么都不会太好。

周泽风说完,等着迎来共鸣,但周围比他想象的安静了些许。

隔了会儿,他用手肘杵了杵段远道:"学霸对这操作见怪不怪可以理解,你个学渣是怎么回事,平时不也挺兴奋的吗?"

想到什么,周泽风悄悄地看了眼白啄,说:"你别因为学霸看着就开始顾及形象端着了,还是真诚比较吸引人。"

段远捶了周泽风一拳,把心中那些乱七八糟的想法压下去,想把空气中弥漫的不明显的压抑氛围搅散,骂了句脏话。

"还有一件事,"白啄看着段远,自虐般问道,"当时的处罚,是什么?"

段远静默一瞬,看着坐那儿静静等着他回答的白啄,突然有些说不出口。

段远错开视线,顿了下,才说:"记过。"

当时在便利店郑旗说许厌身上背着处分,原来就是因为这件事。

而造成这一切的罪魁祸首,又是因为许宏建。

"说到这儿,我要再大喊一句:许宏建可真不是个东西……"周泽风本来很是激昂,但看着旁边两个安安静静垂眸不说话的人,他的声音也越来越低,终于觉出不对劲了。

他小心翼翼地问道:"怎么了吗?"

白啄摇摇头,抬头努力挤出一个笑容,真诚道:"谢谢。"

"别。"段远突然开口,他看着白啄鼓足了勇气把一直埋在心里的那根刺拔了出来,"当时贾老师不知道,但我们知道,要是……"

白啄出声打断道:"和你们没关系。"

从那天在郑旗家的商店遇到段远开始,白啄就看出来了,他虽然说着敬而远之的话,其实话里话外都在维护许厌。以前她还有些不明白为什么他的行为和思想有些矛盾,现在却看出来了,段远是在自责,为当时没能站出来而自责。

白啄想,也许那天晚上他是专门去问郑旗关心许厌身体的。所以她说:"你不要给自己戴上枷锁,你没什么错。"

不能道德绑架别人,更何况他们没有落井下石。

听到白啄的话，看着她扬起的笑容，段远脑子一抽，脱口而出："你们一定要好好的啊。"

恰好这时，许厌从外面走回来，正好听到这句话。

他下意识看向白啄，见她似乎也愣了一瞬，但很快就反应过来，她说："会的。"

04

——会的。

许厌心中来回闪着这两个字，一遍遍的，琢磨着这两个字是不是藏着什么魔力，要不那瞬间怎么会让他有种不顾一切跳进去的冲动。

"许厌，"白啄突然往他身旁靠了靠，小声说，"伸手。"

白啄转向许厌，手心朝上，递到许厌面前，道："像这样，伸右手。"

许厌垂眸看了眼白啄手心还泛着红印子的手掌没说话，但他最终还是无声地把手摊开递到了白啄面前。

白啄仔细地看着面前的手掌，许厌握笔的地方倒是没磨出茧子，但他指节处却磨了薄薄一层——那是长时间握球杆磨出的茧。

"我手上也有，"白啄抬眸看许厌，接着伸出右手停在他的手掌上方，"拿笔的姿势不正确加上写字用力导致的。"

白啄小声给他介绍："总共有三处，大拇指、食指指节，还有中指侧面，握笔刚好接触到的这三个地方都磨出来了。

"但我永远不会在意这些小印记，因为它们在我的生命中只占了很小一部分，甚至可以忽略不计，存在或者消失都可以，在我心里它们之所以有意义就是可以让我跟你分享。

"好的坏的，我都想让你知道。"

白啄说："我愿意把它摊开放在你的掌心上，我也知道你不会让它落在地上沾满灰尘，就像现在一样。"

白啄的手掌稳稳地停在许厌手心上方，她说："我信任你，如同信任我自己。"

这时白啄突然笑了下,道:"也许现在还不行,但我希望不用等太久。"

说完,白啄收回有些僵硬的手,虽然她是故意的,但还是有点不好意思。

许厌把摊开的手掌收回去。他看着白啄,一向不带任何情绪的眸子此时却像是在拼命压着什么,怕一不小心就泄露了什么。

许厌最后只是问道:"手腕上的疤疼吗?"

不知道为什么突然说到她手腕上的疤,但白啄还是诚实地摇了摇头:"我没印象了,但理论上是只要没有痛觉缺失症的人出现伤口都会疼的。"

白啄确实忘了,也许当时太小,时间隔了太长,磕磕碰碰又很正常,她实在想不起来当时情况了。

"但是我很开心。"白啄抬起左手把那块疤露出来,笑着说,"只能证明我们好有缘分啊,连伤疤的位置都一样。"

说完白啄觉得不对,连忙补救道:"但我不是说你留疤很好,我的意思是……"

看她摆着手有些慌乱地解释,许厌身上就像是被蚂蚁蜇了下,痒疼痒疼的。

许厌不知道说些什么好了,白啄把所有能说的话都说出来了,他以为的和白啄以为的从来不是一个。白啄记得他帮她抢回东西,记得他受的伤……她记得关于他的很多事情,却忘了,她腕骨上的伤疤是因为他才会有的。

当时在那个巷子里跟人打架时,许厌恨极了这个世界,恨极了身边所有的人,所以他无差别对待所有人,白啄在靠近他时才会被推开,她的腕骨才会蹭到地上留下一道再也消不下去的疤。

这些白啄都忘了,许厌却不能忘。

从那天起,眼前的这个女孩似乎就是有这种魔力,让他想要快点摆脱现在这种状态的魔力。

许厌竭力压着情绪,但最后,他也只是青涩地叫她名字:"白啄。"

等白啄看过来后,他却只是说:"上课了。"

许厌这么跟白啄说,但他心中想的却是:快了,很快就可以了,再有一年,就能离开这个鬼地方了。

白啄跳级后依旧是做那两件事:背书、做题。

要说非有什么不同,那就是心情不一样了,坐在许厌身旁似乎连那些公式都带着点活力。

白啄真的不后悔来漫中,在这里她收获了太多以前没有收获的快乐。

班级群体活跃,时不时地上演一场鸡飞狗跳的戏码。

"大早上的别吃了行不行?吃也行,但能不能去外面吃!"大半个早读过去了,终于有人忍不住了,"这韭菜味冲得我都要吐了!实在不行你明天给班里同学一人带一个,咱们一起吃谁也不嫌弃谁可以吗!"

他刚说完就响起一个憨厚的声音:"马上吃完还剩两口。"

"我信了你的鬼话,你手里明明还有两包……你这是什么深渊巨口!"还没等白啄抬头,就听见刚刚那人的惊呼声,"别塞了!你慢慢吃行不行!也不怕噎死!"

听完白啄嘴角噙了一丝笑意,虽然鸡飞狗跳,但是往后回想起来也会生动无比。再说,就是味道再大她也闻不到:一是离得远;二是她靠着窗户时不时有风吹进来;三是她嘴里含着水果糖;四是水果糖是许厌给的。

柠檬味的水果糖,酸酸甜甜,白啄很喜欢。

白啄有些炫耀地想,往后班里其他同学的回忆也许是韭菜味的,但她的不会。她坐在许厌的位置上,嘴里吃着许厌给的糖,她有的只会是甜的、带有许厌味道的、让人心动不已的回忆。

白啄的回忆是与众不同的,由许厌带给她的与众不同。

"学霸。"周泽风手中拿着物理卷子,习惯性地转向他斜后方准备问道题，在他看到一双淡漠的眸子时，瞬间一噎，好好的，时不时地换位置做什么，搞得他每次都被吓一跳。

"我找学霸。"说完周泽风转动僵硬的身躯，转向他身后坐着的人。

周泽风也不知道自己慌个什么劲儿，但看着大佬的眼神，他就莫名慌，比以前不知道要慌多少倍。但他慌任他慌，学霸没觉得一丝不对劲，甚至还问道："怎么了？"

看他手中拿着卷子，她还贴心地询问："要讨论题吗？"

她四周还有淡淡的甜味。

"对的对的，有道题不会。"周泽风立马找了个话题缓解心慌，"学霸你吃糖了吗？"

白啄舌尖抵着那颗小小的水果糖，眼睛一弯，点了点头。

果然，在学霸身边压力就骤然小了很多，周泽风心中感激，嘴一秃噜就说："我说闻着怎么甜甜的。"

说完周泽风就把物理卷子往桌子上一摆，觉得总算可以安心问个题了："就这道题的动摩擦因数我怎么算怎么不对……"

白啄头一低正准备看题，旁边突然伸过来一只手，指尖按在桌上的卷子上。

从白啄的视线角度刚好能看到腕骨上的伤疤，也是短短一道，却要比她手腕上的疤颜色深很多，伸过来的指尖在桌上敲了两下，那只手的主人淡声道："我教你。"

周泽风看着许厌一脸蒙："哈？"反应过来后，他连忙摆手加摇头快速拒绝，"不用了。"

许厌眉头微皱，有些不耐烦："过来。"

周泽风并不想问许厌，但见他一脸你最好不要再磨蹭的表情时一戾，只能求救似的看向学霸。谁知学霸双眼发亮地看着许厌，甚至还说："我也要听。"

看着她一脸期待，周泽风一口老血堵在胸口，腹诽：希望你能时刻谨记你学霸的称呼！

没办法，周泽风生无可恋地拿着他的卷子，拖着他的凳子，手脚僵硬地往段远身边挤，想要寻求点勇气。

谁知段远将凳子往旁边过道一移，避免了他的触碰，同时微微一笑："我要去找旁边同学背《出师表》，你坐我位置上，方便听。"

这朋友可以扔了。

"先帝创业未半而中道崩殂……"伴随着段远颇有穿透力的声音，周泽风宛如一只被抛弃的宠物狗，坐在许厌对面瑟瑟发抖。

许厌垂眸看着桌上的卷子，撩起眼皮看了他一眼，问："哪道？"

"这个。"周泽风还没出声，旁听的人指了指卷子中间的那道大题。

许厌看了眼身旁笑眼弯弯的人，抬手接过卷子，讲题过程中没有一句废话："分别进行受力分析，隔离M木板，让它处于平衡状态，已知$F_{mx}=0$……"

和上次讲解台球规则一样，白啄私心觉得许厌讲得很好，简单明了，丝毫不拖泥带水。但周泽风是蒙的，在他没反应过来时，大佬已经写了不少："把这四个方程式解出来，就能得到动摩擦因数。"

怎么就解出来了，是怎么从题上的已知条件写出这几个公式的？

而许厌的笔一顿，甚至还看着他问："还有哪儿不明白？"

我哪儿都不明白，这是跳着讲的吧！我的水平能听懂就有鬼了！周泽风欲哭无泪，求求您了，您快把笔还给学霸吧！

白啄看着周泽风的表情心中好笑，正当周泽风准备装作听懂回去慢慢消化时，白啄突然伸手指着许厌写的第二个公式，问道："这个公式怎么往下推的？"

而听到白啄开口的周泽风眼睛一亮，连连点头："对对对，是怎么推出来的啊，我感觉这两步中间差了一个银河系！"

许厌面无表情地瞥了眼对面兴奋的人。

周泽风一抖，只觉大佬刚才那是想把笔扔他脸上的眼神。就在他准备远离危险时，就见大佬看了学霸一眼，张开手递过去一个东西，他下意识看过去，就见大佬手心放了颗糖。

小小、圆圆的一颗，不知为何在他手心就显得十分可爱。

学霸把糖拿过去，嘴角轻轻上扬，小声问："还有吗？"

大佬把手收回去，重新拿起笔，道："今天没了。"

这一幕很不对劲，周泽风总觉得自己忽视了什么。

而没等他想明白，大佬的笔尖已经又停在第二个公式上，撩起眼皮看了他一眼，道："听好了。"

颇有再听不懂就废了他的感觉，周泽风连连点头，接下来的注意力异常集中。

漫城夏天的早晨是温热的，风是微暖的，花是香的，空气是甜的。

那天的回忆，是柠檬味的。

第六章 月光、木槿花
许厌，未来男朋友

01

　　漫城一中虽说很人性化，但是占课的传统却完美地延续了下来。虽说每周都有节体育课，但每次都被各科老师轮流占用，不是做卷子就是讲题，基本没上过。

　　不知道是良心发现，还是因为马上到十一国庆节估计同学们比较兴奋学不进去，放假前的最后一节体育课没被老师占用。

　　很凑巧的是高三（1）班的体育课刚好是放假前的最后一节课，所以整个下午班里的同学可以用亢奋来形容，别说听课做卷子了，那压着声音的聊天声就没消失过。

　　上倒数第二节课的老师，见他们实在听不进去也不讲了，就让同学们修改卷子上的错题，她一个个检查，这样才没让班里乱起来。

　　等下课铃一响，大部分同学都边夸张地号叫着，边向楼下操场奔去。

　　等教室里的喧闹散去点，白啄才放下笔，把写完没批改的卷子折起来放好，准备上完体育课带回家再写，好不容易能上节体育课，她也很开心。

　　她的笑容太过明显，许厌看着她问道："这么开心？"

　　白啄眸子含着笑，连连点头："特别开心。"

　　她还没和许厌一起上过体育课呢。

　　"咳！"想到什么，白啄往许厌旁边靠了靠，小声道，"你说话算数的吧？"

许厌一时没明白过来:"什么?"

"我,运动细胞不发达,"白啄指了指自己,"篮球、足球、乒乓球都不会,想学。"说完又快速补充,"我不挑的。"

许厌愣了下,接着笑了下,反问道:"足球?"

"学。"白啄定定地看着他,轻声道,"你教我就学。"

许厌笑起来,实在格外戳她的心。

正当白啄准备把高三为数不多的体育课全部安排妥当时,坐在前排偷听了有一会儿的段远咳了下,提醒道:"学霸,门口有人找。"

虽然很不想打断他们说话,但段远觉得事情有些紧急,门口的人都站了一会儿了,学霸还在和大佬说"悄悄话",把他急得不行。

白啄的头往旁边偏了偏,看向教室后门,见到门口站着的人时,她甚至连嘴角的笑容都没来得及收回去。

许厌也顺着她的视线朝后门看过去。

后门站着的人一身休闲装,戴着金丝边眼镜,手里提着蛋糕盒,正松松散散地靠在门框看着他们。和许厌对视时他那双和白啄很像的眸子眯了下。

白啄看到白凛有些吃惊:"你怎么来了?"

见她终于发现了,白凛这时才站好,抬脚走进来,同时咬着牙反问道:"你说呢?"

见他走近,段远心中"吃瓜"警铃一响,哇哦,不得了。

看着白啄脸上还未散去的笑意,白凛一阵哑火袭上心头,抬手就准备揉乱她的头发泄泄心中火气,谁知他的手刚抬起,还没伸到她头顶就被人挡住了。

白凛不可置信地看向一旁胆敢挡他手的人。

由于是下意识的动作,手都挡上去了许厌才反应过来,他正准备不着痕迹地收回来时,一只小小的手慢慢抬起,揪着他的袖口,轻轻地拉了下来。

而看到这一幕的白凛心中更气,就在他准备暴走时,幸亏白啄还算

149

懂事，拉下去后随即就松开了手。

她先对许厌笑了下，解释道："我哥。"

接着，她才看向白凛，依旧笑着："哥，这是许厌，"说完立即补充，"我上次跟你说过的人。"

白凛咬牙切齿地反问道："你跟我说过？"

白啄笑眯眯地点点头，确定道："说过，你还夸他人好。"

她又语气温柔地说："妈妈也知道，你忘了吗？"

想到了这几个月白啄的一系列行为，白凛算是彻底明白了，他气笑了。

"白啄啄，"白凛边冷笑边把蛋糕递到她手中，几乎是咬着后槽牙说出剩下几个字，"你可真是长大了！"

白啄把东西接过去，面不改色，正准备说些什么安抚下她哥的情绪时，就听见白凛说："收拾东西。"

白啄动作一顿，温声提醒："马上就上课了。"

"不上了。"白凛冷笑一声，"等着，现在我就给你请假去。"

白凛转身之前余光扫到许厌，扭头给她加了个时间限制："你最好在我回来之前收拾好。"

好不容易摆出哥哥架子的白凛在看到靠外面那张桌上明显属于白啄的文具时，又是一阵心塞，真是小瞧了白啄啄！

他眼睛一闭，恨恨地转身走出教室找贾韵梅请假，想快点把人带走收拾一顿。

恰好这时上课铃响了，剩下的同学一窝蜂地拥出了班，甚至连一个本来已经请了假的女生也站起身跟着跑了出去，一个个的看着就很不镇定。

一瞬间，班里只剩下白啄，还有难得愣神的许厌。

白啄说："怎么办，今天好像学不成了。"

许厌眼中翻涌着各种情绪，他紧紧地看着白啄，没说话。

"但是你还是要教的，"白啄双眸一弯，对许厌说，"我先记下来，有机会要补上。"

许厌："嗯。"

这时白啄收了收笑容，对许厌眨了眨眼，小声说道："别忘了。"

白凛憋着火气，上了车后再也忍不住道："说说吧，怎么回事啊？"

"你不是知道了吗？"白啄语气放松，没有一丝窘迫。

"我知道？"白凛被气笑了，"我要是知道早就把你那些苗头掐死在摇篮里了，你觉得我还能让你转学？"

怕白凛气出好歹，白啄认真听训，只是忍不住解释道："我没耽误学习。"

"和这有关系吗？"白凛眼里的火星子"噌噌"往外冒，"不管耽不耽误学习都不能早恋！你不是……"

白啄打断他："没有早恋。"

白凛的话在喉咙口噎了下，接着瞥了白啄一眼，怀疑道："没有？"

白凛满腹狐疑，不是他不相信，十几年朝夕相处，白啄的性格他再清楚不过，他从没见过他妹那样笑。

谁知白啄摇摇头，重复道："没有。"

但白凛并没有因此松口气，事出反常必有妖。

他正准备往深处挖掘时，就听见白啄又补了句："但是明年就不一定了。"

"白啄啄，别说话了。"白凛咬着牙，快要把方向盘扭掉，"你再说下去我怕出交通事故！"

听到他这么说，白啄闭了嘴，如以前一样，低着头，安安静静的，不知在想些什么。见她真的不说话了，白凛反而怎么想怎么不得劲，一方面怕她好不容易踏出来的脚又要收回去，一方面又怕她真的成了迷途少女。

白凛脑子里一片乱麻，纠结得不行。

"哥，"正当白凛想找个话题开口时，白啄开口了，"你能帮我个忙吗？"

白凛下意识反问："什么？"

白啄抿着嘴说："查个人。"

白凛只觉没什么好事，但他妹妹并没有给他拒绝的机会。白啄这段时间太开心，快要把许宏建忘了，她要替许厌把不好的事情全部扼杀掉。

把大概的信息说完后，白凛在那家私家菜馆停车场停了许久，才觉得稍稍找回了点力气。

他看着白啄有气无力道："白啄，都说你省心，可你省心吗？我看你是准备来个大的。这么一比我可比你省心多了！"

白啄并不否认，只是点点头，一脸乖相："谢谢哥。"

"扮乖也没用。"白凛捂着胸口，"你别再来考验我心脏承受能力就行了，我刚二十出头正值青春年华，还想身体健康地读完大学毕业后好一展宏图。"

白啄配合着乖乖点头："没有了，就这一件事。"

02

把白啄带到包厢后白凛又交代了几句才去了隔壁包厢，而这间包厢里的基本都是上同一所高中的人。

他们住得又都很近，可以说是一起长大，关系本应很好，但总有例外。白啄真正玩得好的也就一个温言，其余的大都是泛泛之交，还夹着一个相看两厌的人。

小半年没见，范梦璇看着倒是比以前开心了不少，逢人就笑眯眯的，就连看到白啄也不像以前似的拉着脸噘着嘴恨不得咬她一口的模样。只是对着白啄，范梦璇的语言动作中总透出一丝高傲。

看着范梦璇得意不已的神色，温言忍不住翻了个白眼。

"你不在没人压着她了，看她得意的。"温言小声吐槽，"天天像只招摇的花孔雀！"

文理分科时温言选的是文科，很不幸地又和范梦璇分到一个班，天天看到那张脸快烦死了！白啄也很无奈，早知道是和他们一起吃饭，还不如不请假，上完体育课或者明天再回家多好。

"白啄，漫城一中怎么样？"范梦璇果然还是那个性子，顺心顺意久了不找碴就浑身不舒坦，"我听说那里的学生天天打架，真的假的？"

白啄按了发送键把消息发出去，顺嘴回道："假的。"

即使白啄否认，范梦璇却还不信。

"那估计是你去的时间短没见到，"范梦璇假笑一声，"那学校乱得很，什么人都有。"

等消息的期间白啄才抬起头看向她，懒得和她来回拉扯，如实道："确实从来没见过打架，他们挺好的。"

漫中学生的成绩也许不是顶尖的，但学生间的氛围不差，并不像她说的这样。

范梦璇被白啄轻飘飘的语气弄得不上不下，好像不管何时何地白啄总能压她一头似的，即使白啄现在转到一所不是很好的学校，却一点不觉得羞愧。

当时知道白啄转校，范梦璇在兴奋之余还专门让人查了查那个学校，想要下次见到白啄好嘲笑她两句。好不容易逮到个机会，范梦璇自然不会放弃："你别不相信，我听说漫中有个学生是能拿着刀对着自己爸的狠角色，现在好像也上高三了，叫许……"

白啄动作一顿，打断道："你听谁说的？"

没想到白啄会突然打断她的话，范梦璇一愣："啊？"

"要是道听途说你就应该学会对信息进行筛选，没过滤真假消息的能力就忍着别说。"白啄勾了下嘴角，脸上却没有一丝笑意，"散布虚假谣言不可取，那可是犯法的。"

"谁说是假的！"第一次被白啄这么不留情面地反驳，范梦璇脸色涨得通红，"我专门……"

白啄盯着她，语气冷漠："专门什么？"

"专门……"看到白啄的眼神,范梦璇结巴了两声没把实话说出口,她总不能说我为了嘲笑你专门让人去查的。

范梦璇有些恼羞成怒:"反正我就是知道!"

本来就不算好的心情又被她破坏些许,白啄眉头皱着,本来还想说些什么,一直握着的手机却振动了。

这时白啄才收回视线,看到来电提醒后连眉头都蓦地松了点,给温言做了个手势,她从包中拿出耳机就往门外走。

作为白啄好闺蜜的温言当然知道许厌对白啄的意义,开口就怼范梦璇:"你知道什么呀,好歹是个文科生,怎么说也是班里第一,政治老师教的是不是全忘了,世界观和方法论我看你是一个都没记住……"

白啄关上门,把里面的声音隔绝在内。她戴上耳机,按了接听键,听到里面传来的声音:"白啄?"

听到许厌的声音,白啄心中的烦闷蓦地消散很多:"嗯。"

白啄踏着包厢外的青石板小路,沿着院内池子走到最内侧,在木槿花旁,站定。

"还没吃饭吗?"

和许厌打电话时,白啄很喜欢戴着耳机,这样就像是许厌站在她身旁说话,听得她心软软的。

"没有,"白啄指尖点了点眼前的白色木槿花,闻着它散发出的淡淡清香味,"还要好久才能吃完回家。"

这样的场合每年最少一次,目的也很明显,多联系感情,以后长大遇到什么事情还能互相帮衬。想法是很好,但对他们来说作用好像不大。

白啄小声抱怨道:"要是不请假就好了,不仅能上体育课,现在还能吃上晚饭。"她又说,"你还没教我呢。"

白啄的声音听着软软的,像极了撒娇。

电话里许厌的声音顿了下,才说:"以后……"

"白啄。"许厌还没说完,就被人打断了。

听到声音,白啄转身望过去,就见严嘉朗站在她身后,手中还拿着瓶酸奶。

严嘉朗穿着讲究,他身上的衣服、脚上的鞋子、手腕上的表都是专门搭配好的,甚至还配合着抓了抓头发,再加上他脸上一贯带着笑容,不管在校内校外都很吸引女生目光。

刚刚白啄进包厢时,他已经坐在对面,两人并没有交流。此刻摸不准他的来意,她点了下头当作回应,下意识地想避免和他交流。

见白啄望过来,严嘉朗笑了下,走近了几步,在离白啄两步远的距离站定,瞧她的神情比刚才好了点,他轻声笑道:"这会儿看着心情不错。"

没等白啄说话,他又说:"梦璇就是被范叔宠坏了,但没什么恶意,到时候让范叔说说她给你出气。"

严嘉朗语气亲昵,不知道的会以为他们关系极好,听得白啄不着痕迹地皱了皱眉。

"他们家没你喜欢喝的那种酸奶,"严嘉朗把手中的酸奶递给白啄,"试试这种口味的?"

"谢谢。"白啄往后退了半步,想也不想拒绝道,"不用了。"

严嘉朗又笑了下:"都给你拿过来了,试试?万一喜欢呢。"

白啄心中升腾起烦躁。

她觉得今晚就不该来这儿,太容易影响心情。

好似知道她的情绪,电话那端一直没开口的许厌突然说:"你现在戴着耳机?"

"嗯。"白啄说着点点头,又有些吃惊地反问道,"你怎么知道?"

严嘉朗还以为白啄在跟他说话,笑了声回道:"你这又点头又反问的,是想试还是不……"

"抱歉,"白啄扬了扬手里的手机,连带着耳机线都上下晃动了几下,"我在打电话。"

同时她听见许厌说:"你把耳机摘了,开外放。"

白啄顿了下,才慢慢地应了声:"嗯。"

看白啄摘了耳机,以为她打完电话了,严嘉朗有意化解刚刚那些许的尴尬,于是问道:"谁啊?"

白啄点开了手机外放,回道:"未来男朋友。"

四周的空气像是被冻住般鸦雀无声,就连本要说话的许厌都噤了声,安静得没发出一丝声响。

许久,见还没人说话,白啄才开口问道:"你想说什么啊?"

白啄垂下的手背轻轻碰了碰手边盛开的那朵白色木槿花,似是在等手背都沾上淡淡的木槿花香,才换了那只沾满花香的手拿手机。

心中烦闷散去,她压下笑意,出声叫道:"许厌。"

又静默了几秒,许厌似乎往垃圾桶里投了个易拉罐,听到一声闷响后才听他回道:"今天体育课没教给你的。"

因为外放,许厌的声音稍微有些失真,但依旧能清晰地听到每一个字,他说:"以后补上。"

03

此时夜幕降临,在昏黄的路灯下,许厌正坐在小区拐角处的石凳上,时不时有微风吹到脸上,似被轻轻抚了下,柔柔的,就像刚刚电话中的人。

许厌就那么坐着,半晌,他才垂眸看向手中屏幕早已暗下去的手机,并没有把它按亮。他看似沉着,只是脑海中那五个字像咒语来回变着花样旋转,让人想忽略都难。

这时候对面的居民楼几乎每家每户都亮起了灯,一排近二十户,总共七层,几乎每个小小的窗户都向外散发着柔和的光。

万家灯火,最重要的就是那股子烟火气,最能拨动心弦的也是那股子人情味。

许厌视线正对着的一户人家,现在早已过了饭点,对面一家人都坐在客厅。客厅里妈妈在织毛衣,爸爸在看电视,趴在餐桌写作业的小男生时不时回头偷看电视,气得旁边正辅导他作业的哥哥直拍桌子,而这个动作又吓得小男生直哭……屋里顿时鸡飞狗跳的，妈妈眼睛一瞪就把遥控器从爸爸手中抢过来关上电视。

看到这一幕，许厌错开视线，抬头向上看。

夜空中零零散散挂着几颗星星，散着亮光，惹人注目。

许厌看着那几颗星星，心中想起的却是另外一双眼，一双比星星还要亮的眼睛。

许厌拿起手机，镜头朝上拍了张照片。由于离得太远，手机像素又不好，最后那张照片里只留下了一弯月，还是个模糊了形状的月亮。

许厌低头望着手机里的照片，心想，像月亮。

就是离得再远，手机像素再差，即使模糊了形状也掩盖不了它散发出的光。那些亮光是让常年处于漆黑环境中的人刚好渴望拥有的程度。

直到心跳声趋于平静，许厌才站起了身。

现在是晚上十点半，想到刚看到的情景，许厌抬脚上楼前抬头看了一眼，他看向的那间屋子漆黑一片，并没有柔光透出来。

没有看到想象中的光许厌并不失望，时间永远不对，这是他早就知道的事情。

许厌视线一收，迈步走了进去。

上了三楼，刚走到门口就听见里面传来的哭声，他动作一顿，随即快速拿出钥匙开了门。

许厌边按灯的开关，边叫道："许玥歆？"

"呜呜呜……"听到他的声音，许玥歆哭声更大，中间还含糊地叫了声"哥哥"。

许厌按了开关屋里的灯也没能亮起来，听到许玥歆越来越大的哭声，他来不及做别的就顺着客厅里微弱的月光朝她的卧室走过去。

屋里拉着窗帘，听得见哭声却看不到人，许厌把手机上的手电筒打开，有了亮光后他看见蜷缩在墙角哭得撕心裂肺的小女孩正往床边爬。也许是太害怕了，她忘了王雅云的叮嘱，不像平时一样只敢远远地看一眼他，大胆了很多。

许玥歆爬到床边，在许厌俯身扶她的时候双臂一伸，牢牢抱着他的脖颈再也不撒手。她刚五岁，胆子小，终于见到亲人，此时搂着许厌哭得上气不接下气。

许厌腾出一只手轻轻拍了拍她的肩膀当作安慰。

又哭了会儿，许玥歆的哭声才慢慢减弱。

见她情绪平静下来，许厌就放开她准备去检查下电路，谁知他刚有动作许玥歆就搂得更紧。

"我去看看灯为什么不亮了。"

"你要是害怕就一起。"

听了他的话，许玥歆才慢慢松了手。

许厌将许玥歆放到床边，给她穿上鞋，又将手机递给她，才转身往客厅走去。

许厌走到玄关处，把电闸盖子掀开，把落下去的控制器推上去。"噔"的一声，客厅又恢复明亮。

小区建成时间长，线路老化，经常发生跳闸的情况，以往家中都会有人不至于让人吓到哭。

客厅的灯亮起来，之前被黑暗笼罩的不堪混乱也暴露出来，客厅的水流了一地，混着水壶和水杯的碎片，一片狼藉。

许厌眼神一凛，忙看向卧室门口站着的人。

察觉到他的视线，许玥歆嘴一撇，眼泪又要冒出来。

许厌向她走近，蹲下身，放缓语气，问道："伤到了没？"

许玥歆抱着许厌的手机，可怜巴巴道："没有，我不小心碰到了，"随即眼圈又红了一些，带着哭腔道，"我不是故意的。"

"知道。"许厌不着痕迹地分散她的注意力，"她呢？"

平时这时候王雅云应该在家准备睡觉了。

"妈妈出去了。"许玥歆抽抽鼻子，把眼泪憋回去，"她让我先睡。"

听到她的话，许厌静默一瞬，问道："还渴吗？"

许玥歆看了眼破碎的茶壶，做错事般地点点头，道："渴。"

看她略显慌乱的眼神，许厌也没说别的，只是说："等着。"

他起身重新烧了水，倒进杯子里，等不太热了才端给许玥歆。她捧着杯子小口喝着，许厌把手机拿过来。

划开屏幕，他才看到十分钟前白啄发的消息——今天看到的木槿花。

下面是张图片，一簇白色的木槿花，旁边还有只比"耶"的手。

看着那个手势，许厌甚至能想象出白啄当时的神情，眸子微弯，露出个淡淡的笑容。

下面还跟着一句：是不是很好看？

木槿花很常见，不知为何照片里的颜色异常鲜艳，白得晃人眼睛。

许厌回了消息后，下意识地又把那张图片点开，最后长按保存。和那弯月一起，存进手机相册中。

04

王雅云将近凌晨五点才回家，推开门猛地瞧见客厅沙发上的人影时立刻后退一步，受到极大惊吓般捂着胸口，连连喘着气压惊。

缓了一会儿，王雅云胸中憋着的火直接发泄出来："要死了！大半夜的不睡觉坐着吓人！"

王雅云脸色铁青，化着妆的脸显得比平时还要恐怖。

十月初，早晨的温度已经开始下降，但王雅云却穿着一身旗袍。在这身旗袍的修饰下，生了两个孩子的她身材依旧玲珑有致，即使受了生活的磨砺也能从那张脸上看出年轻时的美貌。

许厌收回视线，站起身，来回活动了下稍显僵硬的脖颈，才迈步走到王雅云面前。

王雅云今天穿着高跟鞋，除了高了儿厘米瞪人也更加方便。她瞪着许厌，仿佛瞪着仇人。

许厌仿佛没注意到她的眼神，也好像没看见她眼中的恨意，只是开口:"下次还是等许玥歆睡熟了再出去。"

王雅云听得神色一僵,但又习惯性地对抗起来:"你还想管到我头上了是不是!"

许厌静静地看她,又提醒她一遍:"她醒了。"

说完他错开一步,拉开门走了出去。还不到五点,外面漆黑一片,许厌却走了出去。

许厌关门的那瞬间,王雅云浑身颤抖了下,不知道是冷的还是气的。

她咬着牙,发狠似的把手中的提包甩到沙发上,嘴里骂道:"小浑蛋!"

"妈妈。"许玥歆站在卧室门口看着发怒的母亲。

王雅云并没有回头,反手将绾头发的簪子抽出来扔到茶几上,弯腰把脚下五厘米的高跟鞋脱下,道:"睡你的觉去!"

等四周安静了,王雅云才微微泻了火,将身体靠在椅背上,独自在客厅坐了许久。等要喝水时看到那崭新的水壶,她嘴一抿,把手中的水杯重重往桌上一放,站起身往卧室走去。

而此时,漫城的天已经大亮。

"许厌?"刚洗漱完毕就接到许厌电话的白啄很是开心,笑眼弯弯道,"早上好。"

"早上好。"许厌那边有些杂音,像是在外面,"起床了吗?"

"起了。"本来正准备出去吃饭的白啄又重新坐到房间里的小沙发上,"一会儿去吃饭。"

"你吃早饭了吗?"白啄伸手把抱枕揽在怀中,问他,"吃的什么呀?能不能让我参考一下。"

但许厌没回答,而是问道:"你想吃什么?"

"不知道。"白啄摇摇头,"家里的人都还没起床。"

她准备随便吃点然后去做套卷子。

电话里许厌叫她:"白啄。"

"我在呢。"

许厌静默了一瞬,接着开口:"要不要出来吃早餐?"

她的眼睛忽地睁大,人也下意识坐得直直的,出于本能应道:"要!"

接着她就听许厌说:"我在那个十字路口等你。"

他们小时候见过的那条街。

"我很快就到,"白啄竭力压下紊乱的心跳,回答的同时疾步往外走,"你等我一下。"

"你别急,"许厌又说,"外面温度低,穿个外套。"

"我不急,"白啄快速跑下楼梯,嘴里却回道,"我不急的。"

可是怎么可能不急啊!白啄几乎想飞过去,她快急死了。

"啄啄,"正准备做饭的福妈叫她,"今天想吃点什么?"

"我去外面吃。"白啄边说边换鞋,"您不用做我的饭。"

换完鞋她连忙对福妈摆摆手:"我走了。"

福妈急忙叫她:"今天降温了,你穿件外套,早上……冷。"

可一句话还没说完白啄就已经关了门,像阵风似的。

福妈失笑,还没见过她这么着急忙慌的模样呢,也不知道忙着去做什么事。

那个十字路口离白啄家不远,平常走着过去也不过十多分钟,但这次白啄还是觉得她跑得不够快。距离还有两百米、一百米、五十米……她终于看到街边站着的那个人。

许厌穿着黑色外套,站在那儿,无端惹人注意,惹人注意到大早上的就有人搭讪。

幸好她离十字路口也越来越近,她努力调节呼吸,但依旧有些急促,和装备齐全准备晨跑的人对比起来有些狼狈。最起码,人家没有喘,梳着马尾的头发也不会被风吹乱。

白啄抬手顺了顺被风吹乱的头发,觉得气势不能丢。

可没等白啄把气势撑起来,马路对面的许厌却望了过来,向她招了

161

下手。白啄下意识就把手举起来摆了摆,刚刚心中的烦闷顿时消散了。

隔着一条斑马线,白啄没再动,她静静等在马路这边,看着许厌对那个女生摇摇头,快步向她走过来。

这种感觉难以用语言形容,就像是精心呵护多年的花苞展开了瓣,终于得见里面的蕊,只觉得美不胜收。

许厌站在白啄身前,看着她身上单薄的长袖上衣,微微皱眉道:"冷不冷?"

"不冷,"白啄连连摇头,笑眼弯弯,"一点都不冷。"

白啄脸颊微红,鼻尖也沁出些汗,头发被风吹得有些乱。

许厌看着她胡乱地顺了顺头发,想上手帮她顺一顺,但最后只是蜷着手指说道:"下次不用着急。"

他又补充:"我会等你。"

"我知道,"白啄笑得眸子发亮,"可是我想早点见你。"

白啄说得坦坦荡荡,那双眼睛亮晶晶的,让人稍不留意就会迷失在里面。

白啄低头看见许厌手中拿的东西,想到昨晚的事情,把声音里的笑意往下压了又压:"给我的吗?"

白啄嘴里这么说着,手已经去接那瓶酸奶,但许厌往后退了下,说:"等会儿喝。"

"好。"她乖乖地点头,带着笑意,温声开口,"那你先给我拿着。"

附近就那么几家早餐店,看看这个瞅瞅那家,多少年没纠结过的白啄终于感受了一次选择恐惧症患者的内心活动,想挑个味道最好、许厌最可能喜欢吃的店。

白啄表情纠结,明显到连许厌都看出来了。许厌指了指离他们最近的店:"就这家了。"

白啄以前来这家港式早茶店吃过,知道味道还可以,也就跟着许厌走了进去。

找了个靠窗的位置，点了餐，白啄这才平静下来，思绪也回了笼，看着坐在对面的人，她问道："你怎么来的啊？"

两个人的距离几乎横跨大半个漫城，没有直达的公交车，加上转车的时间就是一路畅行也需要一个多小时，一来一往，其实有些麻烦。

许厌倒了杯水递到白啄手边，说："来吃早餐。"

白啄下意识反问道："来吃早餐？"

"来吃早餐。"

本以为许厌过来是有什么紧急的事情，但见他神色平静并不像说谎。

恰好点的餐端上来了。

看着桌上的食物，知道这家店的虾饺很好吃，白啄就把它换到许厌面前，推销道："尝尝这个，很好吃。"

许厌抬眸看她，先给她夹了个，随后才给自己夹。

他们都不是话多的人，直到吃得差不多，白啄才问："那你今天下午回去吗？"

许厌摇摇头，说："一会儿就回。"

"一会儿就回去？"白啄眸子微眯，有些没反应过来，"可你才刚来啊。"

从他们见面，到现在吃了个饭，总共的时间加起来还不到一个小时。

许厌开口："'荷桌'忙。"

想到先前前台小姐姐的话，白啄有些烦闷道："你们老板的心确实黑，连国庆都不放假。"

想到这儿，白啄正色道："那他给你发红包吗？"

许厌眼里闪过笑意："给。"

听到有红包，白啄心中好受了些，点点头道："那就好。"

好在就七天，她还能提前回去。

而"荷桌"确实很忙，在他们结完账出门时黄乐文还给许厌打了电话。即使是这样，最后他还是把白啄送到了小区门口。

因为温度低，回去的路上白啄穿着许厌的外套。

163

白啄穿上的那瞬间只觉得体温升了好几度，脸颊微红。其实那件外套她穿着偏大，很不合身，但她就是不想脱，嚣张得很。

等到了小区门口，白啄终于拿到酸奶，她朝许厌摆手："过几天见。"

"嗯。"许厌说，"回去吧。"

知道他有事，白啄也没再浪费时间，只是在拐弯的时候才转身看了看。见许厌还站在那儿，明明才分别，她却已经有些不舍。

等许厌到"荷桌"时，黄乐文还有些可惜："就请了三个小时假，奖金没了。"平时比谁都拼，现在这么大笔奖金却没了。

黄乐文纳闷地问："你干什么去了？"

许厌拿着球杆，回道："充电。"

"充电？"黄乐文一愣，"你什么没电了？"

许厌摇摇头没有答话，拿着球杆去了二楼。

是他没电了。

许厌损耗太严重，以前都是被动前行，今天却是他主动续航。主动靠近，去汲取能量，让他往前走时不像以前那么费劲，也不像以前那样一片漆黑好像走不到尽头。

现在，那条路上有光了。

05

七天假期，白啄本来想提前两天回去，谁知白凛听见后直接一声冷哼，那眼神颇有恨不得打醒迷途妹妹的架势。

但她也没反驳，晚两天就晚两天见，有求于人，反正这段时间白凛说什么就是什么，只要他能把事情干好。不让见而已，她能联系到人的方法多着呢。

说是这么说，但白啄并不是随时都能联系到许厌，假期间"荷桌"

似乎要比平时忙得多，有时候给他发个消息过了许久才收到回复，有时候凌晨还能收到他的晚安。

见不到人，也不能打扰许厌工作，白啄叹口气，认命地把卷子拿了出来。高三的学生从不缺卷子做，做两套卷子一下午就过去了，她刚把笔放下拿出手机就听见敲门声。

白凛站在门边催促道："别写了，马上吃饭。"

正准备发消息的白啄，就很郁闷。

下了楼，白啄坐在客厅沙发上避着白凛发消息，发完后将手机屏幕按熄当作无事发生。

她端起水杯准备去厨房时书房的门正好打开，接着就看见谈好事情从书房出来的人。

除非很重要的事情，白父很少会在家里谈工作上的事情，所以白啄就多看了两眼。他们似乎还有些事情没敲定，又站在门口聊了几句。

站在白父身旁的男人穿着唐装，手中拿着扇子，他背对着白啄看不清样子，单看背影是温文尔雅那种类型。

看了片刻，白啄的眼神就收了回来，端着杯子向餐桌走去。

"周叔，您在我家吃点？"等他们终于从书房走下来时，白凛迎了上去，"福妈做的都是漫城的家常菜，家乡的味道，比国外的要正宗多了。"

白父也赞同道："你吃完再回去。"

听到他们这么说，周祎生也就应了下来，他刚回国，确实也没地方去。

等坐在餐桌上看清男人的面容后，白啄一愣，视线就定在他身上。

见到她的视线，白母咳了声，皱眉提醒道："啄啄！"

反应过来后，白啄忙收回视线："抱歉。"

周祎生笑笑不在意，反而安慰她道："是不是吓着你了？"连声音也带着一股儒雅气。

男人右脸完好，左脸却有很明显的疤痕，那疤甚至蔓延到额头上方。那些疤应该是烧伤造成的，通过植皮手术修复了很多，但修复后造成的疤痕完全消下去是个长期的过程。

经过治疗后烧伤的皮肤到不了吓人的程度，吓不到小朋友，更吓不住白啄。

察觉到刚才的行为有些不妥的白啄又为刚才的行为道歉："是我失礼了。"

看她低头道歉的模样，周祎生又轻声笑了："没事，这么紧张干什么，看两眼我又不会掉块肉。"

说完他又偏头对白父说："儿女双全，妻贤子孝，还是你好。"

白父也恭维了几句才开始了这顿饭。

其间，白啄又下意识看向周祎生两三次，也许每次都被他发现了，因为中间有一次他们还对视了，但他也只是和善地笑笑。

怕他误会，吃完饭后白啄解释说："我是觉得您好熟悉，但又想不起来我们是不是真的见过。"

这个解释听着很假，很像是借口，但白啄真是这么觉得，她再次重复道："是真的对您有些熟悉。"

"也许是缘分。"周祎生笑着回应，"不过我出国的时候你应该还没出生。"

十几年就这么过去了，真是岁月不饶人。

"看你们朝气蓬勃的，"周祎生摇头叹息道，"我这老头子可比不了喽。"

"谁说的？"白凛一脸不赞同，"您风华正茂。"

前些日子他们第一次见面时周叔穿着唐装，拿柄扇子，浑身上下都透着股游刃有余的感觉，仿佛没有他解决不了的事情，白凛觉得他身上那种经过沉淀的气质特别有魅力。

这句话说得桌上的人都笑了，一时间，餐桌上的氛围特别好。

白啄嘴角也噙着笑意，却努力把脑海里的记忆过了遍，只是到最后也没想起来到底在哪里见过他。

这是白啄第一次期待假期能快快地过完,到了七号,她早早就收拾好了东西。

这天上午她少见地静不下心做题,效率很低,就像是在消磨时间就等着回学校。

离回学校的时间越近白啄的心情就越好,中午吃饭的时候连嘴角的笑意都多了不少。

一顿午饭的时间,白母不自觉地看了她好多次,最后还悄悄地跟白凛说同意她转学真是一件好事,弄得白凛直想把白啄在学校里的模样拍下来给白母看看,那笑容才多、笑得才叫一个开心。

尽管白凛咬牙切齿,到最后他还是乖乖地把白啄送到"荷桌",其实他也在心里感叹,白啄开心了很多,这段日子笑的次数快抵得上以前一年的量了。

虽说心里觉得白啄现在挺好的,但白凛在走之前还是三令五申了她现在的主要任务,提醒她不要早恋!

听得白啄一阵无言,本来还没有的事,他却天天强调。

白凛决定眼不见心不烦,嘱咐完就回到车上。

白啄心情很好地站在人行道旁向他摆手再见,看得白凛又一阵心梗,如无情机器般伸手朝她摆了下,接着毫无留恋地开走了。

看着她哥的神情,白啄没忍住笑出了声,心中只有一个想法,她真的好喜欢现在的生活。这样的生活让她感到幸福。

这么想着,白啄连走路的步伐都是欢快的。

一回生两回熟,再一次来到"荷桌"时白啄比上次熟悉了不止一星半点。等进了屋,看着里面的情形,她却愣了下。

今天是假期的最后一天,"荷桌"里的人不算少,一层层围在中间那张台球桌时就显得很拥挤。

白啄不知道发生了什么事,她下意识地寻找许厌,但是看了一圈也没看见人。她前两天还专门问了问许厌这两天的安排,知道他今天依旧有工作。

正当白啄迟疑时,对面的前台小姐姐对她招了招手。她显然还记得白啄,笑得很是开心,只是那个笑容却有些太过灿烂。

白啄顿了下,还是迈步向她走过去。

"来来来,吃瓜子。"徐闻玉还真的在柜台上摆了瓜子,她把东西往白啄面前推了推,"我请你。"

"谢谢。"白啄看了眼中间那张围了一圈人的台球桌,问道,"他们在干什么?"

徐闻玉挑了下眉,对她道:"小比赛。"

白啄抿了抿嘴,接着开口问:"许厌在里面?"

"哎!"徐闻玉把手里的瓜子扔回袋子里,一脸惊讶,"你怎么知道!"

白啄简短解释:"我没看见他。"

许厌不喜欢凑热闹,所以围成一圈的那些人中不会有他。而她又没在四周找到他,再加上前台小姐姐看她的眼神,都在证明许厌就是那个主人公。

"别担心,"徐闻玉看到白啄的表情宽慰道,"切磋一下,极其不正规。"

她笑了下,又接着说:"而且,他现在可不是以前被人虐的时候了。"

再想看许厌被连着虐十几把的情况那只能在梦里看到了。

"漂亮!"

"黑八桌球都能结清,这技术真的可以!"

"那你是没看以前他炸清的时候,也很绝!"

围着的那圈人说着说着躁动起来,有人激动得连说了几句"牛"。

"听到没,"徐闻玉又抓了把瓜子嗑起来,"跟你说了不用担心。"

但他们的议论声与叫好声听得白啄越发好奇,她又在店里扫了一圈,突然眼睛一亮,对徐闻玉指了指一个地方,问道:"可以吗?"

徐闻玉顺着白啄的手势看过去,露出了然的神色,对白啄点点头:"去吧。"

得到许可，白啄快步朝那个地方走过去。站在通往二楼的旋转楼梯上能将里面的情形看得一清二楚。

许厌背对白啄站着，他穿着运动外套，拿着球杆站在旁边，在等着对面的人击球。

白啄到现在也只是对台球规则有个基本的了解，更专业的术语其实听不明白。

所以白啄不是在看比赛，而是在看那个人。她看着许厌往球杆皮头上擦巧克粉，看着他俯身击球，看着他技巧娴熟地把一个个球击进球袋。

直到许厌换了个方向击球，俯身准备的时候他们对视了一眼，白啄明显看到许厌一愣，接着白啄站在那儿朝他招了招手。

06

一直等到许厌毫无意外地获得胜利，白啄才放松下来，一直紧绷的身体好似也经历了一场大战，她不由得也扭扭脖子，松松脚踝。

许厌从人堆里走出来，见白啄在揉腿松脚的，跨上台阶蹲下来，握着她的小腿问她："还在抽筋？"

白啄不由得瑟缩了下，解释道："腿有些麻。"白啄看看蹲在身前的人，感受到他手指传递过来的温度，心跳得很快，"我……我马上就好了。"

白啄面上还算镇定，但微红的脸颊还是出卖了她。

许厌眉头微皱，问道："很难受？"

白啄此时有些心虚，连忙摇摇头，说："已经好了。"

像是为了证明自己说的话，白啄猛地踩下台阶，但因为速度太快，腿不受控制地抽搐了几下，这一抽搐就让白啄没有站稳。就在她以为会摔下楼梯时，许厌快速起身挨了她一下："小心。"

白啄非但没能证明自己无事，反而让许厌更加怀疑地望着她道："真没事？"

白啄顿了下，肯定道："真的，能跑八百米。"

她还准备说些什么，就听见下面传来曹霖的声音："哥。"

白啄回头，就见曹霖站在楼梯台阶前抬头看着他们笑，嘴咧得很大，露出两排牙齿。

曹霖的眼睛本来就不大，这么一笑眼睛就剩下一条缝。他旁边还站着个男生，戴着眼镜，也在笑，但是笑得要比曹霖含蓄很多。

许厌对曹霖他们说："等会儿。"

说完后他又看白啄："着急回家吗？"

现在还不到晚上七点，天还没黑，白啄摇摇头，不过听到许厌这么问，她的心还是猛地跳了下。

下一秒，她就听许厌问："那要不要去吃点东西？"说完，他又加了一句，"就在那个小区附近，离得很近。"

许厌想让她去。

于是白啄回道："好。"

许是想到什么，许厌对白啄说："另外一个是杨文斌。"

好像越来越被允许了，许厌对她敞开了门，任由她往里面走。甚至在她反应慢了点的时候，他还会对她发出邀请，邀请她走进去。

一路上，曹霖的嘴就没停过，杨文斌看着安静，但也不是话少的人，和曹霖说得热火朝天。和他们一起，许厌很放松，话依旧少，但时不时地会应两声，参与度是有的，即使他说的话可能还没白啄多。

不过同样的距离，他们这次走得要比平时慢很多，在白啄没注意的情况下，杨文斌关注到她的状态。

还没走到地方，他们的聊天话题已经转向这次高考了。

"那你就在漫城考吗？"白啄问杨文斌。

"对。"他解释道，"我没 A 市的户口，考试限制太多。"

"本来想转到漫中，这不阴差阳错转到霖子的学校了嘛。"

"不过在哪里不是学啊。"他说，"霖子的学校也挺好的。"

"你要不还是换个吧。"曹霖摇摇头表示不赞同，"我们学校太乱。"

曹霖咋舌道:"在外面我都不敢跟人说我是十二中的,怕被嫌弃。"

等到了他们熟悉的烧烤店,坐到位置上后,曹霖摸着他肚子上的那一圈肉,依旧无比后悔:"早知道我就是不吃不喝也把我哥给的那些题全搞会,要是能多考三十分多好,就能和我哥一个学校了。"

初中的时候曹霖非常厌学只想快点毕业出去赚钱,成绩一塌糊涂,要不是许厌扔给他的那些题,别说十二中了,他现在估计连高中都没得上。

他本来是不在意的,现在却有些后悔。

曹霖感叹:"要是能上漫中多好!"

"要不这样!"想到什么,曹霖两眼放光,期待地望着另外三个人,"我也跳级!明年六月高考你们去哪儿上大学我也跟着去,要是考不上大学我就去同座城市上个大专!"

曹霖表情兴奋:"你们说这样行吗?"

四周的空气安静了几秒。

杨文斌无语地把问题丢回去:"你说行吗?"

"我这不就想想嘛。"曹霖气势顿时弱了不少,"我比你们低一届,明年你们都考走了,就剩我一人了。"

道理都懂,但曹霖心中还是有些不得劲,他语气低落:"还有什么意思。"

白啄却突然开口道:"你能考上好大学的,我们明年在那里等着你。"

曹霖是许厌为数不多的真心朋友,只要是和许厌相关的,她都会好好地承接住、守护住。

"你还有两年时间,只要好好学,肯定能考好的。"白啄把面前的杯子捧在手心,把心中那些想法压下去,"我回去就把我整理的笔记给你。高一到高三的都有,知识点很详细,重难点也很清楚。明年我们高考完就没事了。不会的你可以随时问我,直到你高考前。"

曹霖嘴笨,听到白啄这么说不知道怎么表达心中的激动之情,他兴

171

奋得满脸通红："谢谢哥！谢谢白啄！"

杨文斌"哈哈"笑了两声，把一串烤茄子放到曹霖面前的盘子上，蔫坏道："这声谢来得有点晚啊，你高一都上完了才想起来谢？"

"都是一家人分什么早晚。"曹霖好不容易机灵了一回，"谢谁不是谢。"

说完曹霖还跟白啄对了个暗号："你说是吧！"

白啄看到他那双又快笑没了的眼睛，连连点头，声音里也是止不住的笑意："对。"

曹霖说得很对，谢谁都一样，谢谁她都很开心。

晚上白啄一向吃得不多，但氛围实在太好，和他们聊着天不知不觉也吃了很多，最后起身回家的时候甚至觉得有些撑得慌。

不过有人陪着，有人和她还有未来，她觉得真好，月光也柔情得让她舒畅。

一路上，遛狗的、逗小孩的，还有陪家人散步的年轻人。老人戴着防风帽，步伐快而稳健，陪同的年轻人还落后他一步，快步跟着。

白啄将视线收回，突然想到什么，她笑了一下，抬眸问道："我是不是越来越像骗吃骗喝的了。"

从郑旗家商店，到生煎店，再到现在，转学后，白啄的体重非但没有下降，反而重了，这和她蹭吃蹭喝脱不了关系。

许厌却只是摇摇头，道："不像。"

又想到什么，白啄嘴角的笑容僵了下，她突兀地转了话题问道："你是什么时候认出我的啊？"

她之所以能认出来许厌，是因为她一直都记得，从来没忘过，许厌没有从她的记忆里真正消失过。白啄突然惊觉，许厌的身影贯穿了她前十几年人生的每一个节点：幼儿园、小学、初中、现在。

在这段时间内，她见过许厌不止一次。

刚升初中时，学校举办开学典礼，会给每位新生发朵包装好的花。那天透过窗户，白啄远远看到举办仪式的礼堂里有一大一小两道身影不断进出布置。

那场景很枯燥,但不知道为什么,白啄却一动不动,把视线停在那个戴着黑色棒球帽、身形消瘦的男生身上,看着他把一怀一怀的花抱进礼堂。

将近半个小时,他都在重复同样的工作,白啄就那么看着他,也不觉得无聊,直到温言要拉着她去礼堂才反应过来。

往礼堂走去,白啄下意识就去寻找刚才看到的身影,但并没有看到,直到进了大厅,她才在讲台旁的圆立柱后面看到了人。

他依旧戴着棒球帽,帽檐压得有些低,安安静静地站在那个满脸笑意的中年男人身后,帮男人把摆好的花朵分别递给旁边的两位老师,再由老师递到他们手中。

从进礼堂那瞬间,白啄就在盯着他看,也许她盯的时间太久、目光又太明显,一直垂着头的他突然抬眸看过来。

白啄没想到他突然抬头,所以对视那刻,他们两个人似乎都愣了瞬间。

很快,他就移开了视线。

白啄慢半拍地眨了眨眼,才眸子一垂,收回视线,没有再看过去。

直到温言小声惊呼:"小白,你的花好好看啊!"

这时白啄才反应过来,看向手中的花——一朵黄色的香槟玫瑰。

她下意识地看向递花的人,只见他依旧垂着眸,没有再看过来。

那时,班里的每个人都是红色的玫瑰花,只有她的是香槟玫瑰。

后来,从负责分发花朵的老师那里才知道,因为园里的玫瑰少一朵,就用香槟玫瑰代替,算是盲盒,也算是另一种形式对幸运儿的美好祝福。

那天,一千朵花里,只有一朵香槟玫瑰,那朵香槟玫瑰到了白啄的手里。

当时,白啄以为是巧合。

后来,初三遭遇学习瓶颈期,收到棉花糖时,白啄也以为是巧合。

但现在,她却不确定了。

小时候到现在,十来年过去了,白啄变了很多,好认也难认。记得,就好认；记忆模糊，一段时间后也能回忆起来；忘了，那只能重新认识。

许厌呢，他属于前两种的哪一种？

想到书里夹的那十块钱，她转来第一天就从许厌手里接过来的，当时甚至还被郑旗调侃过中间商赚差价。

许厌当时的表现，后来的种种行为，无一不在彰显着一个事实：许厌记得她。

想起这些年寥寥几次的偶遇，等不及许厌回答，白啄又着急地问："你是不是去找过我啊？"

白啄抬眸望着许厌认真问道，那双眸子在月色下闪着水光。

许厌想矢口否认，但看到她的目光，顿了下，开口："顺路。"

他本来想高考后去，只是没忍住，可是后来还是有些后悔，去晚了，那个穿着碎花裙子的小妹妹好像不认识他了。

听到这句话，白啄的心抽了下。

顺路。世界上哪有那么多的顺路，只不过是心系所在，日月交替，千里奔赴罢了。

许厌没忘，当时那几次说不定是他专门去找她。

白啄的心像是被人攥着透不过来气，因为她清楚地知道，他们本来不该错过的，本来不该错过这么久的。

第七章 生病、烟花
许厌，新未来离我们还剩六个月

01

天气逐渐转凉,漫中现在实行的是冬季作息时间,比夏季提前半个小时放学。

这天白啄放学回来时,又见到前不久碰到的老人在散步。今天老人的精神不是很好,戴着帽子坐在轮椅上闭目养神,一位年轻人推着他。老人闭着眼,没被帽子遮起来的两鬓花白,他坐在轮椅上迎面和白啄擦肩而过。

擦肩而过的那瞬间白啄的步伐猛地顿住,周祎生。

白啄对周祎生的熟悉感在这瞬间找到了源头——那位在梦里和她擦肩而过的老人就是他。

梦里那种无依无助、整颗心仿佛都停止了跳动的感觉再一次袭上了她的心头。

白啄身体微微发抖,神情有些慌乱地快步走回家。但就是到了家她也静不下心做题,脑海里乱七八糟的,一幕幕全是梦里的事情,不知道为什么,心慌得很。

白啄心中慌乱,吃完晚饭强撑着精神把作业写完就去洗漱。她洗澡时水温调得比平时高,直到感觉浑身热乎乎的才关了水。

本来以为浑身暖洋洋地躺进被窝,很快就能入睡,但事实是她闭着眼睛强迫自己入睡,不知道过了多久才慢慢进入了浅眠,睡得极不安稳。

白啄做噩梦了,她已经许久没有做过噩梦了。在梦中,熟悉的、不熟悉的回忆交错进行，它们互相撕扯、来回博弈，场景来回变换仿佛要把她撕裂。

白啄梦到经常去吃的生煎店，转瞬却又去到当时那家便利店；梦到了她独自在监狱外，下一幕就到了互相传字条说悄悄话……最后白啄梦到了那只小狐狸挂件，梦到了那些没送出去的食物，梦到了那束香槟玫瑰，梦到了玫瑰上方那张照片上淡漠地看着镜头的少年……

梦里，那些花瓣和照片碎片一起散在空中，白啄下意识伸手抓，但抓了个空，只能看着它们越飘越远，直至消失。

梦里，现在经历的一切仿佛都是泡沫，都是她幻想出来的，一戳就破，随风飘散，一点都留不住。

白啄急得直哭，可就是哭得浑身发颤她也抓不住丝毫，那瞬间，她痛苦得只想和那些东西一起消散。

白啄惊醒的时候满脸泪痕，她头昏脑涨、浑身发冷、手心发颤，她有些慌乱地去摸床头柜上的手机，由于太过慌乱，手有些抖，不小心把手机推落地上。

白啄只好从床上下来，蹲在地板上，在黑暗里去摸索不知掉在何处的手机。在找手机的过程里，她整个人还沉浸在梦里的悲伤中，眼泪又一滴滴落下。

白啄小声啜泣着，终于找到掉落的手机，她内心才稍稍安定了一会儿，然后颤抖着手指按下一串数字，把手机放在耳边。听着里面的忙音，她的心也跟着紧张起来，她现在只想快点确认梦里的不是真的，她要听见许厌的声音。

幸好，铃声响了一会儿电话就被人接起，那边传来许厌的声音："白啄？"

听到许厌的声音，白啄终于放松下来，眼泪却像决堤一样滚滚而落，一切都是她的梦，现在才是真的。

她声音有些含糊地回答："嗯。"

"怎么了？出什么事了？你……"听到哭泣声，许厌连着在电话里问了几句，声音里带着明显的紧张。

白啄此时已经从悲伤中缓过来，原先紧绷的身体也卸了力，往后靠在床沿上，开始回答许厌的询问，只是哭腔压抑不住："就是做了噩梦，梦见你不见了，想听听你的声音。

"我知道那是个梦，但我还是好难过。"

难过得快死了。

梦里的那种感觉就像是她不会游泳溺水了，她无法自救，就只能站在岸边，眼睁睁地看着自己窒息而亡。

她惊慌地醒来，被这绝望悲伤的情绪困扰。

那种感觉实在太痛苦了，所以白啄才会那么在乎许厌是否能接听电话，是否能给她回应。

白啄带着哭腔，断断续续地又说了许多。

后面白啄听见许厌说："白啄，噩梦和现实都是相反的。"还有那句，"白啄，别害怕。"

这句话就像是有魔力一样，白啄躁动不安的内心平复下来。

白啄彻底平静下来了，她闭着眼听许厌说话，他没说话的时候就听电话里他的呼吸声。

"白啄？"似是为了看她睡着没，电话那头的许厌轻轻叫了声。

"嗯。"白啄脑袋昏沉，却也睡不着，整个人呆呆地坐在地上，靠着床沿发蒙。

许厌又问："现在能睡着吗？"

白啄如实回答道："睡不着。"

许厌顿了下，问道："喝水了吗？"

即使知道他看不到，白啄还是摇摇头，又说："没有。"

"现在要是不想睡的话就起来倒杯水，"许厌低声哄道，"喝完再睡。"

四周一片漆黑，耳边只有许厌的声音，白啄稍稍偏头在肩膀上蹭了下，像个机器似的照着许厌的指示做："好。"

但她刚动了一下就猛地顿住，她身体难受，但还在跟电话那头的人说："等一下，腿麻了，一会儿喝。"

许厌的声音格外温柔："好，你现在听我的。"

她脑袋昏沉，一步一步地跟着许厌的指示做：倒水，喝水，躺到床上，关灯，盖好被子，闭眼。

她的耳边是许厌的声音，他说："别怕，睡吧。"

他还说："我陪着你。"

白啄就这么听着许厌的声音重新进入梦乡。

许厌说了，噩梦都是相反的，好梦都会成真的，所以不要害怕。

慢慢地，直到白啄的呼吸重新恢复平缓，许厌才压低声音对那边的人说了两个字："晚安。"

但那通电话却始终没有挂断。

毫无意外地，白啄起来的时候，眼睛酸痛，浑身乏力，但还是用最快的速度洗漱，甚至来不及吃点东西就拎着书包往楼下冲。

从没迟到过的人心中着急，恨不得直接瞬移到学校，但跑出小区看到门外的人后，她的步子又猛地刹住。

看着门口的人，她下意识地想跑过去，却又想起早上洗漱照镜子时，自己红肿的眼睛，她快速地捂上自己的眼睛。

看到白啄的动作，许厌眼中闪过一抹笑意，走到她面前。

白啄掩耳盗铃般从指缝中看面前的人，小声打招呼："早上好。"

昨晚痛哭的后遗症到今天早上更加明显，她的嗓音甚至比昨晚还要哑，很不好听。

太丢人了！她有些生无可恋地闭上眼睛，更不想见人了。

正当白啄在为昨晚的行为懊悔时，突然感觉到头顶一沉，许厌把棒球帽扣在她头上，捏着帽檐往下压了压，说："看不到了。"

还是那顶黑色的棒球帽，许厌调节了帽扣，并不像上次那样大，现在她戴着正好。

179

感受着头上的重量，白啄慢慢放下捂着的手，抬头将整张脸暴露在许厌视线之中，顶着那双红肿的眼睛，小声问道："是不是很丑？"

许厌摇摇头道："不丑。"

他神色如常，似乎说了件再平常不过的事情，在他心里，这样的她确实不丑，只是看着那双眼睛容易让他联想到昨晚的事情。

许厌心想，这双眼睛还是适合笑，不适合哭。

白啄心如明镜，知道许厌是为了安慰她，但她还是很开心，她又问："你是在等我吗？"

许厌点了点头，承认道："嗯。"

"许厌，"白啄的眼睛里终于有了笑意，"我们要迟到了。"

见她终于笑了，许厌下意识松了口气："没事。"

这里离漫中不远，走路近十分钟，现在是七点二十分，已经开始了早读。迟到是板上钉钉的事情，记名也是不可避免的，但白啄的心却定下来了。

走到三楼，他们一起从教室后门溜了进去，说是溜，其实很明显，但好在只引起了后排同学的注意。

白啄走到位置上准备坐下时，许厌伸手挡了下，指了指旁边的位置。她的动作一顿，从善如流地往里面迈了步，坐到那个靠窗的位置上。

坐下后，白啄抬手捏着帽檐将其摘了下来。

教室里是琅琅读书声，白啄把帽子整理好放在许厌的课桌里，再次抬头时发现桌面上放着一个三明治。

"给我的？"白啄把三明治拿在手中，稍稍靠近许厌问道，"你吃了吗？"

许厌把酸奶递过去的同时回道："吃了。"

白啄很少迟到，也基本没在课堂上吃过早餐。她缩在许厌课桌上那摞书的后面吃着东西，这种感觉很新奇，也很不错。

早读下课时，周泽风转身，在看到他们换位置时已经非常适应了，他自认为还算淡定地对许厌咧嘴笑笑，下一秒就看向白啄，叫道："学霸。"

"嗯？"白啄听到后下意识地抬头，刚有动作就觉得眼前一暗，有东西挡在她眼前。距离太近了，近到她只能依稀看清挡在眼前的书的封面。

白啄很快反应过来许厌为什么这么做，她稍稍偏头，对许厌笑的同时眨了下眼睛。不知道为什么，明明她抿着嘴笑，明明那颗小虎牙没有露出来，但依旧显得很狡黠。

许厌视线一转，再抬眸时脸上表情就恢复如常："说。"

被你挡着怎么说？周泽风心里吐槽，但是面上却不敢显露出来。

周泽风："今天下午调座位你还选这儿吗？"

前几天进行了期中考，毫无意外地，白啄得了第一，还是年级第一，比第二名高了几十分，让人都没法嫉妒，差距太大。

本来高三有些消息闭塞的学生不知道这件事，成绩出来后整个年级都知道了，年级第一不仅是新转来的还是跳级的学霸。这几天，高三（1）班的全体同学也体会了一把被人羡慕的感觉，只有一个字：爽。

本来今天下午换座位，班上好多人都想凑上来和白啄说说话，到时候让她照顾下自己的作业。

结果许厌直接和白啄互换了位置，白啄坐里面的位置，许厌坐外面的位置。他高大的身躯把白啄挡得严严实实，本来想来凑热闹的人看了眼满脸寒气的人，转身就跑。

班里起小心思的人被吓回去了。

周泽风就坐他们前面，离得近，看到的更多，早就看出大佬人不坏，有时候还挺周到的，比如帮学霸挡人。他以前只敢远观，现在也敢和许厌说几句与学习无关的话，就是被迫听许厌讲题时也不像以前那么慌了。

这段时间，他和段远问了很多题，明白了很多知识点，这次成绩提高很多，后面两位功不可没，他和段远决定跟着学霸走，就是时不时感受大佬身上的冷空气也无所谓。

"我俩还想坐你们前面。"周泽风"嘿嘿"笑了两声,"提前来探听下情报。"

段远在旁边默默点头,周泽风终于有点聪明觉悟了,跟着后座的两位走,成绩只会"噌噌"往上走。

白啄才想起来还有这件事,她下意识看向许厌,回道:"不换,还坐在这里。"

"我也觉得这个地方风水挺好。"周泽风心中一喜,"没人打扰,我其实也不想换。"

"那学霸咱就这么说定了。"说着他和段远一起转回了身体。

等他们转过去后,白啄突然开口叫道:"许厌。"

许厌微微垂眸看向她,等着她接下来的话。

"后天就十二月了,"白啄眼眸弯弯,她说,"还剩六个月了。"

还有六个月就要高考了,很多事情马上就能尘埃落定了。

"嗯。"

许厌这么说着,心里却觉得太长了,半年,六个月,一百八十多天,真的有些长了。

白啄就在背书和做题中度过了十二月。

这期间漫中的教学模式发生了极大的转变,学校开始强制性要求学生上早晚自习了,周六也开始补课了,不知道这改变是受到高三各班成绩的刺激,还是受到白啄排名的激励,反正整个学校学习氛围空前浓厚。

唯一遗憾的是白啄心心念念许久的体育课到最后也没能上成。当然,她也没能再完完整整休过一个周末。

好不容易迎来元旦三天假期,本来想着快放假就不回去了的白啄,中午就收到白凛要来接她的消息,美其名曰接她回家跨年。

问题是他们家从来就没有元旦跨年的传统。

白啄脑海中刚浮现雏形的想法，瞬间就被这条短信搅得七零八落，本来还想和许厌一起跨年的。

到了放学时刻，白啄出了校园，坐上白凛的车。

白凛坐在驾驶座，从后视镜里见副驾驶座上的白啄一脸心塞的模样，白凛只觉得他这个哥哥真的好可怜。

等红灯时，他手往后一伸，从座椅后面的储物袋中抽出一个文件袋认命地递过去，看表情比白啄还要心累。

白啄接过文件袋，看到手中的东西时，心头一跳，她反应过来，那是她委托白凛帮忙调查许宏建的资料。

她平复了下心情，将手中的文件袋打开，里面是一沓调查报告，除了这些，文件袋里还有十几张照片，全是这段时间调查出来的东西。这里面全是许宏建的信息，他做过什么事、对许厌做过什么，上面清清楚楚。

白啄一张张认真地看着，越看她的嘴角就抿得越紧。

白凛也没了心思再说教，他叹口气，无奈道："白啄啄，咱能不能不蹚浑水。"

冬天黑得早，此时路上已经灯火通明，霓虹闪烁。

白凛稍微把车窗降了点，让空气吹进来，也让他清醒点。

"你想做什么哥都帮你，"白凛尽可能冷静地和她讨论这件事，"但是你不要蹚浑水。"

白啄把手中的资料放下，看向白凛，依旧紧抿着嘴没说话。

"我明白你想帮小时候朋友的心情，只是你们已经很多年没见了，对彼此来说其实很陌生。" 顿了下，白凛接着说，"所以可以帮，但远远没有到把自己卷进去的程度。"

"你现在这种情绪可能只是你小时候产生的共情延续到现在，给你一种对他有特殊情感的错觉。"白凛揣酌着语言，"就像人们对弱者有种保护欲，你只是可怜……"

"许厌不可怜，"白啄本来在认真听着，但听到这儿还是忍不住打断他的话反驳道,"他也不是弱者。"

白啄不知道白凛为什么会这么想,有些不解道:"他有健康的身体、独立的人格,即使有个不能选择的家庭,许厌也不需要任何人可怜他。"

"我对他是有保护欲,但因果关系错了。"白啄纠正道,"我对他的保护欲,是'果'。"

风从车窗吹进来,一阵阵拂到白啄脸上,让她清醒无比。白啄说:"喜欢才是'因'。就像喜欢爸爸妈妈、喜欢你、喜欢温温一样,许厌对我来说也是很重要的朋友。"

"我愿意为你们做很多事,"最后白啄说,"对他也是。"

人有时候就是这么奇怪,有时候仅仅是与对方对视一眼,潜意识就知道以后会和这个人有很深的交集。这和认识时间长短没有关系,和交情深浅也没有关系,有些人只是站在那里,就会让人不自觉地靠近。

白啄喜欢的人很少,一只手就能数得过来,但她对喜欢的人一向毫无保留。

而她所有的行为都是因为喜欢,因为喜欢所以有保护欲,也因为喜欢所以不能置身事外。

02

那天晚上白凛沉默了许久,最终还是什么都没说,只是抬手揉了揉白啄的头发。他一向对自己妹妹没什么办法,白啄什么都想得很清楚,他说服不了她。

白凛叹口气,还能怎么办,只能看得严实点,尽量避免她卷进来。

12月31日这天,白家也终于一起跨了年,白家父母年纪大了熬不了夜,晚上聊完天就摆摆手上了楼,剩下他俩在楼下看电影。

白凛选了部几年前的喜剧片,即使看过好几遍,但看到某些片段时依旧能笑得前俯后仰,这就是老片子的魅力。

白啄看着电影,也很开心,但总是下意识地注意时间,离零点越近她看时间的次数就越频繁。

　　终于在距离零点还有两分钟时,她迅速拿出手机,调出页面编辑好信息,看着手机右上角的时间跳到零点时,卡着点将消息发了出去。

　　几乎是同一时间白啄也收到了消息,白啄先是一愣,在乱了节拍的心跳声中快速点开了新消息,在看到内容的那一秒白啄无声地笑了笑。

　　看了几秒消息,白啄拿起手机站起身就要往外走。见到她的动作,看得正起劲的白凛抽空问道:"你干什么去？"

　　白啄往外走的同时回道:"看月亮。"

　　"那你快点,马上就到经典片段了!"

　　"知道了。"白啄边应边急急忙忙地走出了门。

　　等白啄走出门,白凛才后知后觉察觉出不对劲来,刚刚吃饭时,白母还说下雨了注意防冻,她现在大半夜出去看哪门子的月亮！

　　白啄出了门,站在屋檐下,听着"哗啦啦"的雨声,天空漆黑一片,但她还是任性地想在空中找到月亮的存在。

　　屋外没有暖气,白啄刚出来一会儿就冷得起了满身的鸡皮疙瘩,但她并不在意。

　　白啄双手交叉随意地在胳膊上搓了搓,眼睛却一直望向天空,仿佛真有月亮挂在上面。

　　等白凛催白啄进屋时,白啄又抬头看了几秒,收回视线的瞬间对面的路灯在雨夜的模糊下,化成了一轮小小的月亮,好似许厌发她的那张照片,即使模糊了所有,光却无法泯灭。

　　直到第二天天气还是不好,雨夹雪,下到中午时,雨逐渐停了,雪飘落下来。

　　这是新年的第一场雪,隔壁邻居家的小孩兴奋得不行,隐约还听到他许愿再下大点好堆雪人的喊声。只是这雪始终没下大,一整日过去地上才落了一层,可以团个手掌大的雪球,但远远不到堆雪人的量。

　　白母嫌气温降得太快,开学前一天,只要想到白啄又要独自前往漫中，白母心中就有些不舍，总想让她在家里多留会儿，留来留去得出明早再送她回去的结论。

白啄本觉得没必要，但看到白母的神情她还是同意了。白啄尽量避免在一些不重要的事情上和关心她的人起争执，不愿因为这些事消磨彼此间的感情，不值得。

白啄回到房间，坐在卧室的飘窗上，垂眸看着外面正在飘着的小雪，拿着手机跟电话那端的许厌说话："我明天早上回去。"

隔了两秒，听到许厌的声音："直接去学校吗？"他的声音不似平常，听着有些闷，带着点沙哑。

"对。"听着他的声音，白啄有些担心，"你感冒了吗？"

"没事。"许厌那边传来几下摩擦声，像是从床上起了身。

他说："睡一觉就好了，别担心。"

但白啄怎么可能不担心，问道："吃药了吗？"

"嗯。吃……"许厌还没说完，那边突然传来"啪"的一声。

突如其来的玻璃碎裂声吓得白啄心猛地跳了下。

她脱口而出道："许厌！"

许厌似乎把手机拿得远了点，电话里面传来他有些失真的声音："杯子不小心摔了。"接着他回答了上个问题，"吃过药了，不严重。"

没等白啄回答，他又说："明天就好了。"

白啄抿着嘴，隔了会儿才说了句："我昨天给你发的消息少了半句。"

许厌："少了什么？"

"我重新说一遍，许厌，你听好了啊。"白啄说，"希望你新的一年快快乐乐，"接着她把昨晚少发的那半句补上，"平安顺遂。"

——新年快乐，平安顺遂。

白啄觉得往后的每一个新年她都不会再忘了这句话。这八个字代表了她心底最强烈的愿望：平安、喜乐。

回校报到这天白啄起得很早,她想早点去学校,但最后还是在白母的眼皮子底下吃完了早饭才去,最后出发时间都有些晚。

　　白啄赶到学校,发现早读已经开始了。她急急忙忙地走进班级,走到座位才发现许厌还没到。

　　白啄坐在位置上愣了几秒才回神,把银贝雪梨汤从书包里拿出来,这是她专门让福妈熬的,白啄嗓子不舒服时就喝它。

　　看向旁边的空位,白啄心想,等早读结束许厌再喝也行,反正他嗓子难受也背不成书。

　　这个想法很好,但她等到早读结束也没等来人。

　　许厌迟到了吗?白啄低头拿出手机看了眼消息页面,聊天记录还是她二十分钟前发的那条,许厌没有回消息。

　　看着聊天记录,白啄的嘴角越抿越紧,再抬头时就看到前面不知道什么时候扭过身看她的两人。她把手机关上重新放回课桌内,开口问道:"怎么了?"

　　两人诡异地沉默了,最后还是段远受不了推了下身旁的周泽风让他开口,但周泽风依旧紧闭着嘴,他不似平时活泼话多,低着头有些不敢看白啄。

　　"哎,你问呀!"见他还不说话,段远催促道,"你不是想问吗?"

　　又隔了几秒,周泽风像是鼓足了勇气终于抬头,但他看白啄的眼神依旧有些躲闪:"学霸,大佬怎么样了啊?"

　　白啄下意识地反问道:"许厌怎么了?"

　　"他……"周泽风本来准备的说辞被堵在嗓子眼,转而反问道,"你不知道?"

　　白啄没说话,只是摇摇头。她不知道,许厌没跟她说。

　　这下轮到周泽风一愣,他愣怔地看向段远,两人对视一眼后,都从彼此的眼中看出了一些困惑。

　　白啄顾不得他们是怎么想的,有些着急地问道:"他怎么了?"

　　这个问题一出口,周泽风眼中的茫然转为不知所措,他看着白啄不知道怎么开口,但她开口问了,他自然不能不答。

周泽风深吸口气,不似平时说话那般不着调,用最简单的语言给白啄讲了这件事情的始末。

"要不是大佬我家现在不知道要乱成什么样子。"周泽风说着眼睛都有点红,"我们全家都很感谢他,真的!"

"我妈昨天提着东西想去看看,但是刚敲开门就被轰出来了。"周泽风有些心虚地看了眼白啄,声音也低了几度,"所以我才想问问你打听下情况……"

周泽风越说声音越低,白啄听他说的时候眼睛无意识地盯着桌上的一点,她的思绪不知道跑到哪里去了。向她打听情况,可她仅知道的一些消息还是从他嘴里了解到的。

接下来的早读时间,白啄一直处在煎熬中,她想到许厌家里的情况,他现在生病一定没有人管。她想去找许厌,看看他如何,最后她还是溜出校门去找许厌。

白啄知道许厌家的地址。

来到许厌家小区门口的时候,天空仍飘着小雪,门口的小卖部还没开,白啄抬头看向三楼,雪花模糊了视线。

白啄没有多停留抬脚走了进去,她心中乱七八糟想了许多。走到二楼时,她深吸口气,准备一鼓作气走上去敲门,却迎面看到下楼的许厌。许厌看着比平时要憔悴些,脸色也苍白。

许厌率先走了下来。白啄看着眼前的人,轻声解释:"看你没来,怕你病得太严重,没忍住过来……"

许厌家庭氛围不好,白啄不确定他愿不愿意让她过来,于是自觉地解释今天的行为。

"白啄,"像是知道她在想什么,没等她说完,许厌就打断道,"你做什么都可以。"

许厌声音依旧有些哑,他很不舒服。

外面还下着雪,温度低,白啄顾着许厌的身体,说道:"许厌,你现在需要休息,其他的我帮你做。"

许厌定定地看着白啄,没有回白啄刚说的话,而是解释他为什么没有回消息的原因:"手机坏了,回不成消息。"

可能是手机太过老旧,在水里泡了后彻底报废,昨晚打完电话后没多久就自动关机了,充电后怎么也开不了机。许厌早上醒来,想到白啄会发消息过来,如果他不回,加上早读没到,白啄会担心,所以他顾不得身体难受,起身去学校,但没想到刚出发就在楼梯口遇到了人。

许厌说得简单,但那些未尽之言,白啄听出来了,听得她眼睛有些发涩。

白啄听许厌的话,回学校。

许厌和白啄到学校时刚好是大课间,白啄一路都担心着,最后还是忍不住开口:"真的不用去医院看看吗?"

"不用,"许厌摇头,对她说,"吃过药了。"

许厌进教室那瞬间,周泽风就发现了,他欲言又止地看着两人,最后再也忍不住:"许厌,你身体好点了吗?"

许厌顿了下开口道:"没事。"

"我爸妈已经狠狠教育了我弟一番,以后他再也不敢去河中央玩了!"

一群欠揍的熊孩子,因为温度太低,河面结了冰,踩上去看没事就开始疯玩,没想到河面并没有冻结实,几人最后还撒欢地跑到河中央,简直不要命!后果可想而知。许厌捞上来的孩子里面,有两个人现在还在医院里挂着点滴呢!而把他们救上来的人泡在水里的时间更长,那么冰冷的河水,他一趟趟地下水救人,可想当时许厌有多冻多冷。

听着许厌嘶哑的声音,周泽风愧疚无比,但又不知道怎么表达感激之情,只能异常尊敬地关怀着:"那您想喝水吗?想喝水随时说,我给您倒。"

"不喝。"

周泽风再次听到许厌说话,他不仅不觉得害怕甚至还有些亲近:

"那您……"

许厌觉得很聒噪,忍无可忍道:"闭嘴。"

"哦。"周泽风一噎,非常听话地闭了嘴,等吩咐的时候被段远一巴掌拍转了身。

"还您呢,"段远一脸无语,"他手里的书都快要拍你脸上了,发现了没!"

周泽风心道:贴我脸上我也愿意!

白啄一直注意许厌,见许厌微微皱着眉头,一脸不知道对周泽风他们说什么的表情,白啄觉得有些好笑,眼睛里也带上了笑意。她还准备说些什么的时候,余光瞥到从前门走进教室的贾韵梅,话音一顿,笑意也往回收了收。

白啄是真心不喜欢这位班主任,她内心默默算着这学期马上就过完了,很快就不用见到对方了。

白啄不知道许厌也注意到了她的表情变化,他看着白啄说:"不用看她。"

"我不看她。"白啄笑眼弯弯,"那能看你吗?你好看。"

听到这句话后,许厌静默了几秒,但这次他没有如往常似的沉默到底,半晌,他才回:"你看。"

看他,不要看别人,不管什么时候都不要看别人。

03

许厌本来以为吃了药很快就能好,可能是河水太刺骨了,到了晚上放学,他感觉很不好,头昏脑涨的。

白啄看着许厌,担心道:"真的没事吗?要不要去医院啊?"

"没事,"许厌安慰道,"我晚上吃药,明天就好了。"

"嗯。"白啄有些闷闷地道。

她总不能把他绑到医院,只能说:"那你晚上记得早点睡。"

但到第二天，白啄就后悔了，她昨天就应该把许厌拉到医院的，因为许厌今天没来学校。

白啄找贾韵梅请假后直接往许厌家的小区走去。

走上三楼站在这扇门前，白啄深呼吸几次才抬手敲门。"咚、咚、咚"三声，敲完她就收回了手，静静地站在门口等着。

等了几十秒她才听见里面传来窸窣的响声，又听见"吧嗒"一声，接着门被慢慢拉开一条缝隙。

没看到人，白啄愣了下才反应过来，眸子一垂果然看到了躲在门后只露出半边脸的女孩。

"你是谁啊？"门后的女孩声音软糯，带着股面对陌生人的戒备感。

白啄低头看着这个有些瑟缩的女孩，她蹲下身视线和女孩保持在同一水平线上，尽量放缓声音，问道："你叫许玥歆，对吗？"

许玥歆年纪小，听到白啄叫出她的名字后心中警惕消失了大半。

她点点头，道："是。"

然后白啄又说："我是你哥哥的朋友。他在家吗？"

白啄声音轻柔，让许玥歆心中的害怕消散了大半，她回道："哥哥在家。"

也许觉得白啄不是坏人，她说着就把门后防护的那根铁链子取了下来。

白啄第一次踏进来。屋子不算太大，站在玄关就能把屋内景象尽收眼底，屋里充满生活气息，只是，找不到许厌生活的痕迹。

白啄在沙发上看到了稍显破旧的洋娃娃，在沙发旁的摆架上看到了合照，在沙发前的茶几上看到了口红……洋娃娃是许玥歆的、合照是她们两个人的、口红是家里的女主人的、冰箱最上方角落位置的那瓶白酒像男士喝的……但这些痕迹中独独没有许厌的。

白啄把视线收了回来，看着把沙发上的洋娃娃抱在怀里的许玥歆，她问道："你哥哥呢？他在哪儿？"

"那间屋子里。"许玥歆指着靠里的那间屋子，有些担心，"哥哥生病了。"

昨天哥哥就不舒服,今早她看到哥哥的脸色很不好。

顺着许玥歆手指的方向看到一间房门紧闭的屋子,白啄走到门前,她又抬手敲了三下,这次是轻轻的三声,但没人开门也没人回应。

等了会儿,白啄抿下唇,开口道:"许厌,我进去了。"

依旧没人回应,白啄握着门把手稍微使劲往里面推,一寸一寸地推,直到门半开能进入时,她的动作才停下。

房间布局简单,一张床、一张桌子就占了大半空间。白啄走到床头蹲下身,看着床上躺着的人,许厌脸色苍白,额上浸着冷汗。

白啄抬手想把他额头上的冷汗擦掉,但刚碰到他的额角他就猛地向旁边侧头,同时本能地抓住她的手。

许厌的劲儿大,这样猛地一抓人是很疼的,但白啄像是感受不到疼痛似的,任由他抓着。

白啄换了个方式,开口轻唤道:"许厌。"

回应她的是许厌皱起的眉,看到他的反应,白啄停了下,最后还是接着开口:"你发烧了,我们要去医院。"

许厌的反应依旧是皱眉,人没有清醒过来。

"许厌,"白啄再次开口,"醒醒。"

这次的喊叫有了回应,许厌动了,他皱着眉尝试着睁眼。等到他的眼神慢慢聚焦,白啄确定他清醒过来,才说:"我们去医院。"

许厌侧头将眼神聚焦在她身上,因生病带来的迟缓让他好一会儿才行动,他摇了摇头拒绝道:"不去。"

他从小就不喜欢医院,他不喜欢里面的味道,不喜欢他们怜悯的眼神,也不喜欢药抹在伤口的感觉,反正包扎好的伤口还会破,没必要去,他厌烦那个过程。

许厌想了想怎么开口,最后还是说:"吃过药了。"

这时白啄才注意到旁边桌上放的药,只不过一板药片,没动多少。不远的地方还放着几盒不同牌子的药,白啄猜测有人送过药,但许厌没吃。

白啄将视线移回来，问许厌："什么时候吃的？"

许厌的视线一直随着白啄移动，因为生病许厌今天的反应不似平时快，他慢了两拍才说："昨天。"

果然如此，许厌就是不会照顾自己。

"我去给你倒水，"白啄说着就站起身，"先把今天的药吃了。"

白啄跟着站在门口一直不敢进来的许玥歆去客厅倒了水，端水进来和许厌对视的那瞬间她扬起一个带有安慰性质的笑容。

白啄将水和药递给许厌，看他吃完药，白啄就将他重新按回被子里。

"闭眼睡觉，"白啄柔声说，"我陪着你。"

许厌睡了很久，白啄就这么坐着陪他，直到许玥歆抱着一个袋子走过来说："姐姐，该吃午饭了。"

白啄回过神来，拿出手机一看，快下午一点钟了。

"妈妈让人送回来的。"许玥歆把怀里的东西往白啄手边送，"你吃。"

白啄抬手把东西接过来，重新拿回客厅，帮许玥歆把饭菜在茶几上摆好，有米饭，有菜，还有粥，每样两份。

白啄帮许玥歆摆好了饭菜，才恍然惊觉，今天是上学日子，许玥歆怎么还在家里，她缓了缓语气问："今天你怎么没去学校？"

许玥歆乖乖回答："明天去。"

白啄似是了然般点点头，但没有接话反而想问起其他事情，比如"妈妈"让你留下的吗？还是真的明天上学……最后这些都被吞进肚子里，白啄默默收拾好茶几上的其他杂物，对她笑了下，道："吃吧。"

许玥歆不似其他小孩闹腾，白啄在屋里坐着，她就在外面坐着，不吵不闹的。

许玥歆本来安静地吃着饭，见另一份饭还完整地放在那儿，她对白啄说："这份你吃。"

白啄微微摇摇头："我还不饿，你吃吧。"她担心许厌，心里有事，胃口自然不佳。

白啄心想，要是许厌醒后情况还是不好，她一定要拉着他去医院，可她还没等到许厌醒来就等到了另外一个人回来。房门被猛地推开时，白啄拿着毛巾刚覆到许厌额头上。

听到响声，白啄下意识转头，看到门口死死瞪着她的人，白啄反应过来，她把手收回来，站起身，道："您好。"

王雅云对她的问好充耳不闻，眼冒怒火，下一秒仿佛就要迸发出来。

白啄有些看不懂王雅云的怒气。

会送两份饭，还让许玥歆留下，再加上桌上的另一份药品，她应该也是关心许厌的才对。

但为什么会对她照顾许厌表示出这么大的怒气？

这一边的王雅云狠狠盯着白啄，脸上没有一丝笑意。

白啄也丝毫不躲闪地回视，她也不是小兔子的性格。王雅云越看越生气，最后怒极反笑，冷笑了声，转身往客厅走。和许厌一个德行，永远不服输选择拧着来。

白啄回身蹲下，先将毛巾覆在许厌额头上，接着重新起身走出许厌房间，还细心地将房门关好。

王雅云此时背对着白啄，她站在客厅的餐桌边喝水。喝了一半，她没有放下水杯，而是选择转过身来，紧握着杯子说话："怎么，上学就学会了往男生家里跑？"

王雅云说话噎人，白啄并不想和情绪不对的人说太多，淡声道："关心朋友。"

"朋友？"王雅云冷笑一声，"不上课关心到人家家里，你们的关系可真是好啊。"

她说话阴阳怪气，让人不适，但许厌就在屋里睡着，白啄并不想吵到他，压着性子说："我们的关系是很好。他发烧了，我……"

"那和你有什么关系？"王雅云眼中的怒火快要蔓延出来把白啄燃成灰烬，"他就是病死了又和你有什么关系？"

白啄的话被王雅云不停打断。

白啄有些讶异，更有感同身受的悲哀，白啄无法想象许厌之前是如何面对王雅云的，就是敌对的样子，怎么说都是阴阳怪气的。不是之前还送药吗？为什么现在是病死了也没关系……或者说她就是讨厌自己，仇视许厌能拥有温暖。

白啄还有理智，将被挑起的情绪压下，冷静地回道："跑过来是我的事，没人真正关心他怎么样，我总要来看看。"白啄越说，脸色越冷，"我不知道您为什么这么生气，但不管为什么，都不应该说那些话。"

"啪！"

王雅云突然将手中的杯子猛地摔到白啄脚下。有几块碎片甚至蹦到了白啄腿上，幸好现在是冬天，穿得厚，没有被划伤。

王雅云被白啄如许厌一般的脸色所刺激，因生气她的声音十分尖锐："我说了怎么了！"

白啄双手紧紧攥在一起，她无视脚下的碎玻璃，踩上去，以一种无人能敌的气势靠近王雅云："会伤到他。"

没人不期待亲情，一次次失望的叠加到最后才会显得毫不在意。即使不在意，但只要存在就会一直提醒他自己是没人爱的孩子。

白啄不希望许厌如此，她说："他是人，也会疼。"

白啄从没想过因为她说的这两句话就能改变什么，这种想法太幼稚，也太不现实，最后的结果大概率是维持原样。但白啄还是说了，许厌没说出口的那些话，那就由她说给王雅云听。

白啄设想了许多，独独没有设想王雅云是这样的反应。

"疼吗？"她看着白啄，"疼就对了，疼才长记性。"

白啄的心彻底凉了下去，明明都是她十月怀胎辛辛苦苦带到世上的宝贝，明明她说这些话时还知道让许玥歆进屋……明明她知道怎么做一位母亲，可为什么就不能分一点点爱给许厌？

"你现在多大？成年了吗？"王雅云咄咄逼人，"知道自己在做什么吗？

"你以为你这种行为有多高尚？是不是还觉得感天动地？"王雅云嗤笑，"我本来以为他不一样，现在看来也没什么不同。"王雅云嘴边的笑容收了回去。

"早知道这样，"王雅云几乎是硬生生地从牙缝里挤出后半句话，"我当时就不该生下他，省得再多个没良心的小浑蛋！"

此时原本关着的房门打开了，听到开门声的那瞬间白啄僵住，她慌乱地转过身，看着站在门口的人，她甚至不敢开口。

许厌的脸色依旧苍白，但他神色如常，白啄也不知道他究竟听了多少。

许厌抬脚向白啄走过来，手中拿着她的羽绒服。

白啄愣愣地看着许厌，许厌却拉着她往前走了一步，道："不硌脚吗？"他指的是白啄踩在碎玻璃上说话会硌脚。

白啄抿着嘴摇头，她怕一开口就泄露了情绪。硌脚的从来不是玻璃碎片，而是语言，不仅硌脚硌心，还能杀人于无形。

许厌脸色还是如常，他对白啄道："伸手。"

第一次帮人穿外套，即使被人盯着看，许厌的动作也不慌不躁，他认认真真地做着每一个动作，仿佛此时只有他们两个人。

白啄的羽绒服是长款的，外面温度低，许厌蹲下身，准备帮她把拉链拉上。

"啪嗒！"

还没等他动作，一滴泪珠就直直落在许厌的手背，砸得他动作猛地一顿。许厌抬头看白啄，她也低头看着他，平日里清亮的眼盛满眼泪，无声地滴落。

许厌低头，把白啄羽绒服的拉链拉好。他站起身，看着依旧低着头的人，手一抬，把羽绒服的帽子戴在她头上，说："送你回家。"

白啄擦了脸上的眼泪，胡乱地点点头。

许厌拉着白啄走出去，要拉开门的那瞬间许厌顿了下，他回首看向王雅云说："我们不一样。

"我不像他，也永远不会变成他。"

这是只有这个家才懂的谜语,"他"指的是许宏建,而许厌说自己不会变得像他,意思是我会爱人,也会保护爱的人。和他不一样,白啄也不会变成你这样……

说完,他也不再看王雅云的反应,和白啄一起走出门,没有丝毫的留恋。

白啄跟在许厌后面。

等走到二楼拐角时,许厌停住脚步,白啄也停下。

她听到许厌说:"她影响不到我,但你可以。"

许厌还说:"以后不要哭了。"

许厌回到家的时候,王雅云就在客厅坐着,似乎在等他回来。

许厌并没有在意,径直走到自己的房间,准备推门进去,这时王雅云开口了,她说:"站住。"

许厌动作一顿,转过身,淡漠地望着她,一言不发。许厌对她好像一直都是这种表情,仿佛他们是陌生人,不能让他产生丝毫的情绪波动。

"你有那个能力吗?"王雅云似乎也并不需要他说什么,她看着许厌问道,"你能给她想要的吗?"

许厌没说话,想看她到底要表达什么。但从小他们之间的交流就少得可怜,王雅云从没那个耐心把所有事情好好摊开讲,似乎好好说两句就已经到了她的极限,到最后总会以戳人心的话结束。

"你就不想想,"王雅云说,"你配吗?"

配吗?当然不配。似乎在他法定关系的母亲心里,他配不上任何,不管是什么。许厌觉得跳进水里那瞬间的感觉又涌出来了,冷得刺骨,但他并不想那么沉下去。

王雅云还在说:"你就……"

"我说过了,我不是他,"许厌极少见地打断了她的话,那双眼睛冷冷地直视着王雅云,"她也不是你。"

"配不配,"许厌说,"你说了不算。"

他只信一个人的话,其余人不管是谁,他都不信。

一句话把王雅云堵得死死的。

"行,我不配。"王雅云气得眼睛都红了,怒火攻心,说话自然就更带刺,"她见过你这个样子吗?看过你这个眼神吗?"

"我说呢,还见义勇为跳河里救人,"王雅云杀人诛心,"你是这种人吗?还不是做给她看……"

不是。当然不是。以前许厌觉得别人的死活和他无关,他生活得一团糟,没那个心思去管。可那天看到白啄踩点发来的那条拜年信息,他就是觉得,要做点好事。多做点好事,这份运气才能留得久一点。

"你不是知道吗?我就是冷血动物。几年前我都能拿刀对着许宏建,"许厌说,"还有什么我做不出来的。"

说完,许厌把视线一收,走进屋里,摔上了门。

房门猛地一声响,可王雅云连眼睛都没眨一下,她紧紧咬着牙,许久,才低声骂了句:"小浑蛋!"

许厌当时为什么拿刀,没人比她更清楚,当时他要不拿刀,许宏建那个酒瓶就要往她头上砸下去了。说完这句话她浑身就卸了力气,靠在沙发上,依旧咬牙切齿道:"什么都没学会,指桑骂槐倒学得挺好!"

"高考完有多远滚多远!"王雅云看了眼紧闭的房门,"别再回来了!"

许厌不管怎么做,她对他有恨意、有愤怒,什么情绪都有,但就是没有母爱。她没办法产生母爱,许厌的存在就是她世界毁灭的开始。本来是报复性生下他,没想到最后她依旧痛苦。

王雅云收回视线,闭上眼睛重复道:"别回来了。"

互相放过,成为陌生人最好,把对方从自己记忆中抹去谁也不记得谁最好,这样才能开启新生活。

想到扔在他桌上的那些药,王雅云想,她头脑发热,好在许厌清醒,宁愿拖着头昏脑涨的身体顶着小雪去买药也不吃她的。

不吃好啊,不受恩惠,互不亏欠,最后才能分得利索。

04

白啄回去后,依旧担心许厌的身体,第二天便醒得早,想早早去找许厌,但她走到小区门口却先看到等她的人。

白啄眼睛一亮,迎着微风就跑了过去,微微仰头看着许厌问道:"烧退了吗?还难受吗?"

许厌逐个回答她的问题:"烧退了,不难受了。"

看他的脸色确实比昨天好很多,白啄放下心,又问:"怎么这么早啊?"

"睡不着。"许厌问她,"吃早饭了吗?"

"没有。"白啄摇头,嘴角噙着笑意,"可以和你一起吃吗?"

许厌自然同意,等吃了饭他们一起进了学校。

一切都和往常别无二致,除了周泽风他们要比以前热情许多。一班的同学也都愿意接近许厌,许厌不再是代表恐惧和"八九大佬"的一个符号,而是真实自然的可靠同学。

这些变化,白啄看在眼里,只觉得开心。

临近高考,不止漫中,所有学校的高三学生都这样,放假晚,开学早,直到春节即将来临他们才迎来期末考试。

考完试,白啄很放松,接下来就是过年了。

白凛早早地就等在漫中门口,甚至不给白啄回去收拾东西的时间,美其名曰十天半个月后就开学了,回家好好休息放松一下。白啄本想和许厌好好告别下,但时间实在来不及只匆匆说了再见,就离开了教室。

临近除夕,各家各户都挂上了红灯笼,刚进小区的白啄就看见对面一楼门口挂着的两个大红灯笼,圆圆的,做工精细,越看越可爱。

屋门前还种了一棵树,树上挂红色的祈福条还有中国结,在柔光的照耀下显得静谧且温柔。从屋子的装扮就能看出屋主是个热爱生活的人。

白啄视线还未收回,白凛便停好了车,他走进小区也发现了这棵亮眼的树,还有开门出来的周祎生。同时白啄也注意到了开门出来扔废弃木料的周祎生。

"周叔,"白凛快走几步到他身旁,把那些木板接到手中,"您这次做什么了?"

"茶盘。"他声音温和亲切,"什么时候闲了来家里喝茶。"

白凛也笑,说:"我到时候肯定过来打扰。"

听他这么说周祎生也笑,连连道了两声好,见到站在后面的白啄,他对她笑了笑,道:"到时候你也一起来。"

再次看到周祎生,白啄就想起梦里的那个老人,白啄看着他回道:"好。"

晚上吃完饭聊天白凛就说起了这件事,他对白父说:"刚刚周叔让我和啄啄明天去他家喝茶,你早就说周叔家的茶一流,你儿子我也终于能喝到了!"

白凛很自豪,听得白啄一阵无言。

"那你就时不时地过去看看。"白母满脸赞同,看了看白啄,"到时候也拉上啄啄一起。"

白父也点头附和,又叮嘱道:"到那里废话不要太多。"

白凛决定自动忽略那句话:"要不是除夕和爷爷奶奶出去吃饭,我都想邀请周叔那天来我们家吃年夜饭。"

白啄问道:"过年他家人不过来吗?"

白凛摇摇头:"周叔没结婚,他自己过。"

客厅静默几秒,白凛才舒出一口气,叹道:"优秀的人总是孤独的。"

周叔十几年前出国经商,刚去的时候没钱就在一家饭店打工,好不容易存点钱准备辞职时后厨却因有人操作不当导致燃气泄漏发生爆炸,而正在后厨帮忙的周叔自然也不幸受伤。

在医院躺了一年,饭店老板太奸诈,赔的钱只够治基本的伤,周叔脸上的疤就是因为耽误治疗才比其余患者严重一点。

遇到这种事大多数人也许会觉得天都塌了,但周祎生不是,他一句埋怨都没,出院后就重新开始。先找地方干了大半年,又借了钱开了个小店。

因为脸上有明显的疤,刚开始他就戴着帽子遮住,过了很长一段时间他才慢慢摘了帽子。单看他脸上的疤会觉得恐怖,但他身上那股温和坚韧的气质往往会让人忽略那些疤。

他白手起家,就这么一步步地,从卖日常生活用品到木制品再到瓷器等特色产品,愣是把店开成连锁的。虽然事业成功但他不知为何却一直没成家。他事业重心在国外,这次要不是有个涉及新领域的项目需要他亲自过来,也许他不会回国。

"能在异国他乡做到这种程度,"白凛最后总结道,"在我心里周叔本身就是传奇,结不结婚就显得不重要了。"

白母摇头叹息道:"但总要落叶归根。"

白啄一直听着没吭声,但她觉得母亲话里的可惜是没必要的。每个人的选择不同,只要路是自己选的,那就没什么可惜的。从昨晚的那两个红灯笼她就知道,周祎生是个热爱生活的人,他享受现在的生活,这就足够了。

第二天白啄和白凛去了周叔家里。

进了屋,白啄看到了那个刚有雏形的茶盘,是扇形的,虽然还未完工却也能看出花的心思。

新茶盘没做好,周祎生用以前的茶盘给他们泡茶。白啄不懂茶,但看着他一步步的动作也觉得赏心悦目,喝着的确能品出那股久久不散的淡香味。

周祎生:"听你爸爸说你在漫城一中上学?"

白啄将茶杯放下,点了点头。

"挺好的。"见她点头,周祎生笑了笑,"漫中也算是个老学校了。"

"您知道?"白啄有些吃惊。

"知道。"周祎生抬手往漫中方向指了指,"我在那里长大。"说着他又笑着问,"你们学校后面隔了两条巷子是不是有条河?"

"有。"

白啄又问:"您没回去看看吗?"

这下轮到周祎生顿住,随即笑出来,摇着头道:"不回了。"没有老宅,也没有需要联系的旧人,回去干什么,徒增伤悲。

周祎生没解释什么,白啄摩挲着手中的茶杯没说话,空气中有一瞬的安静。这时白凛转了个话题,问道:"那周叔您准备什么时候回去?"

"年后。"周祎生道,"再有大半个月事情基本就定下来了。"

他说完环视了屋内一圈,这间房子的装修还挺合他心意,就是不知道还有没有机会住。察觉到这个念头后,周祎生失笑,年纪真是大喽,开始担心下一次了。

白啄和白凛从周祎生家里拜别,出门的时候白啄特意走到树下面,这次终于看清祈福条上写的字了,上面写着"岁岁平安"。

白啄特想拍照给许厌看,不止祈福条,还有门口悬挂的红灯笼,包括旁边放的那盆香雪兰,她都想照给许厌看。

白啄叹口气,不知道她那过重的分享欲什么时候才会消散一些。

白家有个传统,除夕那天的年夜饭所有人在一起吃,今年没有在家里做,选了家环境很好味道又偏清淡的饭馆。但家里人一起吃饭,成绩是必不可少的话题。

坐在包厢里的沙发上说话时,白啄的奶奶拉着她的手宽慰:"啄啄,压力不要太大,保持平常心就好。"

白啄点点头还没回话,旁边的婶婶就接着开口:"对,尽人事听天命,我们努力了不后悔就行。"

白啄刚点点头,白母又接过话道:"你们还不了解她吗,不会紧张的……"

每个问题都有人帮忙回答其实挺好的。

每年的除夕基本上都是这样,吃饭为辅,聊天为主。

每每吃完后,奶奶就会催着他们这些年轻孩子站起来消消食。白啄没和堂兄妹出去转,她坐在一旁的沙发上给人发消息。

看着里面那张绚烂的烟花图,白啄笑了下。包厢隔音太好,她竟然没注意到烟花爆竹的响声。把那张照片保存,她站起身往包厢外走去。经过长长的走廊下了楼,终于站在了外面,白啄遥望着远处天空上燃起的烟花。

一瞬绽放,犹如流星坠落。

白啄想回馈,她也迫不及待地想把自己身边发生的事情分享给许厌。她对着远处的烟花拍了很多张,挑了许久也挑不出最好看的那张。

白啄放弃了。她脑中闪过一个念头,接下去马上付诸行动。

"许厌,"来到许厌家小区门口,白啄把电话拨了过去,"怎么办,我挑不出最好看的那张?"

许厌一愣,看到上面的聊天记录才知道她说的是烟花图。

"给我看的吗?"他笑了下,低声说,"我只能看到你发的那张。"

他想表达的是,不管白啄发哪张对他来说都会是最好看的。

"不行。"谁知白啄摇摇头说,"我知道好不好看啊。"

白啄一向很有计划,或者说她对于许厌一向都很有计划,于是她问:"你能帮我个忙吗?"

许厌毫不犹豫道:"你说。"

白啄说:"你现在能下楼重新帮我拍张照片吗?"

一瞬间,手机那头的人噤了声。

白啄又说:"我烟花都买好了。"

对许厌来说,除夕和平时没有什么区别。

不过今年的除夕却不太一样,当白啄站在老旧的小区门口回首朝他笑的时候,他突然就感受到什么叫"家的温暖"。

"快点,快点。"白啄扬了扬手中的仙女棒,笑眼弯弯,"说好要给我拍照的。"

许厌朝白啄走去,问道:"怎么来的?"

"偷偷溜出来的。"白啄抬眸看他，眼睛眨了下，声音故意压低，"所以你只有二十分钟的时间，我要是不满意的话不给钱的。"

许厌定定地看着她，半晌才道："够了。"他说完又加了句，"你满意也免费。"

见他配合，白啄嘴角的笑容扩得更大。

随即想到什么，她的笑容僵在嘴角："我忘买打火机了。"

许厌开口："我有。"

看到他从外套中掏出的打火机，白啄顿了下，突然问道："你吸烟吗？"

许厌回复："没有，以防万一你没有拿打火机备着的。"

白啄有些不相信，她一个小跨步贴近许厌，踮脚嗅了嗅许厌身上的味道，接着抬头，得出结论："是没有。"

她说完就愣住了，许厌正看着她，他的眼睛倒映着她任性妄为的模样。

"白啄，"许厌突然说，"闭眼。"

白啄低下头闭上眼，眼睫颤了下。

"啄啄，"许厌小心翼翼地在她耳边低声说，"新年快乐。"

——啄啄，新年快乐。

许厌很少用这么亲近的称呼叫白啄，只是六个字，却听得白啄心脏猛地跳动了下。她紧紧攥着手中的仙女棒，手心都沁出了汗，许久，她才听见自己的回答："新年快乐。"

新年快乐，永远快乐。

白啄买了六根仙女棒，全燃了，几秒的时间，烟花很快燃尽，如昙花般稍纵即逝，但绚烂无比。而这份美，永远定格在了照片上。

他们坐在小区的石凳上，白啄看着许厌手机里仅有的两张照片：一张低眸浅笑，一张嘴角微勾；一张是她，一张是他。

"你要发给我，"白啄指尖轻轻点了点屏幕上的人，"我要保存。"

还要洗出来，最起码洗两份，一份收藏，一份看。

白啄还有些后悔："刚刚应该多照两张的。"

许厌失笑,把手机收了起来,回道:"以后再照。"

听到这句话,白啄的眼睛弯了弯,她重重地点头:"嗯!以后要全部补回来。"

这时空气中安静了下来,他们坐在石凳上,即使没人说话,却无端让人感觉温馨。

白啄透过对面人家的窗户,看到他们在放春晚,一家人其乐融融的,也带着她嘴角向上弯了弯,说:"我们家其实很少看春晚,除夕这天吃完饭就坐在一起聊天守岁。"

"我以前的话很少,每次吃完饭都躲回房间,也不做什么,就那么坐着发呆。"白啄说,"不管想什么最后都会忘得一干二净,我都怀疑自己老了会得阿尔茨海默病。"

白啄在笑,但许厌没有,他静静听着,等白啄停下来,才开口:"不会的。"

明明是随口安慰的话,不知道为什么从许厌嘴里说出来就格外让人信服。

"我也觉得不会。"白啄眼睛弯了弯,"我现在过除夕完全不想坐着发呆。"

她想溜出来见许厌,想让时间过得慢一点再慢一点,想让记忆维持的时间久一点,想把每分每秒都刻在回忆里,永不忘却。

二十分钟的时间实在不算太长,两人并排坐在那儿没说几句话就过去了。时间过得太快了,白啄磨蹭了半天也没有站起来的趋势。

"再等会儿,"白啄仰头看着身前站着的人,小声商量,"四十五分走。"

"太晚了。"

白啄整个人顿时就失落了几分。

许厌顿了下,把剩下的话说完:"我送你回去。"

白啄刚刚暗淡了几秒的眼神顿时亮起来:"送我?"

"嗯。"许厌再开口时已经带着笑意,"走不走?"

"走!"白啄猛地站起身,声音里是隐藏不住的雀跃,"那你饿不饿啊,到时候要不要进去吃点东西啊,吃完会不会太晚啊……"

站着的许厌垂眸静静地听她说话,不打断也不觉得厌烦,只觉得这样很好,他愿意这么听她说,愿意听她说很久。

白啄想得很多,越想越觉得麻烦,最后连表情都纠结了起来。

她看着许厌,把得出的那个答案说出口:"要是你能跟着我回家就好了。"

好在白啄并不是现在就要一个答案,她把心中的设想说出来:"你看,我们今年高考,大学要上四年,到时候……"

白啄的人生规划很清晰,想做什么、要做什么,她有明确的方向,也正因为太清晰明了,以至于她话中所包含的意义显而易见。尽管现在他们的关系没到那一步,但白啄所有的规划,都是两个人的,都是在许厌答应她的前提下。

"我家人都很好,"在白啄的计划里,等大学毕业他们就会见家长,还有四年的时间准备,这四年足够许厌更优秀,她丝毫不觉得担心,"他们也会很喜欢你,到时候你不要紧张。"

白啄想得太过长远,听许厌愣了下,慢慢地,他的嘴角有了一丝笑意。他说:"嗯,我不紧张。"他看着白啄突然问道,"但我能申请个特权吗?"

特权?白啄在反应过来他在说什么之前,就已经连连点了头:"当然可以!你说。"

许厌无端有些紧张,稍微收紧了相握的手,顿了几秒才开口:"要是我能……"

——要是我能走得快一点,能提前见家长吗?

许厌这句话还没说完,他的眼神却突然一凛,他猛地向前走了一步,把白啄挡在了身后,双眼死死盯着拐角阴影处的那个人影。

是许宏建,他烧成灰许厌都认识。

这一切发生得太突然,白啄站在许厌身后时还没反应过来发生了什么事。

"白啄,"但没等她动作,许厌开口说话了,"不要往这边看。"

他如白啄一年前的梦里一般也同样咬着牙催促她离开："低头，转身。"

白啄感觉当时那个选择题好似又放在她面前，她已经选择过一次，梦里的结果她承受不住。

她紧抿着唇，摇摇头，她不会走的，她也不想走。

"我不。"白啄拒绝，还想问发生了什么。

许厌却拉着她快步往小区门口走去。

"该回去了。"许厌一步步向外走，"他们还在吃饭的地方吗？"

临到小区外了，许厌的语气又恢复了往常，甚至如平时似的跟白啄说话。如果白啄没听见身后那声怪异笑声的话，她会真的略过刚刚瞬间发生的事情，但她听到了，她知道一定有事情，而许厌不想她知道。

许厌不想她知道的事情很少，主要是许厌没什么太需要隐瞒的事情，除了他那一家人。白啄又回想起那个梦，虽然已经过去一年，但梦里的许多场景她还是记得一清二楚。比如她疯了似的听录音。

她对这个声音可谓耳熟至极。她想回头探寻那个梦的真相，也许能在这一刻找到，也想看看许宏建的长相，但许厌又走到她后面推着她往前走。她频频回头只能看见许厌，许厌却觉得吓着了她，他说："啄啄，不要怕。"

05

除夕这个时间点漫城街上的人比平时多很多，路上行人喜笑颜开的，看着就喜庆。

白啄看了眼身旁的许厌，明显不开心了。

"你不是知道嘛，"白啄柔声开口，"这些吓不倒我的。"

但白啄下一秒如实说道："但我刚刚是有那么一瞬间的害怕。"

感受到身旁的人僵了下，白啄嘴角向上扬了扬，说："我要是害怕、想走的话，我会亲口告诉你。

"但是在我开口前你不要替我做决定。"

许厌点头答应了,他不能确保下次许宏建碰见白啄会不会违反约定,但他会全力让白啄远离这些脏东西。

白啄看着他点头答应了,又高兴地说:"还有一个你也不能替我做决定。"

"如果未来……"说到这儿,她抿了下嘴,才艰难地把剩下的话说出口,"你改变了主意。"

不等许厌开口,她又说:"不行!

"你不能改变主意。"

白啄定定地看着许厌的眼睛,强调道:"你不能后悔。"

许久,白啄才听到了许厌的回应,他似是极力压着情绪,但说的每个字都能让白啄清清楚楚听到,他说:"不后悔。说话算数。"

许厌不可能后悔,在他们的关系中,白啄才是那个握着选择权的人。刚才看到那个人时,他想把白啄藏起来,藏到谁都看不见的地方,但他从始至终都没想过推开她。

也不知道是不是白啄的错觉,回去时快了很多,她以为顶多走了一半,司机师傅却停了车。

"前面就到了,他家店门口不让停车,你们从这儿下车直走就到了。"听到司机师傅这么说,白啄向车窗外看了眼,她在前面几十米处远的地方确实看到了那两座显眼的石狮子。是这个地方没错。

白啄下意识发出不可置信的声音:"怎么这么快?"

她的声音小,前面司机师傅没听到,但她身旁的许厌听到了,他的嘴角不明显地向上勾了下,装作没听见似的付了车费。

等下了车,许厌才提醒道:"十点十分了。"

本来还在想车怎么开得那么快的白啄听到这个时间有些吃惊:"原来已经过了这么久了。"

他们出来的时候应该在九点四十分左右,本来还以为司机师傅着急回家车速快,谁知还晚了十分钟。等白啄接受了这个事实,许厌问道:"晚不晚?"

许厌领着白啄往那家店走去,边走边听她说:"不晚,我刚给我哥发消息了。

"十点半之前回就没事。"

在这短短的距离中他们不约而同地放慢了脚步,但路程再远、走得再慢依旧有到达目的地的时候,更何况只有几十米的距离。

"曹霖他们都回老家过年了吗?他们什么时候回来啊?不过今年他们是不是也要提前回来呀?听说十二中也开始补课了?他们……"

她的问题一个接着一个,但似乎答案不是那么重要。

许厌也不嫌麻烦地逐个回答着,回答到最后白啄看着他不知道再问些什么,只是有些无措地叫他的名字:"许厌。"

所有的话都在白啄嘴边,但她就是不知道怎么开口。白啄想陪着许厌,她不想让他回去,她不想许厌面对那家人。

白啄有些怕了。

"没事的,"许厌像是知道她在想什么,认真地说,"你相信我,我会处理好的。"

不管是许宏建还是别的什么,他都会处理好的。

"进去吧。"许厌把视线收回来,"下周见。"

他故意选了听起来过得最快的那个说法,白啄却异常清醒:"还有八天呢。"

这周三到下周四,一点都不快。

她还想说些什么,却忽然听见有人叫她的名字:"啄啄?"

白啄一愣,回身看向不远处站着的人,周祎生刚下车,身边还站着几个穿着正式的人,不像是来吃饭,更像是来谈事情。

白啄抬起右手跟他打招呼:"周叔。"

周祎生穿着和平时一样,一身正派的唐装,他气质温文尔雅,看起来不像是商人,更像是文人。

周祎生也挥手示好，同时注意到白啄身边的许厌，因许厌没有转身看过来，所以他只看见了一个背影。

他心里如明镜一样，知道白啄和这男生关系应该不浅，要不然为何站在楼下依依不舍。但他没有八卦探究的心，语气温和，问的也是礼节性的问题："你们一家也在这儿吃饭？"

"嗯。"白啄点点头，"对，在二楼吃呢。"

"好。"周祎生看了眼依旧背着他的许厌，知道许厌在避嫌，怕他回去和白啄父母嚼舌根，无奈地笑了笑，"那你们再说说话。今晚的烟花还是很美的。"

人生几十载，不应该辜负每一处美景。

"我就先进去了。"

"好。"白啄回着周祎生的话，同时她拉了拉一直背对着人的许厌，让他转过来，"周叔，新年快乐。"

白啄就是觉得，许厌没必要这么回避，周祎生不是坏人，再说她也不担心周祎生真和她父母说什么。

周祎生听到白啄甜甜的祝福话，笑了下，似乎连他脸上的疤也更加柔和："新年好。不过我今天没带红包，明天你去我家，周叔给你补个大的。"

"周总，我这儿有。"旁边一个戴眼镜的人立马接道，"您用。"

"不麻烦了。"周祎生摆手阻止了他的动作，"离得近，我明天再给。"

他还对白啄说："啄啄，你说是吧。"

"是。"白啄配合道，"我明天再给您拜年。"

许厌听出来白啄和对方认识，而且关系还挺熟稔的，他一开始有些提起的心也放下了。所以白啄刚刚拉他那一下，他也顺势转了过来。

见白啄刚刚是在向面前的老人告别，许厌也向他点了头当作告别。

周祎生本想就这么离开，但猛地看清许厌的模样，只一眼，就让他停滞在原地。

周祎生牢牢盯着许厌的脸，突然迈步走来。他的表情动作不似平时，白啄下意识地就要挡在许厌身前,但有人速度更快。

许厌把白啄护在身后,他身上刚刚消散的防备再一次显现出来,他皱着眉盯着周祎生没有说话。

"周叔,周叔,"于是白啄再一次叫他,"您怎么了?"

这时周祎生才猛地回过神,看着面前男生防备的神态,他极力压下心中的滔天巨浪。

实际上,周祎生本身是没有听过许厌这个人名的,也不认识他。但许厌的那张脸却和他认识的一个故人很相似,或者说如出一辙。那位故人也是他再回国的理由之一,不过是对他而言,外人都还不清楚。

"没事,"他往后退了两步,挤出一个笑容,"我就是看你的这个朋友有点熟悉。"

周祎生说:"抱歉,吓着你们了吧。"

他这么说着,但视线依旧没离开许厌,神色也不如平时镇定。

这还是白啄第一次见到周祎生这么失态,在她心中,周祎生一直是处变不惊的。

"没有吓到。"白啄垂下的手轻轻拉了拉许厌的衣摆,接着向前走了一步,确认道,"是像您认识的朋友吗?"

周祎生先点头,接着又摇摇头:"现在不像了。"

他这次是对许厌说:"抱歉,让你见笑了。"

许厌蹙着眉摇摇头没说话。

"你们饿了吗?要吃东西吗?"周祎生紧握着手中的文玩葫芦,虽极力稳定情绪,但手心还是沁了汗,"进来吃点,就当给你们赔罪了。"

还没等他们说话,他又补充说:"要是不想吃这家的话换个地方吃也行。"

这幕看得周祎生身后站着的几人面面相觑,他们从没见过周祎生用这种语气说话,平时他虽也没什么架子,但从来都是别人敬着他来的。

周祎生这样的态度也让白啄愣了瞬,她下意识地看向许厌。

许厌却开口拒绝了:"不用了。"

接着他看向白啄，语气明显地缓了下来，问道："你要现在进去吗？"他的意思是，怕他们几个在门口磨蹭了这么久，她家里人要紧张她了。

白啄正想说这个事情，不巧电话响了，刚划开就听到了白凛威胁她赶快回去的话，声音大得不止身旁的许厌听到，就连两步之外的周祎生也依稀能听见声音。

"到门口了，"她连忙捂住了手机话筒，打断白凛，"马上就到了。"

挂了电话，白啄指了指门口，语气有些低落地对许厌说："我要进去了。"

电话那头的人说的话许厌也听到了，怕她因为偷溜出来被训斥，他开口道——

"我陪……"

"没事的。"

他们同时开口，但许厌只说了两个字就住了口。他能怎么样？陪她进去不仅替不了她挨骂，甚至可能会让人的怒火烧得更高。

"啄啄，"这时周祎生开了口，"漫城的烟花很好看。"他笑了笑，说，"谢谢你们陪我这个孤家寡人看半天。"

白啄瞬间就反应过来他说的什么意思。周祎生看出了事情的关键点，她是偷溜出来的，而且还被家里人发现偷溜出来很久了，许厌是她偷溜出来的原因，周祎生用陪他看烟花这个理由来遮掩她实际上是见许厌的事实。

不过，白啄并不是很需要这个理由，他们家是白凛来联系她的话，就证明这个事情不仅不会暴露，他还会帮忙隐瞒，她确定回去不会被训。

白啄刚想开口婉拒，表示这是他们之间的事情，谢谢他的好意。

但许厌比她先开口说"谢谢"。她不在意，但许厌好像担心。白啄想，那就接受周叔的好意。

"那你回去小心一点，"临走时白啄还在说，"到了记得打电话。"

许厌对她笑了下，应下来："知道了。"

白啄这才和周祎生一行人离开，但离开的时候白啄的心并没有放下来，她总觉得忘了什么，直到迈进了大门她的步伐猛地一顿，急忙对周祎生说了一句"抱歉,您等我一下"就匆匆跑了回去。

随行的众人见周祎生没有意见,站在原地等候白啄,他们也自然地陪着等。一行人就站在门口,看着女孩飞奔出去,女孩的速度很快,跑到男生面前,仰起头看着他。

看到这幕,后面梳着七分头的男人没忍住"啧"了声,他哼笑了声:"现在的学生,这要是我家孩子,我……"

周祎生摩挲着手中的文玩葫芦,看着远处说话的两人开口打断道:"挺好的。"

站在这里的都是人精,什么瞧不出来,三个字就足够听出他的不悦。男人的笑容僵在了脸上,附和道:"是挺好的,青春年少嘛。"

周祎生却只是看着下面那个男生没答话。

这边发生的事白啄不知道,她站在许厌面前,笑眼弯弯,对他说了几句话又跑了回去。

但最后两句许厌记得格外牢:一句是"下周见";一句是"我怕有小偷,你要时不时帮我去看看呀"。

整个过程也就一分钟的时间,但许厌却很久都没反应过来,低头看着掌心的钥匙,许久,才合上手掌,握在手心,转身往回走去。

许厌手中握的是白啄在漫中租房的钥匙。许厌知道,白啄不是怕有小偷,而是怕他过年的时候没地方去。耳边不断响起白啄的话,他甚至觉得吹来的冷风都是暖的。

直到又站在了小区楼下,他抬头看了眼三楼亮着的光,眸子一垂,把眼中情绪收得干干净净,迈步走了进去。

站在门前,许厌垂眸看了眼被破坏的锁,接着抬手推门。

"啪!"

许厌刚迈进去,里面就扔过来一个酒瓶,玻璃瓶碎在他脚边。

许厌撩起眼皮看向客厅,两三年没回来的人就坐在那里,和以前一样,他喝着酒,一身匪气。不同的是,他脸上多了道刀疤,像是刚被人划的,还带着血痕,瘆人无比。

第八章 噩梦、新生
许厌，我会一直陪着你

01

"你妈呢？"许宏建用牙齿咬开啤酒瓶盖，他把瓶盖往前面一吐，又仰头灌了几口酒。

喝完，他抬手在嘴边揩了下，说："这么好的日子在家里也见不到人。"

许宏建依旧一如往常，说话低俗又粗鄙："怎么，我才两三年没回来，她就忍不住了，大过年的也要去找男人消……"

"咣当！"猛地甩上门的声音盖住了他的声音。

许宏建余下的话被这声响逼了回去，他皮笑肉不笑地挑了挑嘴角，接着又拿起那瓶酒往嘴里倒。一瓶酒，两口就被喝得见了底。

"我就不明白了，王雅云到底做什么了，能让你这么护着。"说着许宏建把酒瓶往桌上一扔，接着道，"到头来你怎么全记我身上了？"

他阴阳怪气地笑了声："儿子，你这样可不公平啊。"

许厌对他的话充耳不闻，抬脚向最里面的那间屋子走去。

"不想聊这件事啊。"许宏建在他身后说，"那我们就来聊聊今晚那个漂亮的小女生。"

闻言，许厌的步子猛地顿住。

"长得挺好看。"许宏建轻佻地吹了声口哨，"这点像我，有眼光。"

许厌转身，抿着唇看许宏建，接着迈步走过去，伸手把他对面那把椅子拉开，坐了下去。

"你的软肋越来越多了。"许宏建又重新打开一瓶酒推到许厌面前，装作苦口婆心，"这样可不行，这样你还怎么离开这个地方。你以前敢拿刀指着老子……当时不怕，甚至愿意搭进去一条命，但现在你还敢吗？"说着他又咧开嘴笑了，"杀人犯法啊，你也不想永远都见不到那个小美女吧。"

"你不愿意为了王雅云跪，"许宏建越说越开心，"为了她总该可以。就像我当初说的，你好好说句'爸爸，我错了'，那所有的事就都过去了。你高考完想去哪儿去哪儿，天南海北的，什么事都传不到你耳朵里，谁也威胁不了你，多好。"

许宏建一直在等许厌服软，等许厌像只家养的狗似的乖巧听话，而不是像匹狼似的随时咬断他的脖子。他也很纳闷，怎么他这个儿子的骨头就那么硬，怎么摔打都裂不开一条缝。但许厌的骨头越硬，他的牙就越痒，总想把那块骨头嚼碎咽肚子里。

许厌越这样，他就越想让许厌服软。他是老子，许厌是儿子，这样地位错乱可不行。

许宏建身体往前倾了倾，离许厌更近，为了更有说服力，他故意压低声音，带着蛊惑的意味："你只用服个软所有的事情就解决了，再说，跪天跪地跪父母，你不亏，你说是不是？"

许厌却不置一词，抬手拿起面前的那瓶酒把桌上的那个杯子倒满，接着把杯子推到许宏建面前，终于开口："少喝点酒。"

说完他就不再看许宏建，起身离开。

许厌早就知道，对付许宏建这种人绝不能服软，你退一步他进两步，他会一步步地突破你的底线，直到看到你失去原则甚至自我，三观变成一摊废墟。就如许宏建这个人一样，变成随时可能被清扫烧毁的垃圾。

跪父母是不亏，但在许厌心里，许宏建从来配不上这两个字。他永远不会有跪许宏建的一天，永远不会。

等许厌进了屋，许宏建才看向面前的那杯酒，接着哼笑了声，说："真是长大了啊。"

他语意不明地道:"那我们就看看到底是我的牙硬,还是你的骨头硬?"

他可以慢慢耗,一年不行十年,就像现在,时不时地回来提醒提醒,总有一天能看到儿子服软。

再说,现在他这个儿子可是变了,想起他儿子紧张地把人护住的情景,许宏建笑了声,看着那扇紧闭的房门,把手中的酒一饮而尽。

许宏建没回来之前这个家只是压抑,在他回来之后,除却压抑又增加了怒骂声以及哭声,更让人心烦。

大年初一的早上,许宏建敞着屋门,整个人斜靠在门框上,堵在门口,用吊儿郎当的语气问:"你带着我闺女去哪儿了?"

王雅云咬着牙不说话,拉着许玥歆就要进去,但被伸出的胳膊挡在门外,她气急,瞪向许宏建:"让开!"

"说说,"许宏建毫不在意,他收回手轻佻地在王雅云脸上摸了下,"去哪儿了啊?"

王雅云猛地把那只手打下去,像是被什么脏东西碰了般她使劲地擦了擦被碰到的皮肤。

"现在都不让摸了啊。"许宏建笑了声,抬手还想往她脸上摸,"当时在我床……哗!"

许宏建看着身后攥着他的手腕使劲往外拧的人,语气不善道:"松开!"

许厌仿若未闻,加大力气把那条胳膊一寸寸地往外扭,直至许宏建痛得往后退了两步。

许宏建捂着痛得像是断了的胳膊肘。

许厌却看都没看他一眼,抬脚向门外走去,只是走到门口的时候,他突然顿住,接着转过身,看着王雅云身后小声抽泣的人问道:"许玥歆,想吃什么?"

一直缩在王雅云身后的人才抬起头来,她泪眼婆娑地看着许厌,随后视线又瑟缩地转向许宏建,下一秒就低下了头,不敢说话。

"我再问一遍,"看到她的动作,许厌顿了下,接着说,"有没有想吃的?"

自从停电那天起,许玥歆比原先依赖许厌,也不再那么害怕他,听到他再一次问道,她眼里含着泪,这时才点了点头:"有。"

许厌耐着性子问:"想吃什么?"

她抓着王雅云的衣摆,喏喏出声:"面包卷。"

许厌点点头:"知道了。"他又说,"中午带给你。"

说完,他就转身出了门,也不管门里现在是何种氛围,一会儿又会发生什么事,但无非就那几件:叫骂、砸东西,再严重点也许还会动手。这些许厌从小听到大、从小看到大,早就见怪不怪了,也早就厌烦了。

去哪儿都行,无论去哪儿,都比待在家里要好。

于是他最后去了以前经常待的地方——"荷桌"。前几年,周末、放假、逢年过节……这些日子他基本都在"荷桌",拿着球杆时能让他稍微放空。

他刚开始的时候就只能看个场子,只有晚上没人的时候他才拿着球杆自己打,要是太晚就直接在店里睡,也不觉得累。反正也没有所谓的家回,相比回去听人吵架他还是更喜欢这里,最起码让人心静。

许厌找了个地方坐下,垂眸看着手心里的东西久久没说话。那是一个滴胶花瓣挂坠,里面是小小的奶黄色花瓣,很可爱。是昨晚白啄连带钥匙一起放在他手心里的东西。但他不会去白啄的屋子,最起码不能是现在这种情绪,也不能是现在这种身份进去。

02

大年初一,白啄并没有真去周祎生家里要红包,年已经拜了,周叔也帮了她,对白啄来说这已经是比收到红包更珍贵的礼物。但她没想到的是,下午周祎生专门来家里送了红包,她一个,白凛一个。

道完谢后白啄就坐在旁边听他们聊天，这次没聊合作上的事情，全是些日常生活中的琐事。就如朋友间的相处，很轻松自在。

白啄送周祎生出门，走到门口时他又递来一个红包，她一愣，看着他手中的红包摇摇头没有接："您给过了。"

"我知道，这是给你那个朋友的。"周祎生笑了笑，说着他又把红包往前递了递，"昨天吓着你们了。收着吧，新年新兆头，就当传个福气。"

话说到这种程度了，白啄顿了下，抬手接了过来："我替他谢谢您。"

谁知周祎生却笑着摇头，然后说："是我要谢谢你们。"

过年，重要的就是那个年味，今年，他终于送出去了几个不带任何意义的红包。但想到昨晚见到的人，周祎生的手指无意识地捻了捻，常年平静的心又有些不稳定起来。

晚上打电话的时候，白啄并没有和许厌说起这件事，她想，这种有意义的红包还是等见面说、亲手送出去比较好。

但是过年实在太忙了，初二一大早他们拿着礼物去了外婆家，上午还陪着几个小孩写了作业。

吃完午饭家人照例坐在一起聊天，白啄很少加入这些话题，她在一旁看舅舅家的小弟弟玩积木。

他今年七岁，坐很久也不哭不闹，耐心又专心，一看就知道这是他的兴趣。但也许太复杂了，有个连接处怎么拼都不对，但他也不烦躁，不对就一次次地来回试，试了十来次终于找到了正确的那块积木。

两个小时过去了，他才拼成了一小部分。白啄看到了图片，他要拼的是辆赛车，看着很酷。

平常白啄能坐好长时间，但今天她不怎么专心，会时不时地拿出手机看一眼，似乎在等什么消息。

又过了半个小时，她的手机突然振动了下。白啄忙打开看，看到信息后她的嘴抿着，握着手机的手指也下意识地紧了紧。

白啄把手机收起来，跟旁边的弟弟说了声就站起了身。她准备出门的时候,白凛却坚决不同意。

"我答应表弟了。"她企图用事实说服白凛,"要给他买新年礼物,我过几天就开学了,到时候没时间给他送来,所以……"

"白啄啄,这些借口就不要用了。"白凛打断了她,眼睛都没抬起,紧盯着手机屏幕回道,"谁还不了解谁啊,以前你说这话我还信,现在你觉得我还会信吗?"

白啄顿了下,有些哽住,最后措辞强调道:"我真的出去买新年礼物。"

白凛听到这话,从游戏中抽空抬头瞅她一眼,不信任地叮嘱:"买完就回来啊!要不然我还打电话催你!"

"嗯。"见他松口,白啄点点头就转身往门外走。

隔了一会儿,白凛若有所思地拿出手机,几经犹豫下还是拨通了那个少年的电话。

白啄出门后急急忙忙地打了车,报了一个城中村的地址后,对司机师傅说:"麻烦您快点。"

那个地方离得不算太远,一路上几乎畅通无阻,只等了两个红绿灯。

付钱下了车,白啄站在原地先向四周环视了一圈,环境有些乱,但的确是许宏建会出现的地方。

自从了解到许厌家里的事情,白啄就一直在想办法找许宏建,她收到的信息显示,许宏建在这个地方聚众赌博。

白啄看了看路,想拐进去的话需要从桥旁的那个坡走下去。她毫不犹豫地往前走,忽地脚步一顿,换了方向先去了路口的小商店转了转,买了一个稍显劣质的飞机模型才走了出来。

她拿着模型,才慢慢拐进了城中村里的小巷子。

巷子弯弯绕绕的,房子的外壁上贴了很多小广告,招聘的、租房的,还有一些模糊暧昧的图片,不熟悉路的人走在其中很容易迷失方向。

白啄没敢多看,她眸子一垂收回视线,面上还算镇定。

天还没完全黑，身边时不时有人骑着电动车经过，她的目光警惕地扫过坐在门口浓妆艳抹的女人，又往那些半开的门缝中寻找许宏建的身影。

再往里面走了几十米，仍然没有找到人，巷尾已经没什么动静，白啄又重新拐进一条巷子。

看到几步开外的许厌时，她的身体一僵。

"你……"

她的声音刚响起，就被许厌打断："你怎么在这儿？啄啄，你为什么会在这儿？"

细听，他声音里还有未消散的紧绷感。

"许厌……"

——我来买模型。白啄想这么回答他，但这句话却怎么都说不出口，她不想骗许厌。

"找人，"于是白啄说，"我来找个人。"

是谁，她没说，许厌也没问。

沉默了几秒后，许厌也只是问道："找到了吗？"

白啄抿了下唇，才说："还没有。"

这三个字说出口后，白啄明显感受到许厌松了一口气，他额角的汗珠滑落在脸颊上，明明是寒风凛冽的天气，他却像是跑过了一个夏天而来。

白啄不知道他花了多少力气才找到自己，她看着他，心里猛地涌上一股酸涩。

他看着白啄："别找了，啄啄。"

空气中的尘埃仿佛都停滞了，许厌的眼神很沉重，他有好多话想说，可过了很久，他也只是轻叹了口气，低声说："不要卷进来。

"啄啄，我可以解决所有的事情，他也会得到应有的惩罚。

"我会用正确的方式结束一切，都会好的，我们都会好的。"

他又重复了一遍："啄啄，不要卷进来。"

他的语气带着恳求,带着白啄无法拒绝的期待。

白啄突然有些无措:"许厌……"

"啄啄,你答应我。"答应他就站在一旁看着,站在终点等着,看着他一步步朝她走过去。她适合站在阳光下,对着他笑,应该迎着微风看黄昏落日,看四季更迭……所有的黑暗都由他挡着就好,她绝不能跟这些人扯上关系。

许厌想,再等他一会儿,用不了多久他就可以走到白啄身边了。

许厌把白啄送上回家的出租车后,又转身往巷子里走去。

昏黄灯光映衬着黑沉沉的天,让这个城中村显得格外诡谲,光影在许厌身上留下流动的波浪,他似是有目的地找寻着,清冷如霜的面孔看得过路人心里有些发怵。

片刻,他绕过拐角处的黑色轿车,停在一扇屋门后面。

不远处,有几个人在外乘凉,房子里面传出喧哗的吵闹声。

"脸上的伤是被那孙子划的,我早晚得找回场子……"这是许宏建的声音。

"你就是出去太久了,那家店早就换了一批货,贼带劲儿!哥几个晚上带你去放松一下……"

许厌眉眼低垂,拿出手机给许宏建打了个电话过去,看着许宏建在嘈杂的环境里,难得示意周围人安静,他要接个电话。

"喂,儿子,想你爸了?"

许厌不接他的话茬,只说:"许宏建,你猜我知不知道你最近在做什么?"

许宏建那边的人将许厌的话听得清清楚楚,因为许宏建开了外放。

许厌的话在他们那堆人里激起了反应,立马有人出声:"哟,你能知道什么?哪里的学生妹更带劲吗?"

这荤话让一群人嬉皮笑脸地闹开了。不管是不是,他们这群老油条还真能让一个小毛孩当面诈出来?

许宏建也反应过来，但想着许厌说不定真知道一些内容，便带着警告的意味说："许厌，我告诉你我们在干吗你也没办法，好了，我要打牌了。"说着话音又转为戏谑。

许厌拿着电话，站在不远处，看着许宏建说完最后一句话就放下了手机，但耳边还有轻微的声音继续响起。

许宏建忘记挂断电话了？许厌正要挂断电话，就听有人小声说："哥，货在那地方安全吗？"

许厌的手一顿。

"放心，没人知道。你以后在外面少问，要是被人知道，你我都得完。"本还有些正色的许宏建，突然扔了手中的牌，喊道，"哦吼！来，给钱给钱。"

许厌站在不远处，神色不改，眼神还是冷冰冰的，见那群人玩开了，便干脆地挂断了电话。

03

白啄回到外婆家的时候，白凛搬着凳子正坐在门口，看着她笑，只不过是皮笑肉不笑。

"来。"白凛笑眯眯地指了指白啄手中外包装明显变形的盒子，"让我看看你从哪个垃圾堆里淘来的。"

白啄没说话，默默地把手中的飞机模型递过去。

装飞机模型的盒子是塑料的，当时白啄走街串巷找人的时候，被过往的人不小心撞了一下，盒子掉在地上，她去捡的时候已经裂了几条缝，看着确实像从垃圾堆里捡来的。

白凛接过模型看了眼，接着眉毛一挑，尾音又扬了两度道："哟，都被肢解了。"

白凛话里的讽刺意味十足："我说，要不你还是别送了，本来做工就磕碜，再缺胳膊少腿的，你还不如食言呢。"

白啄很聪明地没有接话,她确实回来晚了,被说两句不亏,她愿意。不过,虽然她知道错了,但是不改。

白啄站着乖乖听训,白凛心中的火反而发不出来,一口气就生生堵在胸口,既上不去又下不来,心塞道:"进去进去!"

见他这样,白啄的嘴角下意识就向上扬了扬:"谢谢哥哥。"

"啄啄,如果许厌没有找到你,你本来的计划是什么?"白凛突然问。

白啄本来已经迈出的步子又收了回来,她迟疑地问:"你跟许厌说的吗?哥哥,你怎么知道……我要去找许宏建?"

"我们都不是傻子。"白凛捏着那个模型。

白啄沉默地一下一下点头,她也从没想瞒着他什么。

看着妹妹,白凛问:"你想干什么?"顿了下,他说,"要是许厌没能阻止你。"

——想干什么?

白啄思考着,心想,她想做很多事情。

她想以其人之道还治其人之身,许宏建对许厌做的事情,她想十倍百倍地还给许宏建。

许宏建不是喜欢喝酒吗?不是喜欢动手吗?那就让他好好感受下那种感觉。

以后,许宏建再也不会在漫城出现,许厌再也不用见他。

至于许宏建对许厌造成的那些伤害,总有一天会消失。

因为白啄会陪着他,制造新的、只有美好的回忆,直到新的回忆完全覆盖那些伤害。

所有的事情白啄都设计好了,但就是没想到会遇到许厌,这么一个巧合把她所有的计划全部打乱,现在似乎什么都不重要了。

"什么也不做,"白啄摇摇头,"我在等考试。"

她等着高考,等着一切尘埃落定。

白啄说的是真话,白凛听后反而更狐疑:"真的?"

"真的。"白啄点点头,扬起嘴角,笑得更甜,"我答应他了。"

她答应许厌了，离许宏建远点，所以只要许宏建不撞上来，她就不会再主动去他眼前。

"别说话了，白啄！"听到这句话白凛的脸色更不好看，他说了八百遍让她离许宏建远点还没许厌的一句话有用，"让我多活几年吧！"

白啄话音一顿，乖乖地闭了嘴，觉得她哥的要求实在太多，不知道怎么说才能让他多活几年。

等白啄进屋后，白凛的脸色才稍微好了点，他看了看手中那断了机翼的模型，觉得做工确实很拙劣，越看瑕疵越多。白凛"啧"了声，接着抬手，如小孩般地拿着它从右移到左，在空中划出一条弧线，佯装它依旧是架完好无损、能自由自在翱翔的飞机。

看着这架残缺的飞机，白凛心中好奇，好奇许厌怎么博得生机，怎么从那片沼泽中爬出来再飞向天空。

白凛隔空把飞机模型抵在远处电视塔的顶端，他身子往后靠了靠，同时眯起眼睛，模糊不清的视线中这架飞机仿佛真的盘旋在电视塔顶端，不再受任何束缚地飞翔。

看着这幕，白凛笑了下，收回模型，站起身，伸了下懒腰，转身走回了屋内。

另一边，许厌回到家，王雅云和许玥歆不在，许宏建还未回来，家里静悄悄的。许厌先是把昨晚许宏建吃过的饭碗收拾了，又将茶几上的啤酒瓶丢了。许厌站在客厅，扫视着这个家的一切，他想起许宏建和那群人说的事情。

他一直以来都知道许宏建在外就不可能干好事，他亲眼看见许宏建被警察带走过，只不过拘留一段时间许宏建又出来作威作福。

这次，他赌许宏建干了票大的，他要把这人送进去，再也不能出来。

他摸黑走进了许宏建的房间，拿出手机，打开自带的手电筒照明。许宏建房间的东西也不多，他回来的次数少，房间里也就是常见的衣物和散落的烟酒。但是许厌没放弃，他缓慢细致地翻开床上和床脚堆着的衣物，没有找到什么可疑东西，又继续在容易忽略的角落翻找，衣柜顶部没有，桌脚、床底没有，最后在抽屉里找到许宏建的一部旧手机。

许厌试着开机，没电——拿来数据线冲了一点电后，开机。

他首先点开了相册，入目的第一张照片就是一摞一摞的粉色人民币堆在桌上，往左划，还是那张桌子，桌上放着的东西变了，变成透明塑料袋装着的五颜六色的药丸。

许厌心中一惊，是毒品？

他马上掏出自己的手机拍下这关键的证据。

忽然，楼道间传来许宏建沉重的脚步声和喝醉了一样的胡骂声。

许厌迅速将数据线拔掉，仅剩一点儿电的旧手机因为不再续充而自动关机。他把手机放进抽屉原位置，走出许宏建的房间，脚步轻移回自己的房间，关门落锁。

果然，一会儿的工夫，门口传来重重的关门声。

许宏建回来了，一身的酒气。他见家里没人又熄着灯，顿时觉得被冷落了。

喝醉的他先摸索到灯开关，好歹将客厅的灯摁亮了，然后拿出手机给王雅云打电话，也不管电话通没通，拿着手机站在客厅狂骂。

"贱人，你又去找哪个男的了。

"我弄死你。"

他骂得越来越难听，躲在房间里的许厌走出来，冷眼看着客厅里的许宏建。

许宏建听见声音，视线移动看见许厌，马上快步过来，举起手就要揍人的架势，嘴里嚷道："老子回来这么久，你都不出来。打死你。"

许厌避开许宏建的拳头，冷声问道："你今天去城中村交易了？"他没打算掩饰目的，直接质问许宏建。

"是啊，你不是说你知道吗？我去城中村你不清楚。"许宏建睁着有些浮肿的双眼，看着许厌，神思清明了一会儿，"你跟踪我？"许宏建说着笑了出来，"我打不死你。"说着挥拳又揍了上来。

许厌躲开了，看着他那一拳收不回来捶在了门框上。

"咚"的一声响，许宏建因醉酒而顺势躺下去了。许厌原地等了一会儿，见他不再有动静，走过去，蹲下，搜他的身。全身都没有那"货"的影子，许厌又摸出他的手机，信息和相册都是些聊骚的信息，最后点进他的付款记录，看见最新的一条是两个小时前，他在一家会所消费了八万。

看见自己想知道的消息后，许厌又把自己的浏览记录一一清除，最后跨过许宏建的身体回了房间，这次是真的关紧房门落锁。

许厌坐在房间里唯一一把椅子上，开始整理信息。

许宏建无业游民一个，常年不着家，回来也是住几晚又走了，这意味着他在外面一定有休息的窝点，以及挣钱的手段。结合他说的货，和旧手机里的彩色药丸以及人民币照片……

许宏建九成在贩毒！想到这里许厌第一反应是终于可以将这个人渣绳之以法了。就算许宏建坐牢再出来要报复他，他那时也有了足够的能力去反抗。

现在最要紧的就是联系警察，把他知道的都告诉对方。许厌和一位姓乔的警官有联系，这位乔警官也是之前调查拘留过许宏建的警察之一。

他把这些消息告诉对方，一定能最大程度获得警察的信任和力量，比他只身一人去警局报警等消息有底。

思绪翻飞间，许厌不再犹豫，拿出手机就开始联系乔警官，将自己一直以来的观察和推断，以及收集的证据都告诉和发送给了对方。

乔警官也没有废话，只是最后还叮嘱许厌，别自己贸然行动，后续就交给他们警方来。

许厌没有马上答应，顿了几秒才给出肯定的回答。

漫漫长夜开始明亮，那是天光对黑暗的席卷。

04

那天之后,白啄静下了心,如答应过许厌的那般,把关于许宏建那些乱七八糟的事情扔在脑后。

晚上聊天的时候,她和许厌也只是说些白天发生的事情,一如平常。

白啄等着开学,许厌说得很对,几天过得确实很快。

初八上午白啄就开始收拾东西,其实也就是整理几件常穿的衣服,二十来分钟就把所有行李收拾整齐。

想想还有时间,白啄拿出套数学卷子开始做,但没等她做两道题,家里就迎来一位客人。

"抱歉。"周祎生手中拿着文件袋,很罕见地神色焦急,"打扰你学习了。"

白啄摇头回道:"您有什么事吗?"

"有些事。"周祎生说着打开了文件袋,他的手有些抖,他试了两次才把细线解开。

"啄啄,你看,"他从里面拿出两张照片,将其中一张递给白啄,"你见过她吗?"

白啄本来还有些疑惑,直到看到照片上的人——十几年前稍显青涩的王雅云。

白啄没回答这个问题,而是抬眸看着周祎生,问道:"怎么了?"

看到她眼中的防备,周祎生先愣了下,随即反应过来,连忙解释:"我没有恶意,是有些事要弄清楚,不得已而为之。"

他上次回去后,越联想许厌和他那个故人也就是王雅云的关联,就越觉得奇怪。因为据他所知当年他离开王雅云的时候她并没有怀孕,以至于当他看见许厌的时候,心神大震。

这次他拿着照片来找白啄也是为了确定他们之间的关系。

周祎生见白啄沉默,于是把手中的另外一张照片递过去。白啄抿了下唇，抬手把照片接了过来，这张照片是许厌高中入学时照的，他满脸青涩，淡漠地看着镜头。

白啄垂着眸，拇指轻轻地抚摸照片里面的人的眉骨，她不是不聪明，反而相当聪明，自从见到周祎生看到许厌的反应后，虽然当时没有过多纠结，但现在看着他前后拿出的照片，她还有什么不明白的。

"您想问什么？问他们的关系吗？"

"对。"周祎生依旧紧张，"我想知道。"

白啄静静地看着周祎生，直接说出答案："她是许厌的母亲。"

得到肯定的答案，周祎生轻轻呼出口气，整个人都松懈下来。

看着周祎生愣怔的神情，白啄没有再说话，而是把手中的照片递过去，但在周祎生伸手接时她顿了下，接着猛地把手缩回来，她把许厌的照片拿回来，才重新把王雅云的照片递给了他。

白啄一本正经地道："您侵犯他的肖像权了。"

听她这么说，周祎生的笑容顿了下，随即失笑摇头。他说："没人跟你抢，照片拿着吧。"

白啄刚想问周祎生知道这个答案之后呢？

她想也许可以借助周祎生的力量去扳倒许宏建，但这些都是往理想的方向去想，几经思绪反转，最后她将话头咽下决定闭嘴不多问。她答应过许厌不再管这些事情，而是专心备考。

周祎生看着眼前的白啄，他也有自己的打算，于是说："啄啄，我今天送你回学校可以吗？"

周祎生猛地将话题转到送她去学校，白啄一时没反应过来，她看着周祎生，半晌才点点头："好。"

今天初八，离开学还有一天，白啄收拾了行李，也是打算先去漫中那边的出租屋休息，第二天再照常去学校。当然放完行李，她就想去找许厌。她猜测周祎生提出要送她去学校也是想再见许厌。

这件事就这么说定了，下午四点他们从白啄家出发，周祎生先将她送到漫中的出租屋，等她放好行李后再出门去许厌家已经是傍晚了。两人是走过去的,路程不过十多分钟。

白啄在路上问:"您是要去见他吗?"白啄本意是指许厌,她觉得周祎生可能会想和许厌相认。

但周祎生好像误会了,他以为白啄说的是她,指向王雅云。周祎生是想先找王雅云核实,然后再作打算的。

周祎生听白啄问起,手紧了紧,"嗯"了一声。说完,他看着身旁的白啄,笑了声问:"你怎么一点不好奇?"

知道他查许厌也好,现在要去许厌家里也罢,白啄给他的感觉就是稳,她丝毫不好奇。

白啄嘴角扬了扬,回答:"周叔,我好奇的,只是我答应了许厌不再管这些。

"我希望您等会儿见到许厌,能考虑他的想法和立场,其他的我真的不在乎。"

周祎生听得笑了起来,有些无奈和惊讶。他明白了,白啄误会了以为他想直接找许厌相认。其实他反而不在意这些,他更想确定他们过得好不好,有什么他能帮上忙的,他都一把岁数了,承受不起苦情的相认戏码了。

他以一贯的温和语气说:"啄啄,我是想找他妈妈。"

白啄听到周祎生这么说,有些紧绷的心弦放松了下来。还好,许厌不用体会这直面身世的痛苦,他已经太苦了,养父和生母对他不善,再来一个亲生父亲相认,她不觉得许厌会开心起来,觉得被拯救了。

许厌之所以是许厌就是他从不靠谁。再来一个人,只会让他对自己的出生和家庭产生痛苦,所以她听到周祎生说要找王雅云,她真的松了一口气。

最后她温声道:"周叔,我只要许厌没事。"

她只要许厌没事,他们约定好要一起走向灿烂的未来的。

他们到许厌家的小区时已经傍晚六点左右。

白啄站在楼下,摇头道:"我就不上去了。"

一个是许厌这个时间点不会在家,第二个是她没兴趣去窥探周祎生他们的聊天内容。白啄心中思考着,要是时间太长,她就偷偷溜去"荷桌"找许厌。但是谁都没有给她这个机会,就在周祎生上去没多久,楼上传出一声"滚出去"。隔着三层楼,白啄都能听见王雅云歇斯底里的吼声:"你滚!"

接下来整栋楼都充斥着她的骂声,有好几家住户直接打开窗户伸出脑袋看,经过的人也驻足往这边看。又正是吃晚饭的时候,小区里的人很多,没多久楼下就聚了一群瞧热闹的。

王雅云骂了许久才消了声。白啄默然,知道周叔的谈话不会顺利,但是没想到这么……出乎意料。

白啄也没有上去,就在楼下静静等着,直到周祎生从楼梯口走出来,他很狼狈,身上是菜汤。白啄从没见过他这么狼狈的模样,急忙拿出纸巾递过去,有些担心道:"周叔。"

"没事,"周祎生甚至还对她笑了笑,安抚道,"回去洗洗就好了。我们先走,等她情绪好——"

"哗啦!"

他还没说完一盆水就从上面浇下来,事情发生得太突然,谁都来不及躲,不止周祎生,也淋了白啄一身。

漫城冬天的温度低,水也冰凉,冻得白啄呼吸都窒了一瞬。

王雅云似乎还不解气,她把水盆从楼梯口的窗户收回来,又骂道:"晦气!你来一次我泼一次!"

没想到连累白啄受了无妄之灾,周祎生想帮她擦擦,可手中连个干净的东西都没,刚从她手中接过的纸巾此时也湿透了。

"我没事,"白啄用手背把脸上的水珠擦了擦,"换个衣服就行了。"

周祎生满脸自责,心中愧疚异常:"抱歉。"

这么多年过去,他不仅变得"面目全非",记忆力也不好了,忘了

231

他选择离开漫城前就没法和王雅云再心平气和地聊了。

白啄摇头,正准备说些什么,就听见旁边传来一声惊呼。

"没事吧!"曹霖着急忙慌地跑过来,"她发什么疯呢!"

看到曹霖,白啄还有心思问:"你从老家回来了?"

"昨天回的。"看着她冻得有些苍白的唇色,曹霖边回答边急忙在兜里摸,"一听到是这边的动静我心里就有不好的预感,这大冬天的……"但曹霖把身上的兜摸完也没找到纸巾擦,急道,"我家就在旁边,要不洗个澡换身我妈的衣服,万一生病我……"

"不用了,我回去再换。"白啄打断他。她身体素质虽说不好,但也没到淋点水就病倒的程度。

"这不行,万一呢!万一生病了怎么办!"曹霖瞅了眼旁边站人,压低声音道,"我哥回来该……"

白啄摇头阻止:"你别告诉他。"

这种情况不仅会让许厌为难,更重要的是可能会让他难过,没必要,白啄不愿意这么做。四周聚的人越来越多,他们往小区外走,曹霖边走边不赞成道:"怎么能不说呢?"

"事情已经发生了。"白啄问,"能重来吗?"

曹霖愣愣地摇摇头。

白啄又问:"除了淋了一些水,我受伤了吗?"

曹霖依旧摇头。

最后她又说:"所以,为什么要为了一件小事影响他心情?"

曹霖一噎,觉得她说得挺对,但心里又隐约觉得哪儿不对劲,但他脑子转得慢,一时绕不过来,白啄三言两语就让他稀里糊涂地应了下来。

见他点头,白啄放下心来,但没走两步,就见到许厌。

许厌见白啄淋成一副落汤鸡模样,神色莫测起来。

曹霖无端心慌,想说些什么:"那个,哥……"

许厌没仔细听,他走到白啄面前,脱下外套,低声对她道:"先穿着。"

许厌里面只穿了件薄毛衣,白啄觉得应该拒绝这件外套,但看着许厌的眼神,她却什么也说不出口,只是默默穿上。

周祎生在一旁见到许厌想靠近却又不敢动,只能叫他:"许厌。"

许厌记得周祎生,于是他又说:"那天谢谢。"

知道他说的是除夕那天的事情,周祎生连忙摆手,想再说些什么,最后却不知道说什么。他和王雅云还有很多事情没说清楚,他不想贸然打扰到许厌,但看着许厌,他怎么也平静不下来。

道完谢,许厌不再看周祎生,而是垂眸看向白啄。他没问白啄为什么会来,也没问她为什么会浑身湿透,只是说:"送你回去。"

白啄点头,她婉拒了周祎生和曹霖,坐在许厌的单车后座上回了小区。尽管她说了不冷,但许厌依旧用最快的速度把她送了回去。

"回去换衣服。"看白啄磨蹭,许厌又补了句,"明天见。"

白啄这才点了点头,说了句"明天见",就转身进了小区。

许厌打开门,家里一片狼藉,王雅云拿着包正准备出门,看见他时,面色不爽地骂了一声。

许厌面无表情地看着她离开。

他环顾四周,给自己倒了杯水,而后坐到沙发上。

手机铃忽然响起,是乔警官的来电,许厌划向接听键。

乔警官:"许厌,我们根据你的线索去调查了下许宏建最近的情况,事件有进展。

"你拍下的照片里露出的那个桌角,刚好就是许宏建消费了八万的那个会所里的装置。

"我们拿着照片私下去比对了,对得上角度和细节。

"关于你说的他下批货的交易地址,我们也在跟进调查。我能说的就这么多了,我再重审一次不要和许宏建起正面冲突,以及注意安全,小心许宏建察觉到你在这其中而进行报复。"

听完乔警官的话,许厌无声地将电话挂断,也思索着许宏建会在哪里进行交易。

城中村或是那个会所，抑或是直接在某个隐蔽的巷子中交易？这些都无法精确，不过他要是知道许宏建的窝点就好了。去他的窝点，一定能蹲到相关人员。

想到这里，许厌不免有些恍神，恰在此时楼下响起鞭炮的声音，一串串"噼里啪啦"的声音炸起，许厌却在心神游离间，串联起了一个地点——旧城区。

高三下学期开学的第一天，白啄起得比平时都要早，她想在许厌到学校之前就到教室。

但出乎白啄意料的是，等早读上完了许厌还没有来，白啄拿着手机出去拨打电话。

"对不起，您拨打的电话已关机，请您稍后……"白啄一愣，心想许厌的手机也许没电了，他答应今天见，那就一定会来。白啄收回手机回到教室，安心拿出卷子做。

等晚上放学时，许厌也没有来，白啄发过去的消息如石沉大海般没有回应。

放学回到小区，白啄洗了热水澡，换了衣服，坐在书桌后面愣在那里没什么心情吃晚饭。

许久，她拿出手机，手指停在通讯录上，看着上面的名字，她不像平时满眼笑意，而是满眼的担忧，隔了几秒她拨打电话。

"对不起，您拨打的电话已关机，请您稍后再拨。对不起，您拨打……"

白啄听了两遍手机里机械的电子音，才反应过来，她眼睛眨了眨，动作慢半拍地挂断。

她心里有了些不好的预感，许厌不会出事了吧？随即又快速否定，许厌不会有事，他现在应该是不方便接电话，她也要学着相信他才对。

就这么一面担忧，一面自我安慰下，白啄睡下了。

这晚，她睡得不安稳，凌晨四点突然惊醒过来，伸手擦额头上淋漓的冷汗，又靠坐在床上缓了许久，平复因噩梦而惊醒后的猛烈心跳。

醒来后再也睡不着了，白啄靠着床头，回想起她刚刚做的那个噩梦，许厌在梦中和她永别了。她接受不了这个梦，这种梦她做了许多，每次都因梦里那绝望的情绪而窒息到醒来。

思及此，白啄决定反悔和许厌的约定，心道：许厌，我想帮你。

等窗外的亮光照进来时，白啄猛地反应过来，已经天亮了，她眨了眨有些酸涩的眼睛，活动下僵硬而酸麻的身体。

白啄洗漱完毕后没有直接去学校，而是拐到许厌家楼下，她没有上楼而是站在原地抬头望向许厌家的阳台。她不太抱有希望地等，但心里还是想许厌能从哪个角落走出来——说，啄啄我们一起面对吧。

这样，她就能合理地插进来，然后用她所有能用上的来帮他。

一直等到快迟到，她才转身去学校。

许厌不在，白啄整天不说一句话，笑容也没有了，看得段远和周泽风都很着急。可看着她的眼神，他们却什么都说不出口了，那是许厌以前的眼神，冷淡，拒人千里。

回到家，白啄掏出手机看着屏幕，手指无意识地来回划着，有短信提醒，是陌生号码，本以为是垃圾短信，但看到内容时她整个人都猛地坐直：啄啄，我没事，不要担心，过几天回去。

白啄回拨，但手机里传来的依旧是关机的电子提示音。

她有些沮丧，但好在他是安全的。她准备往房间走，忽然，门被敲响。

白啄一愣，惊喜瞬间布满脸颊，她飞快地跑去开门。

门外是白凛，她的情绪一下低落了下去。

白凛见到妹妹马上失落的表情，不由得心口一痛，他看着白啄说："你现在还有机会哄你哥，等会儿我生气了，我啥也不给你看。"说着举起手中的文件袋。

白凛眼神中那快讨好我的示意，得到白啄冷淡的回应。

"哥，让我看看你的文件袋吧。"

白凛好哄，也不是真打算让白啄哄，就是逗逗他这个妹妹。他示意白啄给他倒杯水喝，顺理成章地在沙发上坐下。

"白啄啄，你哥我真的疼你，看看这是什么。"他将文件袋里的东西拿出来放在茶几上，那是一沓资料，最上面是一张许宏建的照片。

白啄端着水杯过来了，她低头看见桌上许宏建的资料，也不废话，先将水杯递给白凛，随后就拿起资料看了起来。

她越看眉头就皱得越紧，里面有好几张许宏建和人在某个巷口交易的监控截图，以及他常出现的旧城区照片。

白啄抓取重点的能力是突出的，她一眼就明白旧城区那个地方有问题。许厌家又不在那儿，许宏建出没那个地方那么多次，一定有秘密。

但现在最重要的是，她要想办法告诉许厌那个地方有问题，她觉得这应该是关键点。

她拿好资料，抬眼看向白凛，露出一个恬淡的笑容。她哥真的一直在挺她，她真的感谢白凛。

她郑重地说了一句："哥，谢谢你。"

白凛看到白啄这个笑容，有点受宠若惊，但马上就开始自得。

"白啄啄，再说几句让我再过过瘾。"

白啄无言地看向他，沉默蔓延在兄妹间。白凛有些受不住了："白啄啄，我先走了。别太想我。"

话音落下，几秒后关门声响起。

白凛走后，她去浴室洗漱好，回了房间又打开手机盯着那个陌生号码看，她又试着拨打过去，忙音响起。知道是单线联系后，白啄还是发了两条信息过去，一条"我等你"，一条是地址"旧城区799号"。

第二天早上，白啄起来时，收到了许厌的回信："好。"

她照旧回拨过去，电话依然无法拨通。但从这天起，白啄每天都能收到一条信息，或长或短，那寥寥几个字让她的心定了些许，她依旧担心，但每天不再像踩到空气里似的飘忽不定。

所以，当白啄收到"啄啄，明天见"的时候，她整个人都愣在那里。

白啄已经将近两周没见到许厌了，看着那短短的五个字，她的嘴角控制不住向上扬。

晚上，白啄抱着明天就能见到许厌的想法睡去，这次连梦都是甜的，甜到她早上醒来时嘴角都是上扬的，甜到她看到沙发上躺着的人后还以为出现了幻觉。

白啄站在房门口愣了很久才反应过来，她走到沙发边蹲下，许厌的身上只搭了件外套，幸好屋内不冷，他身高腿长，躺在上面伸展不开，一只脚搭在地上，这个姿势并不舒服，但他却睡得很熟。

白啄仔细观察着许厌，在看到许厌嘴角的青紫时，白啄紧抿着唇，起身拿了医药箱过来，幸亏药物备得比较齐全，不用再下去买。

白啄拿着棉签蘸了生理盐水给许厌嘴角的伤口消毒，怕他伤口刺痛就用余光观察着他的反应，好在许厌真的累了，睡得很熟。

清理好伤口后，白啄把棉签扔到垃圾桶内，看到他身上的外套，又起身回屋抱了床被子。

她把许厌身上的外套拿起来放在旁边，轻手轻脚地准备把被子给他盖上，但扫过他一直掩在外套下的手时视线猛地顿住。

许厌手上裹着的纱布渗出了一片片的血迹。

只是几天没见，怎么就多了这么多伤口？白啄深吸一口气，她把被子盖好，又轻轻地把许厌裹着纱布的右手抬起。

白啄一眼就看出纱布是随意缠的，手的主人不是为了包扎，更像是嫌它流血碍事。白啄抿着唇，伸手慢慢地把那一层层纱布解开，因为包扎的手法粗暴，越往里纱布上的血色就越深。

白啄觉得她还不至于被伤口吓着，但掀开最后那层几乎被血浸透的纱布时，她的手还是不受控制地颤抖了一下。血已经凝固了，她揭开粘在上面的纱布时就是再小心也避免不了扯到伤口。每扯到一次，白啄的手都要跟着颤一下，到最后她掌心里的手也动了下。

"别动，"白啄制止了许厌想往回收的动作，声音发颤，"要重新包扎。"

见他安静下来，白啄把最后一小部分纱布也完全分离开，白啄低着头，小心翼翼地帮他清理伤口，把手心上多余的血迹擦干净。直到伤口完完全全露在视线之下，白啄才稍微松了一口气，出血很多，但幸运的是伤口不算太深。

白啄把伤口清理好后又拿纱布重新包扎，整个过程中许厌都任由她动作，安安静静的。即使没抬头，白啄也能感觉出来，许厌在看她。

"现在还早，"白啄把纱布缠好后，就把手收回来，"你再睡会儿。"

许厌看着面前一直垂着眸子不肯抬起的人轻声道："啄啄，抬头。"

白啄却摇头不肯抬起来。她不喜欢哭，哭从来都解决不了任何事。但碰到许厌，她就无法控制，只要和他相关的，她都无法控制住自己的情绪。

白啄本来一直在努力地控制着，她不想在许厌面前哭。但所有的努力在看到许厌那刻都会彻底失败。就如此刻，她的眼睫仅仅颤了下，泪就不受控制地滚落下来。

看着那滴泪，许厌心想，不应该哭的，眼泪太珍贵了，在他心里，白啄适合笑。但事与愿违，自从遇见，她几乎每次都是因为他哭。

许厌抬起手掌覆上白啄落泪的脸，低声道："不要哭。"

白啄滚落的眼泪马上沁入许厌的手心里，许厌觉得这眼泪好烫，烫得他也跟着柔软起来。他轻声哄着白啄："啄啄，不哭了。"

白啄轻眨眼睛，让余下的眼泪滚落，止住情绪说："好。"

余下的时间里，许厌也没立刻休息。两人先说起了这段时间各自经历了什么，许厌真的去了那个地址，而且也确实发现了一些东西，说到最后白啄回房间拿了资料过来。

许厌伸手接过，没有打开看，刚刚聊天中白啄已经告诉了他这里面有什么。

谈话结束，白啄回房间，许厌继续休息。

05

将近两周没见到许厌,这天刚好周日,白啄以为两人可以整天待在一起,但事与愿违,总有人打断。

许厌的电话一个接着一个,仿佛是什么催命符。第一通电话响起时,许厌只是垂眸看了眼,接着就把手机静音放在旁边充电。

白啄隔着屏幕都能感受到打电话的人心中焦躁,但许厌不理睬,她也当作没看见,任由手机屏幕亮了又暗。

手机屏幕亮了十几次才消停,但隔了会儿,屏幕又重新亮起,看提示消息是新短信的提醒。许厌眸子一垂,看着屏幕上接二连三的短信轰炸,他终于拿起了手机,划开看了最新的两条:

几天没回家,你妈和妹妹想你了。

玥歆在哭着找哥哥呢。

许厌点开短信的时候并没有避着白啄,上面的内容她自然也一字不落地看到了。看着短信上那些带有明显指向性的语言,白啄的唇下意识抿紧。

——许宏建又在威胁许厌,用王雅云和许玥歆威胁他。

白啄不喜欢王雅云,不喜欢她对许厌的恶意,不喜欢她的自私凉薄,也不喜欢她的尖锐刻薄,但那是许厌的妈妈,许厌不会不管她的。尽管白啄觉得还有其他办法可以阻止许宏建的下作手段,但她选择沉默,让许厌自己决定,可她的沉默没有被忽视,许厌正面回应了她。

"啄啄,我会把之前你给的资料拿给乔警官。"

许厌看着她,开口保证道:"信任我,不会有事的。

"这是最后一次。"

白啄知道,这是许厌的保证。她想对许厌扬起笑容,但怎么都成功不了,于是她放弃了这个想法。

最后白啄只说了一句话:"不要受伤。"

不要受伤。白啄不想看见许厌身上再出现新的伤口了。

"嗯。"见她开口,许厌提着的心稍稍放下去一些,"不会受伤。"

等白啄的情绪稳定下来,许厌才松口气离开了她家。

许厌确实是按约定,先在路上联系了乔警官,把这两周发现的事情和白啄给他的监控截图,言简意赅地说清楚。

那边的乔警官先是气许厌独自行动,后面听他说许宏建让他回家的事情,立马觉得不妙:"许宏建是不是发现你了?"

许厌将瞒着白啄没说的一些血腥细节,仔细地告诉了乔警官。他是在调查跟踪时,被和许宏建交易的那群人发现了一些踪迹,逃跑打斗中受伤的。

乔警官在电话里长叹一声,有些气急:"你让我说什么好?让你相信警察就这么难吗?"

"你现在不要再轻举妄动了,回去的第一件事就是稳住许宏建,我们马上就到!"

许厌仔细听着乔警官的话,没有马上回应,只最后说:"乔警官,后面的一切的确要交给你们了。"

"再见。"这句算是祈祷,许厌罕见地迷信起来,希望之后的一切顺利,他们都能再见面。

小区楼下,许厌抬头看了眼三楼的阳台才收回视线走了进去。

三楼,很近的距离,走上去甚至用不了两分钟。许厌站在门前顿了下,才拿出钥匙插进锁口,没等他扭动,门却猛地从里面打开。开门的人脸上是肉眼可见的暴躁加愤怒,他脸上的伤口已经结痂形成道恐怖的伤口。

许厌只是看他一眼,接着往外一拉把钥匙抽出来,抬脚走了进去。几天没回来,屋内已经是一片狼藉,地上全是屋里的人出于发泄而砸碎的东西。

很多许厌眼熟的物品此时都是碎片了，在看到沙发旁已经破碎的相框时，他的视线还是顿了下——王雅云和许玥歆的合照就如垃圾般被扔在地上，上面甚至还被踩了脚印。许厌的视线从那张合照上收回来。

房间里并没有其他人，没有许宏建短信里说想他的王雅云，也没有哭着找哥哥的许玥歆。

许厌并不在意有没有人找他，许宏建似乎也忘了骗他回来的借口——他们对峙着。

"儿子，"最后还是许宏建忍不住了，他几乎是发了狠地把门甩上，声音带着威胁，"你告诉警察了吗？"

许厌只是撩起眼皮盯着许宏建，直到盯到对方额上的青筋暴起，他才扯了扯嘴角，说："不知道。"

"你不知道？"许宏建被看得恼羞成怒，眸中的怒气快要喷薄而出，他朝许厌走近，咬牙切齿狠道，"那个人是你吧，我知道是你。"说着他低头看了眼许厌包着纱布的右手，突然冷笑了声，"手怎么了？"

他一开始是没有认出许厌的，直到交货的那批人里，有人发现许厌追出去了，等他后面接到那边人的电话，听到描述后最先浮现在脑海的就是许厌的脸。他本来是不信的，这个儿子从来都是恨不得离得远远的，不会上赶着找不痛快，尤其不会卷入这种事，可现在的情况由不得他不信。

"儿子，"许宏建气急反笑，他脸上那道刚刚结了疤的伤口显得更狰狞，他说着就要拽许厌受伤的那只手，"来，告诉你老子这只手怎么伤的？"

许厌手一扬，躲开了他的触碰，淡淡道："被狗咬了。"

许宏建嗤笑着重复了一遍，下一秒脸色蓦地转狠，他猛地拎起桌上的啤酒瓶甩在桌上，"嘭"的一声，玻璃碎片和啤酒向四周迸去。

许宏建抬起半截啤酒瓶指着许厌说："你把纱布解开，要真是被狗咬，我给你道歉，你以后想干什么我都不管，但要是不是……"许宏建脸上没有丝毫笑意，他几乎是咬着牙说出后半句话，"我就废了你的手！"

许厌垂眸看了看被人好好包扎的手，开口拒绝："不。"

他毫不在意地看着面前的酒瓶，随口问了句似是毫不相关的话题："你脸上的疤是怎么来的？"

许厌话一出口，许宏建的脸色就猛地一变，眼神变得更加狠厉，仿佛要把人抽筋剥皮。

"你为什么回漫城？"许厌却仿佛没看到许宏建的眼神，嘴角一勾，抬脚向他走近了一步，压低声音问道，"你在害怕什么？"

这些话没头没尾，外人也许听不出来他在讲什么，但作为当事人的许宏建却立马就听出来了。

"许厌，"许宏建气得握着酒瓶的手都在抖，他常年在外斗狠，知道什么时候压着脾气问才有效果，勉强压下脾气后，他道，"儿子，你老子以后不惹你了，你这次放我一马，我也去那边替你告饶。你也不想残废吧？"

"你先告诉我，那天晚上是你吧。你都看见了什么？"他字字引诱许厌吐露看见的真相。

"你要是聪明点就说出来，然后和那个小美女该干什么就干什么去！"许宏建几乎是咬碎后槽牙才说出了他一贯下作、威胁的手段，"别放着好好的路不走，让那个小美女替你……"

但他一句话还没说完就被许厌揪着领子按到墙上。

许厌死死盯着许宏建，这时他眸中的情绪终于不一样了。

许厌有反应，有反应就好。许宏建笑了，他抬起左手拍了拍许厌的脸，说："这么紧张干什么？我就打个比方，来，把手松开，我们好好谈谈。"

许宏建笑着说着那些话，但脸上的笑容却无比恶心。

"唔！"

许厌不但没有松手，反而用胳膊更用力地抵着许宏建。

许厌反问道："你也配？"

由于使劲,右手的伤口裂开了,许厌明显感受到掌心的湿热,却丝毫不在意。

"你要我说什么?"

许宏建知道许厌是故意的,他破口大骂道:"老子……"

许宏建的那些脏话又被堵在了嗓子眼,许厌像不着急一样,一寸一寸地加重力道,他再次问道:"什么?"

许宏建这才惊觉,许厌是真的想整死他。他立马假意求饶:"不,没什么,你先松开我。"

许厌根本不吃他这套,眼神冷得戳人,那冷意和狠劲儿直扎许宏建。许宏建意识到许厌的狠和不管不顾后,立马挣扎起来,身体晃动间,两人滚落在地,互相钳制着对方。

和不要命的人打起来,唯有更无耻下流地打压。许宏建就是个滚刀肉,他也不管不顾起来,一时之间两人竟势均力敌。

"砰!"

门猛地被踹开,几位穿着防弹衣拿着枪的警察闯了进来,很快钳制住了许宏建。

许宏建惊恐地看着闯入的人:"警察同志,误会误会,我教训儿子呢……"

他太聒噪,身后的警察按着他的肩膀往下压了压,忍无可忍道:"闭嘴!"

"许宏建,"乔警官走了进来,"你涉嫌吸毒、贩毒,我们现在依法对你进行抓捕。"

在场的一个警察把许厌扶起来,看见这一幕,许宏建还有什么不明白,他挣扎着抬脚往许厌的方向踹去:"我去你的,你敢阴你老子……"

"带走带走!"穿便衣的警察嫌弃地挥手。

等许宏建骂骂咧咧的声音远了点,乔警官才把视线转向许厌。

"你小子,下手还挺狠,要不是你及时收手,许宏建差点被你整死。"他压低声音说,"下不为例啊。"

许厌点了点头,说:"谢谢。"

"是我谢谢你。下次就别单枪匹马找人了,这次侥幸没事,但就怕万一。这些事情不是你应该做的,这是我们的责任。"乔警官拍了拍许厌的肩膀,笑着说,"也尝试着信任信任我们,这么多警察呢,不会都让你失望。"

许厌没答话但也没反驳,只是点了点头。

见他点头,乔警官欣慰地笑了几声,再开口时声音又洪亮了很多:"走!再帮忙去警局做个笔录,以后的事就不用管了。"

楼下已经围了一圈人,指指点点交头接耳的很多,许厌连个眼神都没分给他们,直到传来弱弱的呼叫声:"哥。"

许厌转过身,看着身后站着的人,他对曹霖和杨文斌点了点头,随后视线就落在了一旁站着的人身上。

许厌看了白啄几秒,接着抬脚走了过去。

许厌看着面前又红了眼眶的人,想抬手揉揉她的头发,可看到手上的血迹又放了下去。他对白啄笑了笑,低声说:"没有受伤,但伤口裂开了,回去能重新帮我包扎吗?"

听到这句话,白啄猛地逼回眼泪,掩饰什么般地"嗯"了声。

想到什么,许厌抬起还算干净的左手伸进兜里拿出个东西递到白啄面前,说:"早上忘记给你了。"

看着他手中的东西,白啄鼻尖的酸意再一次涌上来:"给我的?"

"给你的。"许厌看着白啄,眼神温柔无比,"啄啄,你再等等我。"

白啄紧紧握着掌心的东西,说不出话,只能重重点头。她在忍着,心中憋着的一股劲支撑她回小区,而她所有的力气在进屋的那瞬间全部消失殆尽。

许厌给了她一只惟妙惟肖的小狐狸挂件。

白啄蹲在玄关,手心握着小狐狸挂件,她的心就像被什么攥着,她难过得连抽噎声都发不出。

06

到了警局,有警察对许厌招了招手,笑道:"走,登记一下。"

"嗯。"许厌点点头,跟着他走进一间屋子。

坐在里面,许厌把事情的始末复述了一遍。

等所有笔录做完后,许厌突然问:"他能判多少年?"

"这个得法官他们来判,不过按照他的罪名最少应该是七年以上。"坐在对面记笔录的警察抬头看了他一眼,"你放心,他一定会得到应有的惩罚。"

许厌却只是点点头,说:"足够了。"

只是判七年也够了,这些时间足够他完全成长起来,到时候许宏建不会再对他构成任何威胁。

旁听的乔警官忍不住开口说:"不用担心,到时候他敢来骚扰你,你就来找我,保证帮你处理得妥妥帖帖。"

许厌摇摇头没应声。他从小就知道将许宏建这种人关几天是没什么用的,对许宏建就要用特殊方法狠治才行。

"哎,你怎么就不能给我们人民警察一点信任。"

他还没说完,门就被人敲了两下接着被推开,门口站着个女警,她道:"队长,有人报警。"

"你们处理。"乔警官摆摆手,他一心想把许厌的固有想法扳过来,"你要相信人民……"

"我报警。"他一句话没说完又被人打断,看到来人时愣了下。

王雅云就站在门口,她又重复遍:"我报警,告同个人,你一起处理,方便。"

许厌看着门口站着的王雅云难得愣怔着没反应过来。

王雅云走进来,问道:"在这里还是别的地方?"

"这间就行。"记笔录的警察反应过来,"你坐。"

但王雅云站着没动。乔警察看了眼屋里的情况,又说:"许厌,你先出去等着。"

许厌看向王雅云,但她没看他一眼。

几秒后,他站起身,和王雅云擦肩而过那瞬间他说了句:"谢谢。"

王雅云却依旧板着脸,像是永远都不会好好说话:"当不起。"

许厌也不在意,他已经习惯了她这么说话。

走出去后,他就站在门外,和刚才的女警一起看着屋内的情况。虽说关上了门,但审讯室是单面镜,里面的一举一动都看得很清晰。

"现在可以说了。"许厌听到连接审讯室内的小话筒里传来男人的话音。

"我要告许宏建。"里面传来王雅云的声音。

隔了几秒,她又接着说:"告他强奸、家暴和虐……"

一旁站着的女警听到这句话几乎是下意识地关了话筒,有些不忍心地看了眼许厌。但许厌并没有什么神情,就像刚才听了句极其普通的话。他看了眼屋内的情景,接着眸子一垂,转身走了出去。

站在警厅外的小花园里,许厌脑海中想着王雅云说的那几个字,许久,突然自嘲般地笑了下。原来是这样吗?他是王雅云被凌辱后诞生的,她不喜欢他的原因原来这样简单。他儿时曾想过许多理由,但一直没有想过这个原因,那王雅云恨他真的不足为奇。他只要在她眼皮子底下一天就提醒她痛苦的过去,算他欠她的,他无话可说。

许厌站在原地许久,最后深深地吐出口气,好似把前十几年的过往一起吐了出去。

他不管了,他欠王雅云的还清了,他把许宏建解决了,往后就是许宏建欠她的,留着他们自己解决吧。他也管不过来了。

许厌转身,重新回到警厅时,隔着几十米,看到门口站着的人时步伐猛地一顿。

白啄站在警厅门口,她一脸的期盼,视线在往来的人流里游移。她旁边还站着白凛和周祎生。

许厌看着白啄轻轻地在心里叫了一遍白啄的名字："啄啄。"

但站着的人却像是听到了他的呼叫，原本视线游移的人一下就看了过来。白啄顾不得身旁站着的白凛和周祎生忙向许厌走去，到最后几乎是飞奔着扑到许厌面前。

白啄抬眸看着许厌，眼睛弯了弯，说："我想了想，在这里等也是一样的。"

身后隔了十米远的人传来一声怒吼："白啄！"

白凛算是发现了，他这个妹妹叛逆起来可比他厉害多了。见白啄没反应，他气得眼睛都瞪大了，忘了禁止喧哗的标志，又吼道："你给我滚回来！"

白啄抬手捂住耳朵，罕见地露出小孩子心性，小声嘟囔："听不到！"

这时许厌眼中终于浮现出了一抹笑意，依旧没说话。

察觉到他的笑意，本来烦闷的白啄嘴角也向上扬了扬，心情好了不少，小声向许厌吐槽："他好吵啊。"

说罢，白啄看着许厌，问道："你还想过去吗？"

不想的话，她现在就带着他离开这个地方，不管身后是谁等着。

白啄表情认真，看得许厌的心都颤了下，他就想这么跟着白啄离开，但看到她身后站着的人，他还是点头说："过去。"

听到他的回答，白啄自然没异议，她也点头："好。"

说着才转身向身后的人走去，任凭白凛那双快要喷火的眼睛盯着她，白啄也丝毫没有愧疚的趋势。

白凛气笑了："白啄啄，你可真是长大了！"

"许厌，"白凛还没说完就被一道声音打断，"你的手没事吧？"

周祎生的声音发颤，在场的人都能听出他极力压制的情绪。

白凛愣了下，这才觉得不对劲，他得知消息比较晚，怕白啄出什么事马不停蹄就赶了过来，刚到小区楼下就看见双眼通红的白啄。

看到妹妹的样子,白凛心疼,当即拉着她来到警局等人,看能不能帮到什么忙。他没想到碰到了已经等在门口的周祎生。周祎生面容憔悴,白凛以为他出了什么事,可现在看来他是在等人,他们等的还是同一个人。

像是怕吓着许厌,周祎生面上是显而易见的小心翼翼:"要不要去医院?"他话中的关切太明显,听得许厌一愣,但许厌一直记得他除夕帮的忙,出于礼貌摇了摇头。

"那你身上还有别的伤吗?"周祎生看着许厌,想靠近却又不敢,"要是太严重,还是去趟医院。"

"不用。"听到许厌开口,周祎生将余下的话生生地咽回肚子里。

看到他的模样,许厌心里突然有些不舒服,顿了几秒,又添了一句:"谢谢。"

"不用谢。"谁知周祎生连连摆手,无意识地重复道,"不用谢。"

这幕看得白凛心里震惊,白啄心里清楚却只是看着许厌不说话。

四周一时鸦雀无声。

没一会儿,王雅云从里面走出来,身边还跟着警察。许厌只看了一眼就移开视线。

王雅云走到他们身前,站定,她没看许厌,却盯着周祎生看,看到他脸上烧伤的疤,以前觉得解气,现在却觉得无所谓了。

这个氛围让白凛感觉不怎么好,他思考着要不要回避,但没人给他这个机会,王雅云直接对周祎生说:"你不欠我了。

"你现在本事大了,就是以前跟在你身边的小弟都厉害得不得了,我攀不上你,你把这些烂摊子收拾好,咱们就两清了。

"以后你过你的富贵生活,我过我的日子。"

周祎生闭着嘴没说话,他明白,这是王雅云上次将他赶走时说的话。他们的纠葛就不要再祸及别人了,现在一切都尘埃落地,回归正途。

但王雅云也心狠,她一直都清楚许厌背负了多少辛苦和苦难,却忍着不说,冷眼看他行事。不拉一把也不踩一脚,她这样的冷漠态度有时比许宏建的无赖暴力还戳人心肺。

现在许厌没事，算是万幸。要是有事呢？周祎生不敢想，只是觉得也许当年的自己真的错了，他留下来，或许能给这对母子一个平安温馨的家。许厌成长中的所有不幸都能避免。

但人生不可能重来，当年他狠心远走换来的是往后几十年的六亲缘薄。

他是误了人……

王雅云见周祎生不说话，拿话刺他："恭喜你实现当年的伟大理想，成了人上人。"她表情恶毒地说，"但对我来说你依旧没什么用，你永远都保护不了你想保护的人。"

王雅云是在拿她自己和许厌来报复他，他知道，她就是等一切都结束了才来和他说，告诉他：你就算成功了也不是个男人，永远保护不了你想保护的。

而她这些话的效果也确实好，周祎生满脸悔恨地说："雅云。"

"别这么叫我，"王雅云打断他，语气嫌恶，"我恶心。"

周祎生余下的话被堵在嗓子眼。

"你可真听话啊，我说不让你回你就真的不回。"她声音尖锐，"我让你去死你不也活得好好的。"

周祎生张了张嘴不知怎么开口，最后还是什么都没说。他怎么告诉王雅云说他其实回来过，但他当时已经满脸疤，怎么可能出现在她面前。更何况他当时看见的场景是她在训一个小男孩，旁边站着看戏的男人。

周祎生当时就觉得一切再也回不去了，他当天就买了飞机票又走了，他一心扑在事业上，一走就到了现在。

"但凡你有点良心！你！你……"王雅云语气激动，最后一句话甚至不能完完整整说出来，"许宏建是个垃圾，你也好不到哪里去！"

王雅云缓了几秒，接着说："真要比起来，我更恨你。"

恨他对说过的话、做过的事拍拍屁股就忘，恨他把她的气话当真，一声不吭离开漫城再也不回来，更恨他毁人而不自知！要不是他，她不会怀上许厌,也不会被许宏建盯上让其有机可乘,更不会为了报复他嫁给许宏建,让事情变成现在这个样子。

"我恨你,恨到讨厌和你相关的一切!"王雅云语气激动,"恨到我看见许厌就想掐死他!每次看见他,我就觉得你们这对父子,还真是一样让人窝火!"

她这句话一出来,本来就安静的四周更是鸦雀无声。

白啄的心猛地跳动一下,下意识看向许厌,但许厌却像是没反应过来。

许厌的内心是震惊的,他是周祎生的儿子?身世接连的反转轰炸,让他难以自控,他望向神情激动的王雅云,但王雅云只朝着周祎生发泄她憋了十几二十年的郁火。

"摊上你又摊上我,"王雅云说,"他的命还真不好。"

有周祎生挡在中间,她永远都不能以母亲的眼光看待他,以前不行,现在依旧不行。

王雅云终于看向了许厌,顿了下,开口:"以后没人能影响你了。"

十几年,她为她的任性付出了代价,看着周祎生痛苦的样子他也得到了应有的惩罚。除了对许厌。

她把太多的怒气、怨气都转移到了许厌身上,周祎生欠她的,她欠许厌的。最后王雅云说:"我欠你的,下辈子再还。"

王雅云抛下个炸弹走了,炸得人晕头转向。

白凛大气不敢出,眼睛不受控制地在许厌和周祎生之间转。但这时他才发现晕头转向的似乎只有他一个人,周祎生和白啄都在担心地看着许厌,而许厌神色如常,要是忽略他手上越染越红的纱布的话。

最后还是周祎生先开口:"许……"

但他刚说了一个字就猛地顿住,眼睁睁地看着许厌转身,看着白啄跟上去,其间许厌甚至没给他一个眼神。

这时白凛反应过来,下意识叫道:"白……"

周祎生阻止了白凛,说:"你让啄啄陪陪他,行吗?"

他面色苍白，略带乞求的话语让白凛说不出拒绝的话。

见白凛点头，周祎生勉强往上提了提嘴角："谢谢。"

看着他的脸色，白凛有些担心："周叔，您没事吧？"

周祎生摇摇头没说话，眼睛一直看着离开的两人。

一路上，许厌没有说话，白啄也安安静静地走在他身旁，没有方向，也没有目的地，就这么走着，一直走到许厌愿意停下来。

最后许厌停在了公园里的一座假山后，依旧没说一个字，他太累了。

白啄如往常一样陪在许厌身边，隔了许久，才轻声开口："没事了，都过去了。"

"这些事情和你无关，你没任何错。但我很感谢她把你带到这个世界上。"白啄说，"谢谢你来了。"

许厌来了，她才变成了真正活着的白啄。

许厌看着白啄，他唯一庆幸的是他还有白啄，这是他世界里唯一拥有过的光，是他走下去的勇气。

这时许厌终于泄露了一些情绪，他说："啄啄，我难受。"

他不用担心许宏建像条毒蛇似的隐在暗处对他吐蛇芯子，也不用担心会伤到白啄，一切都回到正轨，他自由了。他终于得到了追寻已久的东西，但掩盖在灰尘之下的事实却让人难受。

"别怕，"白啄微微踮起脚，在他耳边说，"我陪着你呢。"

她还说："我会一直陪着你。"

07

这件事情闹得太大，本来就不缺话题的人顿时又处在风口浪尖，一传十，十传百，当晚方圆几里的人都在讨论，更别说漫城一中的学生。

开学第三周，漫城一中的两位中心人物双双请假。

而高三（1）班的学生也如往常一样，听课、做卷子、互怼……但就是对那件事情闭口不谈，遇到来打听的同学也一问三不知。

这天周泽风如往常一样把各科老师新发的卷子整理好放在身后的两个座位上，同时跟段远唠叨："一周了！学霸整整一周没来了！大佬都大半个月没来了！他们怎么还不来？我不会的题连一起都能绕半个操场了！再不来我可怎么办。"

"你闭嘴吧！能不能安生点！"段远忍无可忍，"你能不能独立行走！也问问别人！放过他俩行吗？"

"我不！"周泽风义正词严，"这是我们维持友谊的方法懂吗！"

我不懂。但我觉得他们并不想要这种维持友谊的方式，段远再一次不想和他说话。

不知道是不是周泽风日复一日的唠叨起了作用，缺席了许久的两人终于赶在上课铃响起时，迈进了教室。

班里的同学们如往常一样与他们打招呼，每个人都神色如常。白啄也都一一回应，许厌没说话，但身上的气压明显弱了。

周泽风依旧咋咋呼呼："学霸！你终于来了！我需要你……"他一句话没说完就收到一个眼刀，周泽风脖子一缩，弱弱地加了个字，"……们。"

"是需要。上次班长追着要给他讲生物那道大题，他捂着耳朵硬是不听。"段远很没兄弟情谊地在一旁挑事，"你们再不回来，他不会的题连一起都能绕操场一圈了。"他阴阳怪气道，"是吧，老周？"

周泽风忍了又忍，最后没忍住道："你以后离贾韵梅远点，成绩不见好，阴阳怪气学得挺像。"

"你在侮辱谁！"段远的胳膊扣住周泽风的脖子，"你再说一遍我像谁？"

"我我我！像我！"周泽风连忙改口。

而看到这幕的白啄下意识弯了弯眼睛，虽然转来的时间短，但这群人好像总能让她觉得暖心。

她下意识看向许厌，发现他嘴角也带着一丝笑意。白啄一愣，随即嘴角的笑容更大。这样很好，她喜欢现在的状态，也喜欢班里热热闹闹的氛围。

等他们打闹完铃声也响完了,终于不被人扼住的后脖颈,周泽风整个人轻松很多,反正是早读,他也不在意,拿着卷子就转过身放到白啄桌上。

白啄垂眸正准备看是哪道题,就见周泽风拿笔的动作顿了顿,眼睛悄悄往旁边看了看,接着凳子往段远身边靠了靠,把卷子往旁边桌子上移了移,还没说话就先扬起个傻笑。

周泽风咳了声清清嗓子:"许厌同学,能打扰你一下吗?用不了多长时间,我现在学得可快……"

一直在听着的段远想揍人,不知道周泽风天天都在说什么废话!

段远极力忍着不吐槽,但许厌忍不住了,他皱眉打断道:"说。"

周泽风一噎,把一箩筐的"彩虹屁"咽了下去,他指着卷子上那道画了红叉的题,干巴巴地说:"这道。"

于是整个晨读,他问了几道,许厌就说了几道,白啄安安静静也不打断,只是会适时用笔写下能帮助他理解的公式。

早读结束铃响起后,还有两分钟的休息时间,周泽风看了下手表立马转身。这时就像约好的一样,上次吃韭菜包子的男生手中提着袋糖,说道:"快快快,人手一颗,这次同甘共苦!看她脸色行事。"

下面有人附和说"好",东西发到这边的时候白啄还没反应过来。

周泽风直接拿了四颗,转过身摊开手掌递到白啄他们面前,声音里还有些掩盖不住的兴奋,道:"快,一人一颗!"

白啄看着周泽风手中的榴梿糖一时不知该不该伸手。

"闻着臭,吃着还行。"周泽风劝道,"学霸你试试!"

听他这么说,白啄伸手拿了一颗榴梿糖。周泽风的笑容肉眼可见地变大了,又看向白啄旁边的许厌,试探道:"你能不能也……"

许厌也从他手中拿走了一颗。见状,周泽风松了口气,他收回手,剩下的分给段远。

白啄发现了,班里的同学都在悄悄关注着他们,见许厌伸手拿走榴榴梿糖的时候班里响起一些声音，窸窸窣窣地逐渐转大，到最后是努力压着的吵闹。

今天，一班的学生都有些兴奋，但这种氛围只持续到上课铃响。

贾韵梅也一如往常，正想说些什么突然闻到一股臭味，立马大声问："吃什么了？站出来！"

"没什么味啊。"这时周泽风在底下应道，"老师你是不是闻错了？"

"是啊。"那边的郭帆也说，"咱班平时不就这味道吗？"

就在郭帆他们打岔间，整个班都弥漫着榴梿浓郁的味道。

贾韵梅脸色铁青："你们想干什么？"

"听课啊。"底下有个女生说，"老师不讲了吗？"

"是啊，老师你不是要讲卷子的吗？"

"贾老师，静心静心，心静下来就没味道了。"

"你说得不对，老师心中充满爱，有情有义，怎么会闻到味道呢？"

下面说话的人越来越多，明白了什么的白啄下意识看向许厌，许厌眸子平静，不知在想些什么。

"你们能耐得很！"贾韵梅把书摔到讲台上，"我是教不了你们了！谁爱教谁教！"

说完贾韵梅气得连东西都没拿就直接走出了教室。

等贾韵梅走出门，班里先静了一秒，接着不知道谁"嗷"了一声，班里的气氛又无法控制。

"谁没吃赶快吃啊！"最先发糖的男生说，"一起熏她。"

班内哄堂大笑，每个人脸上都带着青春特有的朝气和义气。

没一会儿，紧挨着的二班传来一声吼叫："这是啥味啊？"

这时一班同学极力压着笑，班长站起来说："都小点声，没吃的别吃了，快把窗户打开，万一校长真来了，好好表现表现！"

"快快快，听班长的。"接着坐在窗边的同学急急忙忙动作。

许厌鼻尖闻着那股不算好闻的味道，听着他们的说话声、笑声，指尖紧紧捏着那颗糖，在周泽风再次转过来时，他眸子一垂避开视线。这是许厌第一次面对他们不知道该怎么办。

"学霸，你吃了吗？"周泽风依旧笑呵呵的，"没吃快吃，别听班长的，这味道一时半会儿散不了。"

白啄却微微摇头："不吃了。"

单独吃多没氛围啊，周泽风还想劝她。

"供起来。"白啄对他笑了笑，"太珍贵了，我想留着。"她对周泽风点点头，真诚道，"谢谢你们。"

"谢什么啊。"周泽风摇摇头不好意思道，"期末考试前你给的笔记咱班里的人都复印了，要谢也该我们感谢你们。"

白啄和许厌从不吝啬给他们帮助，上次期末考他们班成绩大幅度提升，过年的时候一个个都雄赳赳气昂昂的，虽然没人说，但班里的人都很感谢他们。

前几天警车去抓人的时候很多人都看到了，学校里沸沸扬扬的，贾韵梅每天都要阴阳怪气几句。高一的时候贾韵梅误会许厌的时候，班里没人站出来，这次他们不想当缩头乌龟了。

白啄摇摇头没说话，笔记没什么重要的，珍贵的永远是心，是那一颗颗带着善意的心。

"谢谢白啄同学和许厌同学！"

段远也扭过来，他没压着音量说："谢谢学霸和厌哥！"

他这么一开口，大部分的人都听到了，班里先静默一瞬，前面坐的郭帆最先反应过来，大声道："谢谢学霸和厌哥！还有！最重要的是我有题不会，先排队了啊！一会儿老周你麻溜地把位置让出来！"

周泽风满脸拒绝："我不！我也有题不会！"

教室里都是他们的吵闹声，夹杂着感谢声。

听着这些声音，白啄鼻子有些酸，她靠近许厌小声道："我们都好喜欢你啊。"

白啄觉得，只要稍微了解许厌的人，没人会不喜欢他。

最后一班同学没能等来校长，但等来了那位极喜欢数学的申老师，他进到班里的第一句话就是:"谁吃榴梿了,有我的吗?"

一句话让班里的人都松了口气,连忙把剩下的糖放到讲台上:"有!"

申老师讲课有趣人又好,一节课后同学们都在惋惜这么好的老师为什么不教他们。本以为第二天他们又要看到贾韵梅那张脸,但没想到迎来的是代班主任,弄得班里同学面面相觑,以为真把她气出病来了。

后来才知道,贾韵梅调到别的学校了。

高三过得很快,下学期更是,高考倒计时从"100"到"1"仿佛也只是眨眼的瞬间。

高考的前一天晚上,白啄和许厌在小区的长凳上坐着,他们的话很少,静静坐在那里看天上的月亮。

看着月亮,他们知道,明天天气会很好。他们也会很好,因为明天要高考。

但白母这段时间直接过来照顾白啄,他们并不能在下面坐太久。

起身回去的时候,白啄站在台阶上,叫住他:"许厌。"

许厌看着她,轻声应道:"嗯。"

"明天加油。"

"加油。"

他会加油,明天对他来说至关重要,他会尽最大的努力去完成。但正因为极度在意,这晚许厌罕见地因为考试紧张,但看到白啄发来的那句"晚安,早点睡"时他的心慢慢平静下来。

早上没等闹钟响许厌就因为生物钟醒来,他洗漱后又检查一遍要带的证件,看证件齐全后他拉开门准备出去,看到客厅的景象后,他的步伐一顿。

王雅云正坐在客厅,旁边的餐桌上放着做好的早餐。扫过桌上的食物,许厌眸子一垂,抬脚,迈步,向着玄关走去。

"等等,"没等许厌走两步,王雅云叫住他,"吃完早餐再去。"

许厌的步伐再次顿了下，不等他拒绝，王雅云又说："好好考，考出这个地方，别再回来了。"

就是现在，王雅云依旧不懂得好好说话，张嘴就要刺人。

许厌把拒绝的话咽回喉咙，他抬脚走到餐桌旁，扫过桌上的食物，他掠过粥、包子，拿起一旁的水煮蛋。鸡蛋煮好的时间应该不长，拿在手中还是温热的。

"我会的。"许厌握着手中的鸡蛋，顿了下，又说，"谢谢。"

说完，许厌转身出了门。

在门关上的那瞬间，王雅云的视线转向餐桌，她静静看着桌上基本没动的早餐，半晌，起身走回卧室。

许厌从前期待过很多次王雅云能像普通母亲那样，给他拥抱，给他做早餐，在他听话时夸夸他，后来慢慢长大他也就不再期待了。如今看到她亲手做的早餐，许厌没有想象中的开心，也没有难过，他很平静。

走到高考考点时，周边全是送孩子的家长，看着这一幕，许厌自觉地走到人少的地方站着，等到了时间走进考场。

白啄在另一个考点，也不知道她现在怎么样。想到白啄，许厌的眼神下意识柔和下来，所以他抬眸看向叫他的人时眼里的那抹笑还没消散下去，那个眼神看得周祎生愣了瞬间。

看到来人，许厌眸子一眨，把眼里的情绪收得一干二净。

周祎生站在离许厌几步远的距离，想靠近又不敢，只能说："早上吃饭了吗？我买了一些早餐，你……要吃点吗？"

他手中拎着饭盒，看着不小。等他说完，许厌才摇头道："谢谢，我吃过了。"

"吃过就好。"周祎生干笑两声，想和许厌聊聊天，却又不知道说些什么。

两个人就站在那里，直到进考场的铃声响起，许厌准备进去时，周祎生没忍住叫住他："许厌。"

许厌看向他。周祎生说："考试不要紧张，尽力而为。"

像是怕许厌不高兴,周祎生说完这句就没再开口,只是看着许厌笑了笑。他一笑,脸上的疤皱在一起,很不好看。

许厌看着他脸上的疤,没有说话。

就在周祎生以为许厌不会回应时,他开口了,他说:"知道了。"

说完许厌排队走进考场,周祎生却因为那三个字愣怔许久才低声笑出来。高三下学期,他去漫中看过许厌很多次,今天却是许厌第一次回应他那些关怀的话,他怎么能不开心。

高考两天,每次许厌从考场出来,考场外都有人在等他。

周祎生依旧穿着唐装,没在车里等,他和万千家长一样站在考场外,天气炎热,每次考试结束许厌都能看到他脸上热出的汗。他就像是要把许厌缺失过的爱全部补上。

考完英语放下笔的那瞬间许厌松了口气,那刻,他特别想见白啄。但最后他也没见成,考完白啄直接被白家父母拉回了家,说让她好好休息。

"太烦了,我一点都不累。"白啄只能打电话悄悄地和许厌抱怨,"我想见你。"

许厌静静听着她小声抱怨,嘴角向上勾了勾,说:"马上就能见了。"

"还有五天班里才聚会!"白啄说,"还要好久呢!"

听到许厌在手机那边说"很快"时,白啄眼眸弯弯,眼里只剩下笑。

白啄以为许厌说的"马上、很快"是安慰她,所以在听到许厌说"出来吧,我在小区门口"时,她没反应过来,愣愣地反问道:"什么?"

"你不是想见我吗?"那边许厌似乎轻笑了声,"我也想见你。"

"你等我一下!"白啄猛地站起身,"我马上到!"

顾不得再说什么,白啄飞奔着朝小区门口跑去。

在停下那瞬间她的身体因为惯性向前,许厌连忙伸手扶着她,担心道:"慢点。"

"慢不了。"白啄呼吸急促,但还是说,"我着急,怕你走。"

许厌失笑，拉着她向旁边的凉亭走去，说："不走。"

他就是来见白啄的，怎么可能走。

白啄站在凉亭里，脸红扑扑的："我不是怕万一嘛。"

听到这句话，许厌没说话，而是伸手帮她顺了顺被风吹乱的头发。顺完后他的手掌没有移开，还是放在白啄头顶。许厌垂眸看着她，突然说："我食言了。"

听到这句话的白啄心猛地跳了下，抬眸愣愣地看着许厌。

许厌一直在等，他想等高考成绩出来，等一切尘埃落定，等他离开这里，但现在等不下去了，他迫切地想把人名正言顺地划入自己的领地内。

"白啄，"许厌覆在白啄头上的手不明显地蜷了下，"我喜……"

"好。"可许厌还没说完就被打断了，白啄扑进许厌怀里，双手紧紧拥着他，把脸埋在他的脖颈处。

她说："我同意了。"

"什么都还没听到呢，"许厌喃喃道，"你傻不傻啊。"

他们相拥，仿佛天生适配，再也插不进去别人。而直到这一刻，许厌才真真正正把属于他的那道光拢到了怀里。

坐在凉亭里，白啄的脸颊红扑扑的，似乎比刚刚跑来时还要红。白啄看着许厌，来回深呼吸了几次，试图平复那有些过快的心跳。

"明明没什么变化，"白啄坐在许厌身旁，对另一个当事人剖析自己的心绪起伏，"但我为什么静不下来啊？"

他们之间的相处明明和平时一样，但白啄这会儿却感觉晕晕乎乎的。如果真要说有什么不同，那就是……

"许厌，"白啄抬头看他，眼睛眨了下，突然道，"你低头。"

许厌看着她那双兴奋的眸子，慢慢地低头。看着垂到眼前的脑袋，白啄屏着呼吸，慢慢抬手，掌心抚上他的头顶，轻轻摸了摸。

白啄早就想摸摸许厌的短发，刚认识时不敢，熟了些的时候怕太突兀，更熟悉的时候一直没找到机会……但现在她可以这么做，甚至不用

259

找理由。

以前白啄不敢做、不能做的事情,现在她都可以做。这是她的特权。

许厌的短发并不扎手,白啄屏着呼吸,紧抿着嘴,静静感受着掌心的触感,直到她再也憋不住。

"好了!"白啄开口的瞬间也松开了手,她低着头,呼吸着新鲜空气,收回的右手紧紧握拳。

她自以为幅度很小、不着痕迹的小动作不会被发现,她垂着眸就没发现看着她的人眼中的那抹笑意。

从没这么做过,白啄觉得她紧张很正常,但这个想法却没能让她脸上的热气消下去,反而明显到她本人都不能忽略的程度。白啄生无可恋地闭了下眼,难得地为自己的行为感到懊悔。摸就摸了,这么忸怩做什么!

"我就是,"白啄努力把她所有的外部表现合理化,"还没适应。"

"嗯。"许厌看着连耳垂都染红的人,配合道,"我知道。"

他声音如常,但从他不明显向上扬的尾音里,白啄就是听出了笑意。

许厌又说:"你再适应适应。"

说着他把手伸过去,白啄看着摊在眼前的手,低声说:"太远了。"

许厌一时没反应过来:"嗯?"

白啄嘴一抿,接着伸出手,把他的手往上托,一直托到在离她眼睛很近的地方顿住。下一秒,白啄的头微微前倾,抵在了那只手的掌心之中。

许厌的手掌大,这么一放,几乎遮住了她的大半张脸。

"先让我当会儿鸵鸟,"白啄闭上眼睛把脸埋在许厌掌心,自欺欺人,"我适应能力很强的。"

白啄适应能力确实很快,尤其在发现不止她一个人紧张之后,她额头抵着的这只手很僵硬,异常僵硬。

白啄猛地抬起头看向旁边坐着的人,她的动作太快,快到许厌来不及收回视线。但他面色如常,即使与她对视了他也不躲闪,问道:"怎么了?"

许厌的表情和声音都很镇定，白啄想从他脸上看出点什么，可没看出什么异常，如果忽略他耳后的那片红的话。

"没事，"白啄摇摇头，她双眸弯弯，嘴角扬起很好看的弧度，"我已经适应了。"

白啄握着那依旧僵硬的手掌，用止不住笑意的声音说："希望有人也能快点适应。"

"嗯。"许厌慢半拍地握紧白啄的手，"我转告他。"

许厌来找白啄时临近中午，并没有吃饭，他们在凉亭里坐了会儿，白啄拉着许厌就要去吃东西。两人手拉手地走出了凉亭，夏天很热，他们却没一个人想松开手。

白啄已经吃了中饭，但还是陪许厌吃了些。下午的时候白啄就牵着许厌，把她从小生活的地方逛了逛。

晚上回去的时候，经过那个连接漫城南北的公交站牌时，许厌犹觉得不够，这是他第一次以男友的身份和白啄在一起，于是他对白啄说了句"等等"。

白啄就站在站台等他。

"啄啄。"

白啄回头，只见许厌手中拿着香槟玫瑰，在离她几步远的地方站定，他张开了双臂，双眸含笑道："过来抱抱。"

正文完

新增番外

万物只喜欢你一人

小时候，许厌冷漠地看着四周一切事物，不管是对许宏建还是王雅云，许厌都是那个眼神，比看陌生人还要冷漠。也正是因为这样的眼神，反而激起许宏建的凌虐欲，但许厌不管受多重的伤，始终一声不吭。

许厌太倔了，倔到让人想把他的翅膀折断，所以许宏建把许厌扔到漫城北边当作教训。

一南一北，坐车都要近两个小时才能到。那么远，许厌就是想走都不知道怎么走回去，只能开口求饶。

许厌知道，许宏建在等着他求饶，但就是那时候他仍依旧冷漠地看着许宏建一声不吭，一句服软的话都不肯说。

那段时间，许厌虽小，但戾气很重，谁敢欺负他，他就还回去，就是受伤也不在意，他不要命的打法让人不敢再欺负他。

许厌那时厌烦了整个世界，他不信任这世间的任何人、任何事，就是遇到对他施以援手的人也是下意识推开。他那时不相信真的有人带着善意接近他，对他伸出手的人无论是男是女，是大是小，他都不相信。

所以在打架受伤后有人要扶他起来时，他下意识地就把人往外推。那时的许厌太小，情绪又不好，他控制不好力气，直接就把人推到了地上，看着就很疼。

被他推倒的小女孩手腕在地上狠狠摩擦了下，瞬间破皮，尤其腕骨那块最为严重。地上的灰和伤口的血在她白皙的皮肤上怎么看怎么刺眼。

许厌那时候是有些无措的，他不知道要怎么办。

但地上的小女孩完全不在意手上的伤，她自己爬起来后还在安慰他,声音奶声奶气的:"哥哥,你不要害怕,我没事的。"她甚至还在担心许厌。

许厌身上有很多血,尤其胳膊上最多,看着很严重。胳膊上的血有自己的,也有打架时别人蹭他身上的。这些许厌知道,但那个小女孩分辨不出来。她见许厌一动不动,心里很着急,着急到眼圈都变红了,她说着就要抬手拉许厌:"你胳膊有伤,我让福妈给你包扎。"

那时候许厌往旁边躲了下,他没说一句话,几乎是落荒而逃。

后来同样在那条巷子,许厌帮她抢回了绘本,左手腕骨上同样留下明显的疤。

就这样,到最后,支撑着许厌撑下去的就是那几次和小女孩的见面。

但那时许厌实在太小,没有能力,睡的地方好找,但吃的不行,他每天能找到的吃食很少,那段时间他闻过的最香的味道就是那个小妹妹带来的生煎,但被人踩过,吃不成,他却永远记住了那个味道。

就在他快坚持不下去时,许宏建有急事,失了整人的乐趣,把他扔回家里就出了门。养伤的那段时间,许厌经常梦见那个小女孩,更多的是梦到她腕骨上的伤,那是因为他才会留下的伤。

等许厌大了几岁,没人逼他,他却重新坐车回到了那个地方。如愿地,他见到了那时的小女孩。但那个叫他"哥哥"的小女孩却似乎忘了他。

许厌当时想着,本来就是两个世界的人,忘了也好。

高二的某个周末,在去漫中的那条街上,许厌看到轿车里坐着的人时,只一眼,他就猛地刹住单车,还以为出现了幻觉。

但那不是幻觉,白啄就这么出现在他眼前,在他视线可及的地方。一步步的,越靠越近。

白啄不知道,他们每往前走一步,对他来说其实都是求而不得的。

许厌已经很久没梦到小时候的事情了,他也很久没有梦到白啄腕骨上的疤了。所以猛地又梦见那刺眼的、带着血的伤口时,他连呼吸都窒了瞬间,猛地清醒过来。

看到身旁睡得正熟的人,他才松了口气。下意识地,许厌小心翼翼地把白啄往怀里揽了揽。可白啄却伸手，紧紧回抱了面前的人。

白啄又往许厌怀里贴了贴，叫道："许厌。"她的声音迷糊，不知是睡醒了，还是在说梦话，但许厌还是低声回道："嗯。"

听到许厌的声音，白啄嘴角似乎向上翘了翘，她又叫道："哥哥。"

"嗯。"

听到回答，白啄没再说话，但她笑了，轻轻的一声。隔了几秒，白啄才从许厌怀里抬起头，她微微仰头，弯着眼睛对面前的人笑。

看着那个笑容，许厌视线顿了下，才问："吵醒你了？"

"没有。"白啄摇头，她的嘴角向上扬着，"梦到你了。"没等许厌开口，她又接着说，"梦到你不理我，就急醒了。"

白啄仅仅是在陈述事实，她知道是梦，并没有觉得委屈。

许厌没有说话，伸手把怀里人的手腕圈在掌心，握着。不知为什么，白啄腕骨上那块疤不算明显，几乎没人能注意到，但在许厌那里却轻而易举地感受出不同。

许厌的拇指摩挲着那小小的伤疤，即使知道那是白啄的梦，他依旧说："没有不理你。"

不会不理你。许厌怎么可能不理白啄。

没有人不需要光，没有人能抗拒自己的月亮。

"我知道，"白啄的眸子一闪一闪的，她看着许厌说，"所以就赶快醒了找你，想让你安慰安慰我。"

许厌嘴角向上勾了勾，顺着她的话问道："怎么安慰？"

白啄佯装想了几秒，说："那就明天回家吃饭，妈妈说想我们了。"

她妈妈现在把许厌当成儿子，有时候白凛看到都要吃醋，白啄却很开心。

"好。"许厌嘴角的笑容更明显，他说，"明天回去。"

看着许厌的那个笑，白啄顿了下，突然开口叫他："许厌。"

许厌应道："嗯。"

听到回应，白啄笑得更开，她说："我好喜欢你呀。"不管什么时候，只要看到许厌，白啄心里时不时就会冒出这句话。

许厌看着白啄，脑海里回想着她的那句话，只觉得浑身上下都在冒着热气。

许厌想站在阳光下，也仅仅是因为白啄在那里站着。她只用站在那里，却比世间万物都要有吸引力，也比任何灵丹妙药都要有用。

对他来说，白啄一人抵得上世间万物。

许厌把掌心的手腕圈得更紧，许久，他才说："我也很喜欢你。"

全文完